JUTTA LESKOVAR

SALZBERG-GÖTTIN

HALLSTATT 600 V. CHR. Seit Jahrtausenden wird im Hochtal über dem See Salz abgebaut. Die Salzberggöttin ist die wichtigste Verbündete der Menschen, sie erlaubt den Bergbau – doch nur unter Befolgung der jahrhundertealten Traditionen. Sina ist als Bergherrin für die Einhaltung der Regeln verantwortlich. Ihr Mann Hiram und ihre Tochter Renis haben die Aufgabe, die vorgeschriebenen Rituale für die Göttin durchzuführen.

Die Gemeinschaft bereitet sich auf das alljährliche Bergfest vor, zu dem Gäste aus weit entfernten Ländern kommen, um ihren Anteil am Salz zu holen und damit den Frieden zu sichern. Die Freude ist groß, als Renis' Bruder Tolan rechtzeitig zum Fest von einer langen Reise zurückkehrt. Er ist in Begleitung von Arnu, der aus dem fernen Süden stammt und neugierig auf das Leben in den Bergen ist. Während Renis und Arnu sich näherkommen, schmiedet Tolan, der schon immer mehr und schneller Salz abbauen wollte, gefährliche Pläne. Seine besorgte Familie versucht verzweifelt, ihn aufzuhalten. Doch dann geschieht ein schrecklicher Unfall, der die Zukunft der Gemeinschaft bedroht.

Jutta Leskovar, geboren 1972 in Linz, studierte in Wien Ur- und Frühgeschichte und Geschichte. Seit 2001 hat sie die Funktion einer Sammlungsleiterin am Oberösterreichischen Landesmuseum inne. Ihr wissenschaftlicher Schwerpunkt liegt neben der älteren Eisenzeit (Hallstattzeit) auf Frauen- und Geschlechterarchäologie sowie der Schnittstelle zwischen Neuheidentum und Archäologie. Matriarchale Mythen zu bedienen ist nicht ihre Sache, was den feministischen Blick in die Vergangenheit keineswegs ausschließt. Sie lebt mit ihrer Familie in Leonding bei Linz und arbeitet an weiteren Romanen zur Urgeschichte Oberösterreichs.

JUTTA LESKOVAR

SALZBERG-GÖTTIN

HISTORISCHER ROMAN
AUS DER HALLSTATT-ZEIT

GMEINER

Immer informiert

Spannung pur – mit unserem Newsletter informieren wir Sie regelmäßig über Wissenswertes aus unserer Bücherwelt.

Gefällt mir!

Facebook: @Gmeiner.Verlag
Instagram: @gmeinerverlag
Twitter: @GmeinerVerlag

MIX
Papier | Fördert gute Waldnutzung
FSC® C083411

Besuchen Sie uns im Internet:
www.gmeiner-verlag.de

Im Ehnried 5, 88605 Meßkirch
Telefon 07575/2095-0
info@gmeiner-verlag.de

1. Auflage 2023

Lektorat: Christine Braun
Herstellung: Mirjam Hecht
Umschlaggestaltung: U.O.R.G. Lutz Eberle, Stuttgart
unter Verwendung eines Bildes von: © https://commons.wikimedia.org/wiki/File:Destral_decorada_de_bronze,_800_-_750_aC,_Hallstatt.JPG
und Jutta Leskovar
Druck: CPI books GmbH, Leck
Printed in Germany
ISBN 978-3-8392-0406-1

Prolog

Das Feuer wollte nicht gleich brennen. Der Holzfäller rieb sich die eiskalten Hände. Erst kurz vor seiner Ankunft hatte der Regen aufgehört und einen trüben Himmel hinterlassen. Die Mulde, in der er kniete, war mit nassem Laub gefüllt, und der Wind blies. Geduldig mühte er sich ab, bis die trockenen Zweige, die er mitgebracht hatte, endlich Feuer fingen. Langsam wärmten sich seine Hände an den Flammen.

Aus seiner Tasche holte er einen kleinen Beutel, den seine Frau zu Hause sorgfältig gefüllt hatte. Die Geburt hatte lange gedauert, doch trotz ihrer Erschöpfung hatte sie darauf bestanden, selbst ein paar feine Haare vom Kopf des Kindes abzuschneiden, ein rotes Band darumzuwinden und mit den nötigen Gebeten versehen in den Beutel einzunähen. Dann hatte sie ihn losgeschickt, ohne ihm sein Kind zu zeigen. Zuerst musste es seinen Platz bekommen, sonst würde es diesen Ort gleich wieder verlassen. Er wusste nur, es war ein Junge, und er lebte.

Der Holzfäller betrachtete den braunen Stoff des Beutels. Die Nähte waren fein und makellos. Nach einer Weile hielt er den Beutel nahe an die Flamme und murmelte ein Gebet. Er berichtete seinem Gott von der Ankunft des Kindes, sagte ihm seinen Namen und bat für ihn um einen

Platz in dieser Welt. Als er fertig war, schwang er den Beutel durch die Flammen und sang ein kurzes Lied. Dann ließ er ihn fallen. Der Stoff fing sofort Feuer.

Der Holzfäller schloss die Augen und sang noch einmal das Lied. Er fühlte Dankbarkeit tief in seinem Bauch, und sein Herz klopfte. Sein Gott hatte ihn gehört, war ganz nahe bei ihm. Das Kind würde leben. Ohne die Augen zu öffnen, griff er in seiner Tasche nach dem Stück Speck, das in ein neues Hemd gewickelt war. Den Speck hatte er beim letzten Vollmond vom Hochtal geholt. An dem bunt bestickten Hemd hatte seine Frau die ganze Schwangerschaft hindurch gearbeitet. Mit geschlossenen Augen warf er beides ins Feuer. Danach wandte er sich ab, tastete kriechend über die Steineinfassung und den matschigen Boden, bis er die ersten Bäume erreichte. Erst dann öffnete er die Augen.

Ohne sich umzusehen, schlug er den Pfad ein, der vom Heiligtum nach Norden führte. Hinter sich hörte er das Knistern der Flammen. Er zwang sich, schnell zu gehen, um nicht in Versuchung zu kommen, sich doch noch umzudrehen. Es gehörte sich nicht, dem Gott dabei zuzusehen, wie er die Opfergaben annahm. Der Holzfäller durfte keinen Fehler machen, nicht beim ersten Opfer für seinen Sohn.

Er hielt erst inne, als der Pfad die Bäume durchbrach. Hier war der Blick frei auf die Berge am anderen Seeufer. Die Sonne ging eben erst auf und schickte ihr rötliches Licht in das Grau, das über dem See schwebte. Unten am Ufer war es noch dunkel, aber der gegenüberliegende Hang wurde langsam von Helligkeit überzogen. Felsen traten gut sichtbar aus der Eintönigkeit der Bergspitzen hervor. Darunter zeichneten sich Baumgruppen ab und glitzernde Wasserläufe.

Auf halber Höhe zwischen dem hoch aufragenden Westberg und dem Seeufer hing ein steiles, schmales Tal. Zur Hälfte lag es schon im Sonnenlicht, während die andere Hälfte noch im Nachtschatten verborgen war. Einige Häuser waren zu sehen. Sie standen in kleinen Gruppen oder einzeln in der engen Talmulde, vom Bergfuß bis hinunter zum Steilhang. Dort wohnten die Bergleute.

Das unterste Gebäude, ein Turm, markierte die Stelle, an der das Tal abrupt abbrach und in den Steilhang zum See hin überging. Nur wenige Bäume wuchsen gleich unterhalb des Turms. Wer dort oben stand, musste ungehindert über den See schauen können.

Ein heller Ton durchdrang den Morgen. Der Holzfäller erkannte das Horn des Turmwächters. Es erklang zweimal und bedeutete eine Ankunft. Der See lag noch immer in grauem Licht. Erst nach einiger Zeit nahm der Holzfäller eine Bewegung wahr. Von Osten fuhr ein großes Boot heran. Boote wie dieses konnten viele Menschen und große Ladungen transportieren. Meistens brachten sie das Salz von hier fort und Fleisch und Getreide zurück. Was das Boot diesmal führte, war noch nicht zu sehen. Es glitt auf den Steg am Ufer unterhalb des Steilhanges zu. Die Menschen an Bord würden von dort zweifellos den gewundenen, steilen Weg zum Hochtal nehmen.

Der Holzfäller wandte sich ab und setzte seinen Weg fort. Er musste heim, um seinen Sohn kennenzulernen.

1. Kapitel

Endlich verstand Arnu, was Tolan meinte, wenn er vom Hochtal sprach. Jedes Mal, wenn er davon erzählt hatte, war Arnu bemüht gewesen, sich die Heimat seines Freundes vorzustellen. Obwohl er viele Tage in den Bergen verbracht hatte, war er nicht vorbereitet auf den Anblick, der sich ihm nun bot. Hier unten am See ragten die Berge auf allen Seiten hoch. Felsige Ungetüme, dicht mit Bäumen bestanden, sodass sie dort, wo sie nicht felsengrau waren, fast schwarz wirkten. Der See selbst war nicht bedrohlich. Sein Wasser kräuselte sich leicht im Wind und spiegelte das milchige Licht eines trüben Himmels. Während eines Sturmes jedoch würde es für ein Boot ohne Zweifel gefährlich werden. Aber an einem Tag wie heute lag das Boot ruhig im Wasser, und nicht einmal die beiden Pferde zeigten die übliche Aufregung. Tolan stand vorne am Bug und unterhielt sich mit einem der beiden Männer, die das Boot steuerten. Arnu bewunderte, mit welchem Geschick sie die langen, schmalen Paddel bewegten. Das Ufer war bereits sehr nahe.

Arnu ließ seinen Blick über den steilen Berghang schweifen, auf den sie zufuhren. Ihn mussten sie überwinden, hatte Tolan vorhin angekündigt, denn dort oben befand sich das untere Ende des Hochtals, das Ziel ihrer

Reise. Ein Tal, das höher lag als der See, viel höher. Es war von vielen Menschen bewohnt, das wusste Arnu, aber von hier unten konnte er nur ein einziges Gebäude sehen, einen Turm. Er befand sich an der Stelle, wo der steile Berghang endete und das Hochtal begann. Tag und Nacht tat ein Wächter dort Dienst. Arnu bildete sich ein, eine Gestalt zu erkennen. Da erklang der durchdringende Ton eines Horns. Offensichtlich hatte er sich nicht getäuscht. Wer auch immer auf dem Turm stand, hatte sie gesehen und kündigte ihre Ankunft an.

Die beiden Bootsführer holten ihre Paddel ein. Arnu hatte nicht bemerkt, dass sie bereits am Steg unterhalb des Steilhangs angelangt waren. Es dauerte nur wenige Momente, bis das Boot sicher vertäut war.

»Nimm nur dein Bündel mit. Die Männer kümmern sich um die Pferde«, rief Tolan über die Schulter, sprang aus dem Boot und lief den Steg entlang auf das Ufer zu.

Arnu folgte ihm langsam. Er verstand Tolans Eile, aber er selbst hätte die Ankunft gerne noch etwas hinausgezögert. Nach so langer Zeit, die er fast ausschließlich in Gesellschaft von Tolan verbracht hatte, schien ihm die Aussicht auf all die Fremden, denen er gleich begegnen würde, wenig verlockend. Gleichzeitig war er neugierig. Und Tolan hatte ihm für diese Nacht ein weiches Bett versprochen und eine Mahlzeit, die sie nicht selbst kochen mussten.

»Beeil dich!«, rief Tolan. Er hatte schon fast den Weg erreicht, der sich den Steilhang hinaufwand.

Arnu rannte ein paar Schritte, um seinen Freund einzuholen. »Ist ja gut«, keuchte er, »ich beeile mich. Aber wir müssen ja nicht verschwitzt wie die Tiere ankommen.«

Tolan lachte laut auf. »Warum nicht? Wir haben eine weite Reise hinter uns. Das darf man uns ruhig ansehen.«

Schweigend stiegen sie den Weg hinauf, der durch niedriges Gestrüpp und lichten Wald führte. Wie erwartet geriet Arnu mit dem schweren Packen auf seinem Rücken ins Schwitzen. Er vermisste sein Pferd. Dieser Weg war nicht zu steil, um nach oben zu reiten. Doch das Hochtal bot nicht genügend Platz und Futter für Pferde, hatte Tolan gesagt. Solange er hier Gast war, würde er zu Fuß gehen müssen.

Endlich hatten sie den Steilhang überwunden. Sie standen am unteren Ende des Tals in der Nähe des Turms. Arnu riss erstaunt die Augen auf. Es war tatsächlich ein langes, schmales Tal hoch oben in den Bergen. Auf beiden Seiten war es eingesäumt von steil aufragenden Berghängen, an denen sich Bäume und nackter Fels abwechselten. Das Tal selbst zog sich nicht übermäßig steil nach oben. Weit hinten endete es an einem gewaltigen Felsen, der sich mächtig über dem Talschluss erhob.

»Der Berg deiner Göttin«, keuchte Arnu.

Sein Freund nickte. Nach so langer Zeit musste dieser Anblick sogar ihm etwas bedeuten. Tolan nahm sein Gepäck ab und machte keine Anstalten, weiterzugehen. Arnu tat es ihm gleich und betrachtete weiterhin, was vor ihm lag. Er konnte den Blick nicht abwenden von dem Berg am Ende des Tals. Wie war es möglich, dass man ihn von unten nicht sehen konnte? Der steile Berghang, den sie gerade erklommen hatten, nahm jedem, der unten am See stand oder mit einem Boot darauf fuhr, die Sicht auf dieses Tal. Obwohl Arnu es nun mit eigenen Augen sah, konnte er es schwer begreifen. Dieser Ort war so versteckt und doch so bedeutungsvoll.

Im ganzen Tal waren Häuser und Hütten errichtet worden, dazwischen kleine Viehpferche, die nur für einige Ziegen und Schweine taugten. Um das Salz aus dem Berg zu holen, waren viele fleißige Hände nötig. Die Bewohner des Tals mussten jeden freien Platz nutzen. Soweit Arnu es erkennen konnte, war alles solide gebaut. Auf ihrer Reise waren sie oft an den ärmlichen Behausungen von Hirten und armen Bauern vorbeigekommen. Doch hier schienen die Wohnungen in gutem Zustand zu sein.

Es geht den Menschen gut, dachte Arnu. Und es mussten viele sein! Tagelang waren sie in dieser Einöde kaum jemandem begegnet, und hier stand ein ganzes Dorf! Aus seiner Heimat war er viel größere Städte gewohnt. Doch die waren in weiten Ebenen oder auf sanften Hügeln erbaut, nicht in unzugänglichem Gebirge.

Aber hier ist der Salzberg, sagte Arnu sich. Nur deshalb leben so viele Leute hier.

Er konnte es nicht erwarten, sich alles genau anzusehen. Vor allem wollte er hinein in das Bergwerk. Irgendwo hoch oben hinter der Siedlung musste der Eingang sein. Tolan hatte ihm versprochen, ihm alles zu zeigen, obwohl es nicht üblich war, Fremde in den heiligen Berg einzulassen.

»Aber du bist kein Fremder, Arnu, du bist mein Freund«, hatte Tolan immer wieder versichert. Hoffentlich war seine Familie einverstanden.

Der durchdringende Ton des Horns zerriss erneut die Stille. Weiter oben im Tal, in der Nähe des größten

Gebäudes, entdeckte Arnu Leute zwischen den Häusern. Das Horn hatte sie wohl bei ihrer Arbeit unterbrochen, und nun kamen sie einzeln oder in Gruppen den Weg nach unten, um zu schauen, wer angekommen war.

»Ich kann Renis sehen!«, rief Tolan und riss winkend einen Arm empor.

Arnu blickte ihn überrascht an. »Du freust dich also doch auf deine Familie?«

Tolan ließ den Arm sinken und zuckte wortlos mit den Schultern.

Renis schreckte beim Klang des Horns hoch. Es konnte unzählige Gründe geben, warum es erschallte, und unzählige Male war sie in den letzten drei Jahren erschrocken, manchmal mehr, manchmal weniger. Im Winter seltener, denn wer reiste schon bei Schnee und Eis aus dem Süden über die Berge? Aber jetzt, am Ende des Frühlings …

Sie warf den unfertigen Teig in die Schüssel und rannte aus dem Backhaus. Draußen wusch sie schnell ihre Hände, so gut es ging. Dann lief sie los, vorbei an der Halle ihrer Mutter. Dort bog sie auf den Weg, der die ganze Länge des Tals hinunterführte. Aus den Häusern auf beiden Seiten des Wegs traten überraschte Bewohner und riefen nach ihr. Renis achtete nicht auf sie, sondern rannte weiter. Sie raffte ihren Rock höher, um schneller laufen zu können. Jetzt sah sie weit unten zwei Gestalten. Ihre Gesichter waren beim besten Willen nicht zu erkennen. Renis spürte, wie sich beim Laufen die Nadel aus ihrem Haar löste, und riss sie ungeduldig heraus.

Der Weg führte zwischen einigen Bäumen durch und versperrte Renis für eine Weile den Blick. Als sie um den letzten Baum bog, hielt sie jäh inne.

Da unten stand Tolan! Es gab keinen Zweifel, es war wirklich ihr Bruder!

Oh, Göttin, du hast ihn nach Hause geführt!

Ihre Eltern würden außer sich sein vor Freude. Am liebsten wäre sie wieder losgelaufen. Stattdessen bemühte sie sich, langsam weiterzugehen. Der Mann neben Tolan war ein Fremder, keiner der Leute aus dem Tal oder von einem der Häuser am See. Solange sie nicht wusste, wer er war, musste sie auf ihr Benehmen achten. Ihrem Bruder wild und mit aufgelöster Frisur entgegenzustürzen, würde keinen guten Eindruck machen. Womöglich hatte Tolan der Bergherrin einen wichtigen Gast mitgebracht.

Hastig steckte Renis die Haarnadel an ihren Platz zurück und fuhr sich mit den Händen über das Gesicht. Hoffentlich klebte nicht noch irgendwo Mehl an ihr. Tolan würde sich tagelang über sie lustig machen.

Und da war er, stand schmunzelnd wenige Schritte vor ihr und breitete seine Arme aus. »Renis!«, rief er.

Sie fing wieder zu laufen an und stürzte nun doch blindlings in seine Umarmung. Wie früher, als sie noch klein gewesen war, wirbelte er sie herum, bis sie kreischte.

»Du Verrückter!«, rief sie. »Du wolltest nach einem Jahr wieder zu Hause sein! Wie kannst du es wagen, mich so lange alleine zu lassen!« Aber sie lächelte und küsste ihn auf beide Wangen. »Ich bin froh, dass du noch lebst«, flüsterte sie und drückte ihn fest an sich.

»Natürlich lebe ich noch, kleine Schwester. Ich habe dir doch versprochen, gesund zurückzukommen.«

Renis schob ihn weg und räusperte sich. »Ich grüße dich im Namen der Bergherrin, Tolan, und auch deinen Begleiter.« Sie sah den Fremden an, der ihr zunickte.

»Renis, das ist Arnu«, sagte Tolan. »Ich habe ihn als Beute aus dem Süden mitgebracht.«

Der Fremde lachte gutmütig. »Ich bin freiwillig mitgekommen. Auch von mir Grüße, Renis.«

Er beherrschte ihre Sprache gut, fand Renis. Ihr Bruder und der Fremde kannten sich wohl schon länger. Es würde später noch viel Zeit geben, alles über ihn zu erfahren, was Tolan zu erzählen bereit war.

»Unseren Eltern gehe es gut, haben mir alle weit und breit berichtet, seit wir in die Berge gekommen sind. Ich hoffe, das stimmt?«

Renis nickte. »Ja, glücklicherweise sind alle in der Familie gesund geblieben. Auch Großmutter geht es gut. Und es hat keine großen Unfälle gegeben.« Im Berg, meinte sie.

Tolan schnaubte zufrieden. »Lass uns hinaufgehen. Dann ersparen wir allen anderen, bis zu uns herunterlaufen zu müssen.« Ohne auf eine Antwort zu warten, packte er seine Sachen und stürmte voran.

Arnu blickte ihm nach. Er freute sich, Tolan so glücklich zu sehen. Nach so langer Zeit heimzukehren, war dafür ein guter Grund. Erst nach einigen Augenblicken bemerkte er, wie Renis ihn von der Seite her ansah.

»Verzeih mir«, stotterte Arnu. »Wir sollten ihm wohl folgen.«

Renis lächelte. »Wir haben es nicht eilig. Jetzt, wo ihr endlich da seid, ist Zeit genug.« Auffordernd streckte sie einen Arm aus. »Soll ich etwas für dich tragen?«

»Nein! Ich meine, nein, ich danke dir, aber ich schaffe es selbst.« Rasch bückte er sich nach seinem Bündel.

»Natürlich schaffst du es. Immerhin hast du das alles schon lange Zeit getragen.« Ihre Stimme klang ein wenig spöttisch.

»Eigentlich war das mein Pferd«, bemerkte er lächelnd.

Am Weg hinauf durch das Dorf holten sie Tolan ein, der von den Bewohnern des Hochtals umringt und mit Fragen bestürmt wurde. Wo er gewesen und wie weit nach Süden er gereist sei, woher der Fremde komme, wen er getroffen und was er gesehen habe, was er mitbringe, ob er verletzt worden sei. Arnu hielt sich ein wenig abseits, so wie Renis.

»Wie lange seid ihr schon unterwegs?«, fragte sie.

Arnu überlegte. »Beim letzten Vollmond hatten wir die höchsten Pässe noch vor uns. Zum Vollmond davor sind wir in meiner Heimat aufgebrochen.«

»Am Meer?«

Arnu nickte. »Meine Familie lebt eine halbe Tagesreise entfernt, in einer kleinen Stadt.« In der Stadt, die seinem Vater gehörte. So wie das Land und die Dörfer in der ganzen Umgebung. Aber das sprach er nicht aus.

Renis lächelte. »Das Meer war sein großes Ziel. Ich habe es noch nie gesehen. Darum beneide ich Tolan.«

»Er hat sich nicht viel daraus gemacht. Hat ständig von seinen Bergen und dem See erzählt.« Arnu grinste.

»Wirklich?«, fragte Renis. »Tolan hatte Heimweh?«

»Er war lange von zu Hause weg. Das war sicher nicht immer leicht.«

Die Gruppe um Tolan wurde leiser. Weiter oben auf dem Weg kam ein Paar langsam auf sie zu.

»Das sind Sina und Hiram, unsere Eltern«, erklärte Renis. »So glücklich habe ich meinen Vater lange nicht gesehen.«

Tolans Eltern trugen die gleiche Kleidung wie alle anderen Leute hier, was Arnu erstaunte. An Hirams Gürtel glänzte eine einfache Gürtelschließe, aber sonst verriet nichts seinen Rang. Sina zierte überhaupt kein Schmuck, und ihr Haar wurde nur lose von einem bunten Band im Nacken gehalten. Arnus Eltern kleideten sich auch ohne besonderen Anlass weitaus prunkvoller. An einem Tag wie heute, zur Rückkehr ihres Sohnes, hätte sich seine Mutter die Zeit genommen, den Großteil ihres Schmuckes anzulegen, und sein Vater wäre ihm in Rüstung auf dem Rücken eines seiner prächtigen Pferde entgegengeritten. Beim Gedanken an seine Familie verspürte Arnu einen Stich.

Sina sagte etwas, das er nicht verstand, aber dann erhob sie ihre Stimme, sodass auch Arnu sie gut hören konnte. »Göttin!«, rief sie. »Hab Dank für die gesunde Rückkehr unseres Sohnes!«

»Hab Dank!«, antworteten alle außer Arnu.

Sina trat vor und zog Tolan in eine feste Umarmung. Als sie ihn wieder losließ, sah Arnu Tränen in ihren Augen glitzern. Auch Hirams Wangen waren nass, als er seinen Sohn an sich drückte.

»Danke, dass du ihn beschützt hast, Göttin«, murmelte Renis.

Sie muss sich große Sorgen gemacht haben, dachte Arnu. Tolan war lange fort gewesen und bis zum Meer gereist. In all der Zeit hätte ihm wer weiß was zustoßen können, und doch stand er hier, in seiner Heimat, umringt von seiner Familie und seinen Freunden, gesund und unverletzt.

Jetzt machte Tolan seine Eltern auf seinen Freund aufmerksam und winkte Arnu zu sich. Eilig drängte er sich durch die Menge, um der Bergherrin gegenüberzutreten.

»Mutter, Vater, das ist Arnu, mein Freund. Wir haben einiges gemeinsam durchgestanden, auch auf der Reise hierher. Ich bitte euch, ihn als euren Gast aufzunehmen.«

Sina nickte lächelnd. »Sei willkommen, Arnu, Tolans Freund, im Tal, in meiner Halle, an meinem Tisch, solange du möchtest.«

Arnu verneigte sich kurz. »Ich danke dir, Sina, Bergherrin, und dir, Hiram.«

»Es ist noch früh am Tag«, stellte Sina fest. »Genügend Zeit, um für heute Nacht ein kleines Fest vorzubereiten.« Sie nickte einigen der Umstehenden zu, die sofort in unterschiedliche Richtungen davongingen. »Renis, bitte zeig Arnu das große Gästehaus und hilf ihm, es sich bequem zu machen. Tolan, du kannst dich später noch ausruhen.« Sie griff nach dem Arm ihres Sohnes und zog ihn weiter.

Arnu sah ihnen nach. Sina mochte einfach gekleidet sein, doch sie war Respekt einflößend.

»Komm mit«, forderte Renis ihn auf. »Das Haus ist gleich hier drüben.«

Während die Dorfbewohner und Bergleute, die Tolan begrüßt hatten, ihm und seinen Eltern folgten, führte seine Schwester Arnu zu einem großen Gebäude etwas abseits des Weges. Wie alles hier war es aus mächtigen, glatten Holzpfosten gebaut, die auf steinernen Fundamenten ruhten. Tolan hatte ihm oft von all dem Schnee und Matsch erzählt, dem die schindelgedeckten Dächer während der langen Winter standhalten mussten. Arnu tat sich schwer, sich das vorzustellen, selbst jetzt, wo er die Häuser mit eigenen Augen sah. Er kannte Schnee. Aber er hatte das Gefühl, nicht die geringste Ahnung von einem Winter in den Bergen zu haben.

Das Innere des Hauses war dunkel, bis Renis die Fensterläden aufriss. Im hereinströmenden Sonnenlicht erkannte Arnu mehrere geräumige Nischen, die mit bunten Vorhängen abgetrennt waren. Wie die Röcke, Hemden und Umhänge der Bewohner waren die Stoffe bunt: rot in allen Schattierungen, braun und grau, gelb und grün, hie und da ein dunkles Blau. Es verlieh dem Raum eine gemütliche Wärme. Der Fußboden bestand aus breiten Holzdielen und war ordentlich blank gescheuert. In jeder Nische gab es ein Bett, einen Hocker und ein paar Haken an der Wand. Auf den Betten lagen helle Tücher, dick gewebte Decken aus brauner Wolle und Schaffelle. Alles sah sauber aus und roch auch so. Die Menschen im Hochtal waren es wohl gewohnt, viele Gäste zu haben.

»Du hast freie Wahl«, sagte Renis. »Es ist gerade niemand hier. Zum Bergfest werden sich die Betten füllen, aber jetzt hast du das Haus für dich alleine.«

Arnu nickte anerkennend. »Tolan hat nicht gelogen. Sina und Hiram müssen reich sein, wenn schon ihr Gästehaus so groß und bequem ist.«

Renis schüttelte den Kopf. »Dieses Haus gehört nicht meinen Eltern. Es gehört zum Berg, so wie alles hier.«

»Und wem gehört der Berg? Ich dachte, er ist im Besitz deiner Familie.«

»Das hat mein Bruder dir erzählt?« Renis runzelte die Stirn. »Tolan hätte das wohl gerne. Aber der Berg gehört niemandem. Nur der Berggöttin. Wir dürfen das Salz holen, solange wir uns an die Regeln halten.«

Für Arnu klang es, als hätte sie das schon oft erklären müssen. Nicht nur Fremden, sondern auch ihrem Bruder. »Die Göttin …«, sagte er leise. »Wenn sie euch ihre Gunst entzieht, geschieht ein Unglück oder das Salz versiegt. Nicht wahr?«

Renis nickte. »Zumindest das scheint Tolan dir richtig erzählt zu haben.«

Arnu behielt für sich, in welchem Ton sein Freund diesen Satz immer wieder gesagt hatte.

Renis deutete auf die Nischen. »Nimm dir ein Bett und ruh dich aus, solange du möchtest. Wenn du Tolan suchst, geh hinauf zur Halle. Dort wird jemand sein, der weiß, wo er ist. Ich muss jetzt ins Backhaus und mich beeilen, wenn wir heute Abend genügend Brot haben wollen. Komm einfach, wenn du etwas brauchst.« Sie wandte sich zum Gehen. An der Tür blieb sie kurz stehen. »Du kannst dich überall im Tal frei bewegen, niemand wird dich aufhalten. Nur vom Eingang zum Bergwerk musst du dich noch fernhalten. Das hat Tolan dir bestimmt gesagt.«

»Ja, hat er«, log Arnu rasch.

»Das Fest beginnt, wenn es dunkel wird«, rief sie und ließ die Tür zufallen.

Die Tochter der Bergherrin verbringt den Tag in der Backhütte, dachte Arnu, während er sich auf eines der Betten fallen ließ. In Tolans Land waren die Dinge anders als in seiner Heimat, so viel stand fest. Aber bisher hatte er nichts gesehen, was ihm nicht gefallen hätte.

Arnu hatte keine sauberen Hosen mehr, aber immerhin ein einziges Gewand, das er seit der Abreise aus seiner Heimat nicht getragen hatte. Seine Mutter hatte das rote Hemd für ihn genäht. Es war hoffentlich angemessen, um der Bergherrin und ihrem Mann heute gegenüberzutreten.

Mit seinen Geschenken unter dem Arm stand er vor der Halle. Sie war von beeindruckender Größe und konnte sich mit dem Haus, in dem sein Vater Gäste empfing, durchaus messen. Die mächtigen Stämme, aus denen sie erbaut war, waren grau und verwittert. Darüber erhob sich das steile Dach und verdeckte den Blick auf die in der Dämmerung immer dunkler werdenden Berggipfel.

Arnu holte tief Luft und betrat die Halle. Ein riesiger Raum erstreckte sich vor ihm, geteilt durch eine lange Reihe aufwendig beschnitzter Säulen, die den Dachstuhl trugen. Überall brannten Feuer. Leute saßen und standen in Gruppen beisammen und unterhielten sich laut. Es duftete verführerisch. Arnus Magen knurrte. Seit heute Morgen hatte er nichts mehr gegessen.

Aus einer Gruppe im hinteren Teil der Halle löste sich Tolan und kam auf ihn zu. »Arnu, mein Freund!« Er grinste über das ganze Gesicht.

Lange Zeit war Tolan Gast bei Arnus Familie gewesen. Nun sind die Rollen vertauscht, dachte Arnu, und Tolan kann die Gastfreundschaft endlich erwidern.

Arnu folgte Tolan, vorbei an lächelnden Frauen und Männern, die ihm freundlich zunickten. Einige hatte er heute kurz gesehen, doch die meisten waren ihm fremd. Jetzt bemerkte er Sina. Sie saß auf einem bequemen Stuhl, der auf einem kleinen Podest ganz hinten an der Wand stand. An diesem Abend, in ihrem reich bestickten blauen

Kleid, sah die Bergherrin Ehrfurcht gebietend aus. An den Schultern steckten große Gewandspangen. Bronzedraht, gebogen zu vielfachen Spiralen, wand sich wie kleine, eingeringelte Schlangen auf dem dunklen Stoff. An den Handgelenken trug sie glänzende Bronzereifen, und eine tiefrote Bernsteinkette lag eng um ihren Hals. Ihr dunkles Haar war hochgesteckt. Die Köpfe der kleinen Nadeln glänzten im Feuerschein. Arnu starrte sie an. Hoffentlich brachte er ein vernünftiges Wort heraus.

Er zuckte zusammen, als Tolan sich laut räusperte. In der Halle wurde es ein wenig stiller, und die Menschen wandten sich Arnu erwartungsvoll zu.

Er richtete sich etwas auf. »Herrin, ich überbringe dir Grüße von meiner Familie und Geschenke aus meinem Land.« Seine Stimme klang laut und deutlich, was ihn erleichterte. Als jüngster Sohn der Familie hatte er noch nicht oft die Pflicht übernommen, vor vielen Menschen zu sprechen. Sina wirkte einschüchternd dort oben auf ihrem Stuhl, doch jetzt lächelte sie ihn an und bedeutete ihm, fortzufahren.

»Ich habe Speisen aus dem Süden für dich, Herrin, und Schmuck, den mein Vater dir schickt. Möge er deine Schönheit mehren und ein Zeichen für deine Macht sein.«

Sina lachte hell auf. »Das sind sehr schöne Worte, Arnu, und ich danke dir dafür. Auch für die Geschenke, die du bringst. Du hast an manchen der Dinge lange schwer getragen. Das hat mein Sohn mir berichtet.« Sie nickte anerkennend. Dann stand sie auf, breitete die Arme aus und sah ihn ernst, aber freundlich an.

Jetzt heißt sie mich willkommen, dachte Arnu. So blickte auch sein Vater drein, wenn er Gastfreundschaft gewährte.

»Arnu aus dem Süden, Freund meines Sohnes Tolan, sei noch einmal willkommen am Salzberg und unter den Bergleuten sowie in meiner Familie. Möge die Göttin über dich wachen, solange du hier bist und darüber hinaus. Bleib, solange du magst. Ich bestimme Renis dazu, dir unsere Wege zu zeigen, damit du nicht irrtümlich von ihnen abweichst.«

Arnu verneigte sich tief. »Ich danke dir, Herrin.« Mehr wurde nicht von ihm erwartet, hoffte er.

Als er sich wieder aufrichtete, sah er das Lächeln, das in Sinas Gesicht zurückgekehrt war. Sie stieg zu ihm herunter und streckte die Arme aus. Einen Moment lang dachte er, sie würde ihn umarmen, doch sie griff nach den Bündeln, die er ihr entgegenhielt.

»Ich danke dir und auch deiner Familie für diese Geschenke. Ich werde sie ansehen, wenn ich alleine bin.« Mit einem Nicken wandte sie sich ab.

Überall in der Halle setzten die Leute ihre Unterhaltungen fort, und einen Augenblick später war es wieder so laut wie zuvor. Tolan führte Arnu zu einem der Tische, an dem neben Hiram und Renis noch eine ältere Frau saß. Sie sah Sina und auch Renis ähnlich, und sie trug ein ebenso blaues Kleid wie die Bergherrin. Auf ihrer Brust glänzten helle Bernsteinperlen. Zu Arnus Überraschung reichte sie ihm beide Hände und begrüßte ihn in seiner eigenen Sprache. Es waren nur wenige Worte, aber sie lösten einen Stich in seiner Brust aus. Er war schon lange unterwegs und kannte dieses Gefühl von Heimweh gut. Voller Freude stellte er sich der alten Frau in seiner Sprache vor und fragte, warum sie diese spreche.

»Das ist zu viel, und zu schnell!«, rief sie. »So gut

beherrsche ich deine Sprache nicht. Aber ich sehe, ich habe dich beeindruckt mit meinen wenigen Worten.« Sie zwinkerte ihm zu.

»Du hast sehr gut gesprochen. Deshalb dachte ich …«, Arnu verstummte.

Sie tätschelte seine Hand. »Komm, Arnu, setz dich zu mir. Dann erzähle ich dir, wo ich diese Worte gelernt habe. Ich bin Renis' Großmutter. Mein Name ist Ran, aber alle nennen mich Mimma. Das darfst du auch.«

Arnu setzte sich auf die Bank. Gegenüber saß Hiram, der ihn ebenso wie alle anderen anlächelte.

»Sei willkommen, Arnu.«

Tolan stand hinter ihm und klopfte ihm auf die Schulter. »Während Mimma dir die Geschichte erzählt, die wir alle bereits kennen, werde ich dir zu essen holen, damit du uns nicht an deinem ersten Abend hier verhungerst.«

»Sei nicht frech zu deiner Großmutter, Tolan!«, ermahnte Sina ihren Sohn und setzte sich neben ihren Mann.

»Oh, lass ihn, er ist ein wenig übermütig wegen seiner gesunden Rückkehr«, sagte Ran.

Sie war also Sinas Mutter. Obwohl Arnu und Tolan schon so lange Gefährten waren, hatte er nicht viel über die Familie seines Freundes erfahren. Tolan hatte nur manchmal Uneinigkeiten angedeutet.

Arnu war dankbar, weil Sina ihre Tochter dazu bestimmt hatte, ihm die Gepflogenheiten dieses Landes zu erklären. Unwissenheit konnte peinlich oder sogar gefährlich werden, deshalb war es wichtig zu wissen, wer mit wem verwandt war.

Tolan riss ihn aus seinen Gedanken und stellte eine große Schale vor ihn auf den Tisch. Neugierig untersuchte Arnu mit seinem Löffel den Inhalt. Ein großes Stück gebratenes Fleisch lag in einem dickflüssigen Eintopf. Arnu erkannte Bohnen, die er seit seinem ersten Tag in den Bergen immer wieder zu essen bekommen hatte. Es war erstaunlich, in wie vielen Varianten sie zubereitet wurden und wie gut man davon satt wurde.

Während Arnu hungrig aß, hörte er der Großmutter aufmerksam zu. Offenbar hatte sie eine hohe Stellung gehabt, als Sinas Vorgängerin Bergherrin gewesen war. Es hatte etwas mit den Stoffen zu tun, die sie herstellte und die sehr begehrt waren. Arnu verstand nicht alle Worte, die sie verwendete. Er hatte die Sprache dieses Landes von Tolan gelernt, und der wusste vom Spinnen, Weben und Färben genauso wenig wie Arnu. Aber es schien nicht so wichtig zu sein, dass er jede Kleinigkeit verstand. Worauf Ran hinauswollte, war die Begegnung mit einem Stoffhändler aus dem Süden, der einen Winter über im Hochtal geblieben war und Ran ein paar Worte seiner Sprache beigebracht hatte.

»Und wenn wir uns das dunkle Haar unserer Mutter ansehen, fragen wir uns immer, ob der Fremde aus dem Süden die Zeit nicht womöglich auch noch für etwas anderes genutzt hat«, lachte Tolan.

Arnu riss erschrocken die Augen auf. Was für eine Beleidigung! Doch er beruhigte sich rasch, als er sah, wie alle am Tisch lauthals in das Lachen einfielen. Offensichtlich war das ein liebevoll gepflegter Scherz in dieser Familie. Konnte es sein, dass es niemanden gekümmert hätte, wenn der Fremde wirklich Sinas Vater gewesen wäre? Arnu fragte sich, ob er es wagen sollte, Renis danach zu fragen. Er sah verstohlen in ihre Richtung und fing ihren

Blick auf. Rasch wandte er sich wieder seiner Schale zu, doch die war bereits leer.

»Komm, Arnu, du schaffst noch mehr!«, rief Tolan, griff nach seiner Schale und verschwand in Richtung Herdfeuer.

»Ich weiß nicht recht«, murmelte Arnu.

»Natürlich kannst du noch essen!« Renis schmunzelte. »Der Abend hat erst begonnen. Gib mir deinen Becher, ich hole dir Bier.«

Ich darf nicht zu viel trinken, ich bin es nicht mehr gewohnt, dachte Arnu. Trotzdem schob er seinen Becher zu Renis.

Während er aus seiner Schale löffelte und Bier trank, hörte er mit halbem Ohr zu, wie Tolan der Familie von seiner Reise nach Süden berichtete. Den Großteil der Geschichte kannte Arnu, weil er selbst dabei gewesen war. Er hatte Tolan gleich nach dessen Ankunft im Süden kennengelernt. Die Beschreibungen von der Stadt, aus der Arnu stammte, waren ein wenig überschwänglich, und auch den Reichtum und die Bedeutung seiner Familie übertrieb Tolan, aber Arnu unterbrach seinen Freund nicht. Seine Familie war tatsächlich reich und verfügte über große Macht. Sein Vater besaß ein Salzbergwerk. Es war nicht besonders groß, doch seinem Vater gehörte das Salz, und er konnte dafür verlangen, was er wollte.

Langsam näherte sich Tolan dem Thema, das ihm wirklich wichtig war, und Arnu legte sein Messer weg, um die Reaktion von Hiram und Sina zu beobachten. Tolans Vater hatte noch nicht viel gesprochen, das schien nicht seine Art zu sein. Mit einem Lächeln im Gesicht hörte er seinem Sohn aufmerksam zu. Als nun Tolan begann, von Arnus Vater und dessen Arbeit zu berichten, wurde Hirams Gesichtsausdruck nachdenklicher. Tolan erzählte von den vielen Arbeitern, die täglich unter Tage schufteten, von den Werkzeugen und wiederholt vom großen Reichtum, den das Salz einbrachte. Hiram sah immer betrübter drein, sagte aber nichts.

Er hört das alles nicht zum ersten Mal, dachte Arnu, ebenso wenig wie ich. Arnu bemerkte, wie Sina kurz zu ihrem Mann schaute und dann einen Blick mit ihrer Mutter tauschte. Ran nickte knapp.

Mit einer abrupten Bewegung stand Sina auf und schnitt Tolan dadurch das Wort ab. »Hört her!«, rief sie laut in die Halle hinein. »Bergleute, sagt mir, was gehört noch zu einem richtigen Fest, das würdig sein will, meinen Sohn daheim willkommen zu heißen?«

»Musik!«, schallte es zurück.

Sina klatschte in die Hände und setzte sich wieder. Sie lächelte Tolan zu, der seinen Mund verzog und einen Schluck Bier nahm. Er schien genau zu wissen, was gerade passiert war.

Sie will nicht am ersten Abend nach seiner Rückkehr Unfrieden an ihrem Tisch, dachte Arnu. Hoffentlich bleibt die Stimmung gut. Tolan ließ sich selten von etwas abbringen, das wusste Arnu genau.

In der Nähe des Eingangs wurden unter lautem Rumoren mehrere Tische weggeräumt. Den frei gewordenen Platz nahmen einige Leute ein, die begannen, ihre Instrumente einzuspielen.

»Ich hoffe, du bist Lärm gewohnt«, sagte Renis schmunzelnd. »Aber du musst nicht mitsingen, keine Sorge.«

Ihre letzten Worte gingen in den ersten Trommelschlägen unter. Eine hohe Flöte ertönte, dann eine zweite, tiefere, und eine weitere Trommel. Die Stimme einer Frau gesellte sich dazu. Sie konnte mühelos mit den Instrumenten mithalten. Solche Musik hatte Arnu noch nie gehört, aber obwohl sie laut war, klang sie auch melodisch, und er spürte, wie seine Beine unwillkürlich im Rhythmus zuckten. Einige Frauen und Männer fingen zu tanzen an, manche sangen mit, sogar Renis und Sina hier am Tisch.

Nach einer Weile kamen einige junge Männer, zogen Tolan hoch und drängten ihn, mit ihnen zu tanzen. Lied folgte auf Lied, Becher auf Becher, und irgendwann aß Arnu noch ein Stück Fleisch, in der Hoffnung, dadurch weniger schnell betrunken zu sein. Es war zu laut, um sich zu unterhalten, also musste er sich wenigstens keine Sorgen machen, ob er womöglich Unsinn redete.

Wahrscheinlich war die Nacht weit fortgeschritten, aber Arnu hatte jedes Zeitgefühl verloren. In der Halle war es heiß. Die Menschen hatten sich von so vielen Schichten Kleidung wie möglich befreit, um ungehindert tanzen und feiern zu können. Ran hatte Renis vor einiger Zeit gebeten, sie zu ihrem Bett zu begleiten, und sich von Arnu und ihrer Familie verabschiedet. Renis war nicht zum Tisch zurückgekommen, sondern saß mit einigen Frauen bei der Sängerin.

Als die Stimmen in der Halle immer lauter wurden, und Arnu das Gefühl hatte, an einem Tisch in der Nähe würde demnächst ein Streit ausbrechen, stand Sina auf und ging langsam zurück zu ihrem Stuhl hinten in der Halle. Arnu beobachtete sie neugierig.

Die Bergherrin setzte sich und richtete sich würdevoll auf, sagte aber nichts. Die Musiker am anderen Ende der Halle beendeten ein schnelles Stück und gingen ohne Unterbrechung zu einem ruhigeren Lied über. Nur eine Flöte begleitete die Sängerin. Es dauerte nicht lange, und die Menschen in der Halle hörten zu tanzen auf und kehrten zu ihren Bänken zurück. Renis durchquerte den Raum und deckte das Bierfass zu, aus dem sich kurz zuvor noch ein paar Männer und Frauen bedient hatten.

Arnu lächelte. Die Mütter brauten das Bier, die Töchter verteidigten es, so war das nun einmal.

Renis kam an den Tisch, setzte sich jedoch nicht auf ihren Platz, sondern neben Arnu. Sie sah ihn bedeutungsvoll an und holte aus den Falten ihres Kleides einen Becher hervor, den sie dort versteckt gehalten hatte. »Letztes Bier für diesen Abend, Fremder«, flüsterte sie.

Arnu grinste und dankte ihr.

Das Lied verklang, und alle wandten ihre Gesichter Sina zu.

»Tolan und seinem Freund Arnu zu Ehren soll heute der Barde singen.«

Tolan seufzte laut, was ihm einen tadelnden Blick seines Vaters eintrug. Einige Männer und Frauen verließen unauffällig die Halle, aber die meisten blieben erwartungsvoll sitzen. Jemand holte zwei Hocker, die neben der Feuerstelle in der Mitte des Raumes aufgestellt wurden. Dann erst traten zwei Männer hervor. Der ältere hatte weiße Haare, die er zu einem Zopf geflochten trug. Er war glatt rasiert und sah frisch gewaschen aus, im Unterschied zu seinem jüngeren Begleiter, der mit strubbeligem Haar und in einem schmutzigen Überwurf hinter ihm her zu einem Hocker schlurfte und sich setzte. Der Jüngere hielt eine kleine Trommel in der Hand, die er leise und schnell zu schlagen begann. Der Ältere blieb stehen, stellte einen Fuß auf den Rand des zweiten Hockers und stützte seine Hände auf dem Knie auf. Dann begann er zu singen.

Arnu lief es trotz der Hitze in der Halle kalt über den Rücken. Eine solche Stimme hatte er noch niemals gehört, schon gar nicht bei einem Mann. Sie war nicht besonders hoch, aber klar wie sauberes Wasser, und sie schien in jeden Winkel dieses Raumes und darüber hinaus zu dringen. Die Töne der Trommel mischten sich mit der Melodie und den Worten des Sängers auf eine Weise, die Arnu das Gefühl gab, als würde hier mehr geschehen als nur der Vortrag eines Liedes. Während der Barde von den Ahnen der Menschen in diesem Raum erzählte, schienen die Schleier zwischen dem Hier und dem Dort zu verschwinden. Die Schatten lösten sich von den Wänden und mischten sich unter die Lebenden. Wovon auch immer der Barde sang, es wurde lebendig und Teil dieses Abends.

Arnu saß mit seinem Becher in der Hand und lauschte. Er merkte nicht, wie rund um ihn einige Leute, darunter Tolan, einschliefen und Kinder ins Bett getragen wurden. Er verfolgte den Gang durch die Zeiten, von denen der Barde erzählte, hörte von den Göttern, die über dieses Land wachten, von den Menschen, die ihnen reiche Opfer brachten und ihre Toten zu ihnen schickten, die litten und liebten, lebten und starben. Er erfuhr, wie das Salz sie alle verband, durch die Zeit und auch über die Berge und Täler hinweg bis zum Land des großen Flusses im Norden und weit darüber hinaus bis hoch zum

Meer, aus dem der Bernstein kam. Der Barde sang von den Völkern im Osten, die auf ihren kleinen Pferden zu den Urgroßeltern der Menschen in dieser Halle geritten waren, um zu handeln und manchmal auch um Krieg zu führen, so wie es heute noch war.

Arnu konnte sie vor sich sehen, die Leute von damals, jene vom Berg und jene auf ihren Pferden, sah ihre Kleider, ihre Waffen, den Hass, der entstanden war, aber auch die Liebe, die es während des Friedens gegeben hatte. Er sah das Salz, das seit langer Zeit aus dem Berg kam. Generationen von Bergleuten, alle verbunden durch ihre Liebe zur Berggöttin und die Furcht vor ihr. Denn auch davon sang der Barde, von der Gier und dem Fluch, den die Göttin dann sprach, wenn zu viel Salz genommen wurde, wenn dadurch das Gleichgewicht zerstört wurde. Dann versperrte die Faust der Berggöttin den Weg zum Salz. Die Menschen mussten Buße tun und Bescheidenheit lernen, um die Liebe der Göttin zurückzuerlangen. Es war ein ewiger Kreislauf, der immer wieder von Neuem begann.

Es dauerte eine Weile, bis Arnu begriff, dass das Lied zu Ende war. In der Halle war es vollkommen still. Die Ahnen waren noch da, als hätten auch sie noch nicht verstanden, dass es Zeit war, hinter den Schleier zurückzukehren. Der Barde nahm seinem Begleiter die Trommel aus der Hand und schlug sie kurz. Dann verneigte er sich vor Sina und verließ wortlos die Halle.

Arnu trank von seinem Bier, aber er verschluckte sich und musste husten. Das und Renis' Hand, die plötzlich auf seinem Unterarm lag, holten ihn wieder zurück. Sie musste den Barden schon oft gehört haben, dennoch hatte auch sie einen seltsamen Ausdruck auf dem Gesicht. Sie hat ihre eigenen Vorfahren gesehen, dachte Arnu. Was für ein Geschenk.

»Es ist Zeit, zu gehen«, flüsterte sie.

Arnu stand auf und verneigte sich vor Renis. Er drehte sich kurz zu Sina um, die ihm von ihrem Stuhl aus zunickte. Hiram war nicht mehr da, und Tolan schlief mit dem Kopf auf dem Tisch. Auch der junge Trommler schien auf seinem Hocker eingeschlafen zu sein. Die Halle war zur Ruhe gekommen.

Draußen war es unangenehm kühl. Arnu hatte seinen Umhang drinnen vergessen, aber er mochte nicht umkehren. Vielleicht ging es ihn nichts an, was nun weiter in der Halle geschah. Er war sich nicht sicher, ob er wirklich allein war, während er schnell durch die sternenhelle Nacht zum Gästehaus eilte. Der Barde hatte die Welten hoffentlich wieder säuberlich voneinander getrennt. Trotzdem war Arnu erleichtert, als er die Tür des Hauses hinter sich verriegelt hatte.

Niemand kam, um ihn zu wecken. Als er endlich von selbst erwachte, stand die Sonne bereits hoch am Himmel und schien durch eine der Fensteröffnungen, die er letzte Nacht halb offen gelassen hatte.

Eine Weile rekelte Arnu sich noch in den warmen Decken. Nach der langen Reise, auf der er öfter unter freiem Himmel als unter einem Dach geschlafen hatte, fühlten sich das Gästehaus und sein Bett wie ein großes Geschenk an. Wie es ohnehin ein Geschenk der Götter war, sicher und gesund hier angekommen zu sein, fiel

Arnu plötzlich ein. Er musste dringend ein Dankopfer darbringen. Außerdem wollte er seine Kleidung waschen. Danach würde er seinen Göttern gegenübertreten. Tolan hatte ihn erst für den nächsten Tag zu einem Marsch durch das Tal und einem Besuch des Bergwerks eingeladen. Die Bergherrin war begrüßt, die Geschenke waren übergeben worden. Ansonsten hatte er keine Pflichten, also blieb ihm genügend Zeit, sich um seine Angelegenheiten zu kümmern. Vielleicht würde er Renis fragen, welcher Ort für sein Opfer am besten geeignet war. Und wo er seine Wäsche waschen konnte. Außerdem wusste er noch nicht, woher er sein Essen bekam. Während er sich aus den Decken schälte und endlich aufstand, beschloss er, zuallererst Renis zu suchen, die sicherlich alle seine Fragen beantworten konnte.

Wie sich herausstellte, traf Arnus Annahme zu. Er fand Renis im Backhaus hinter der Halle, wo sie gerade große Holzschüsseln in einer Ecke neben dem Kuppelofen stapelte. Es duftete nach frischem Brot und Ofenwärme.

»Guten Morgen«, sagte Renis, ging zu dem großen Tisch an der Wand und griff unter eines der Tücher, die dort ausgebreitet waren. Sie holte einen kleinen Brotfladen hervor und drückte ihn Arnu in die Hand. »Das Frühstück in der Halle hast du versäumt, aber das ist kein Wunder. Es ist spät geworden gestern.«

Arnu nickte stumm und biss in sein Brot. Es war noch warm und schmeckte köstlich. »Hast du gebacken?« Was für eine dumme Frage, schalt er sich. Eigentlich hatte er fragen wollen, warum die Tochter der Bergherrin in einem losen grauen Kittel im Backhaus stand und sauber machte.

»Ja, aber ich musste deswegen nicht früh aufstehen. Ich habe vor dem Schlafengehen alles vorbereitet, und heute hat ein Mädchen für mich den Ofen aufgeheizt. Schmeckt es dir?«

Arnu nickte wieder. »Machst du immer alles selbst? Also, beim Backen.«

Renis sah ihn verwundert an. »Was meinst du? Wir teilen uns die Arbeit, das Mädchen, ihre Mutter und ich.«

»Verzeih mir, ich kann mich nicht gut ausdrücken. Ich hätte nicht gedacht, dass die Tochter der Bergherrin überhaupt backt. Aber offensichtlich tut sie es, und auch noch sehr gut.« Arnu lächelte und nahm noch einen Bissen.

»Komm, setzen wir uns nach draußen, dann kannst du in Ruhe essen und dich darüber wundern, warum ich Brot mache.« Lächelnd ging Renis an ihm vorbei.

Neben dem Eingang stand eine kleine Bank. Hier unter dem Dachvorsprung musste es auch an regnerischen Tagen angenehm trocken sein, vor allem, wenn die Wärme des Backofens zu spüren war.

Arnu setzte sich zu Renis und verspeiste schweigend sein Frühstück. Zu seinen Füßen lagen all die Häuser und Hütten des Tales, darunter der steile Abhang und ein kleines Stück des Sees, alles eingerahmt von hohen Bergen. Wie musste es sein, immer hier zu leben? Nie den Horizont zu sehen oder das Meer? Wenn es tagelang regnete oder schneite? Arnu konnte es sich nicht vorstellen mit der Wärme des Backhauses in seinem Rücken und den ausgestreckten Beinen im Sonnenlicht.

»Danke für das Brot, Renis. Gestern in der Halle dachte ich, nie wieder etwas essen zu können, aber natürlich habe ich mich getäuscht.« Er sah sie von der Seite an.

Sie hatte das Kopftuch abgenommen. Dort, wo ihre Frisur nicht bedeckt gewesen war, waren die dunklen Haare mit etwas Mehl bestäubt. Unwillkürlich hob er die Hand, hielt sich jedoch im letzten Moment zurück, als sie sich ihm zuwandte.

»Es war ein schönes Fest«, sagte sie leise und blickte ihm direkt in die Augen. »Danke, dass du meinen Bruder gut nach Hause gebracht hast.«

»Nein, nein«, stotterte Arnu. Hatte ihm jemals eine junge Frau so unverhohlen ins Gesicht gelächelt? »Du siehst das ganz falsch.«

Renis runzelte die Stirn.

Bevor sie etwas sagen konnte, sprach er schnell weiter. »Es ist vielmehr so, dass er mich gut hierhergebracht hat. Ich habe noch nie eine solche Reise gemacht. Aber Tolan kannte den Weg, wusste, wo wir sicher waren oder für einige Tage rasten konnten.«

»Wirklich?« Renis schüttelte ungläubig den Kopf. »Ich habe mir viele Sorgen um ihn gemacht. Tolan ist ein Hitzkopf, und ich hatte Angst, dass er bereits im nächsten Tal in Schwierigkeiten gerät.«

Arnu erwiderte nichts. Er wusste, was Renis meinte. Ein Hitzkopf war er wirklich, sein Freund. Zweimal hätte das auf der Reise fast zu Streit geführt, als Tolan sich mit Fährleuten nicht auf den Preis für eine Überfahrt ans andere Seeufer einigen konnte. Arnu hatte geschlichtet, indem er bezahlt hatte. Aber davon sagte er jetzt nichts. Er wollte seinen Freund nicht vor dessen Schwester schlechtmachen.

»Ich bin sicher, du hast deinen Teil dazu beigetragen, dass er in einem Stück heimgekommen ist.«

Konnte sie seine Gedanken lesen? Ach was, dachte Arnu, sie kennt einfach ihren Bruder. Und sie hat offenbar keine allzu schlechte Meinung von mir. »Renis, ich habe eine Frage. Wo kann ich meine Kleider waschen?«

Letztendlich verbrachten sie den ganzen Tag zusammen. Renis befahl ihm, seine schmutzigen Sachen zu holen, und zeigte ihm das Waschhaus. Niemand war dort, aber Renis versicherte ihm, morgen würde sich jemand darum kümmern. »Immerhin bist du unser Gast.« Außerdem besorgte sie ihm eine saubere Hose, damit er mit seinem Dankopfer nicht bis morgen warten musste. Arnu lud sie ein, das Opfer mit ihm gemeinsam zu vollziehen.

Auf dem Weg hinauf zu einem Platz im Wald, den Renis für geeignet hielt, erzählte er von der Reise. Sie wollte genau wissen, wo sie gewesen waren und Halt gemacht hatten, wen sie getroffen und was sie unterwegs gegessen hatten. Renis wusste offenbar mehr von der Welt außerhalb ihres Landes als er selbst gewusst hatte, bevor er mit Tolan aufgebrochen war. Die Länder jenseits der Hügel seiner Heimat waren in seiner Vorstellung wie ein großer unbekannter Nebel gewesen, ehe er sie verlassen hatte und durch Bergtäler und über Pässe hierhergekommen war. Er hatte mehr über die südlichen Länder jenseits des Meeres gewusst als über die Orte, von denen Renis sprach, als hätte sie selbst sie besucht.

»Viele Reisende kommen zu uns«, erklärte Renis, nachdem Arnu sie gefragt hatte, warum sie so genau wisse, welche Seen und Täler er meinte, wenn er ihr den Weg hierher beschrieb. »Und das schon seit der Zeit unserer Vorfahren. Viele von uns haben das Tal nie verlassen, das stimmt. Aber wir wissen trotzdem gut Bescheid über die Länder jenseits unserer Berge. Und über die Sitten der anderen.«

»Was meinst du damit?«

Sie zuckte die Schultern. »Verschiedene Dinge. Ich weiß zum Beispiel, warum du gestern erschrocken bist, als es darum ging, wer Sinas Vater gewesen sein könnte.«

Arnu spürte, wie er rot wurde. Er war es nicht gewohnt, über solche Dinge zu sprechen. Die Dienstboten im Haus seines Vaters mochten gewisse Freiheiten haben, aber für einen Sohn des Herrn gehörte sich so etwas nicht.

Eine Weile ging er schweigend hinter Renis den schmalen Pfad entlang. Die Wälder hier rochen ganz anders als in seinem Land, waren dichter und dunkler. Hier war lange kein Baum gefällt worden.

»Ist dieser Wald heilig, Renis?«

Sie blieb stehen und sah ihn an. Ihr Gesicht war ein wenig gerötet, und die feinen Haare um ihre Stirn klebten in kleinen Löckchen an der Haut. »Jeder Wald ist heilig.«

»Natürlich. Ich dachte nur ... Für mich ist es ungewöhnlich, dass so nahe am Dorf so viele Bäume stehen. Mein Vater lässt unser Brennholz von wer weiß woher kommen, weil rundherum seit Menschengedenken nichts mehr wächst.«

»Du siehst recht genau hin, Arnu aus dem Süden.« Es klang anerkennend. Zumindest hoffte Arnu das. »Nun sieh noch genauer hin. Fällt dir etwas auf an den Bäumen?«

Er blickte sich um. Tatsächlich. An fast allen Bäumen waren die Äste durch verschiedene Vorrichtungen dazu gebracht worden, in eine bestimmte Richtung zu wachsen. Man erkannte es nur, wenn man genau hinsah. »Für die Stiele ... für die Pickel«, murmelte Arnu leise. »Tolan hat mir davon erzählt. Er sagte, er werde es wahrscheinlich nicht mehr erleben, wenn sie geerntet werden.« Er lächelte Renis an. »Euer Großvater hat diesen Wald gepflanzt und sich sein Leben lang um diese Bäume gekümmert, nicht wahr?«

»Unser Urgroßvater, um genau zu sein. Du beobachtest nicht nur gut, du hörst offenbar auch gut zu.« Sie strahlte ihn an.

Arnu merkte, wie er wieder rot wurde.

»Lass uns weitergehen, wir sind gleich da. Erzähl mir noch eine Geschichte von eurer Reise.«

Also berichtete er ihr doch noch von dem Streit mit dem Fährmann, der ihn und Tolan über einen See gebracht und ihnen damit einen tagelangen Umweg erspart hatte. Er übertrieb die lustigen Teile dieser Begebenheit und verschwieg die allzu unangenehmen, um Renis ein Lachen nach dem anderen zu entlocken.

An einer kleinen Lichtung hielten sie an. Ein wenig Sonnenlicht drang durch die Baumwipfel. Im dichten Moos stand ein morscher Baumstumpf. Renis hockte sich vor ihn hin und berührte liebevoll das überwachsene Holz.

»Ein Sturm hat den Baum gefällt, als ich klein war. Die Waldgeister wohnen hier. Die Leute kommen her, wenn sie mit der Göttin sprechen möchten und nicht höher hinaufsteigen oder ins Bergwerk gehen wollen.«

»Die Geister stört es nicht, wenn ein Fremder hier opfert?«

»Sie sind es gewohnt. Das Tal hat nie uns allein gehört, sondern auch den Fremden. Die Geister sind nicht eifersüchtig. Vergiss nicht auf sie, wenn du deine Worte sagst, mehr verlangen sie nicht.«

Arnu nickte. Nur die Götter wollten Opfergaben. Die Geister halfen auch ohne Opfer, wenn man sie höflich darum bat. »Ich werde einige Worte in meiner Sprache sagen und die Gaben für meine Götter auf den Stumpf legen. Wirst du auch etwas tun?«

»Wenn es dich nicht stört, setze ich mich dort drüben unter den Baum und singe leise ein Lied. Für die Berggöttin. Damit sie dich beschützt, solange du hier bist.«

Arnu lächelte dankbar und holte sein Opfer aus dem kleinen Beutel an seinem Gürtel. Es waren ein kleiner Edelstein, den ihm seine Mutter einst geschenkt hatte, und ein weiterer Stein, aufgelesen am höchsten Pass, den sie auf der Reise überquert hatten. Außerdem legte er ein Stück Wurst dazu, das vom Reiseproviant übrig geblieben war.

Er schloss die Augen und sprach leise sein Gebet an die Götter seiner Heimat, die Geister seiner Ahnen und an die Waldgeister hier. Einen Moment zögerte er, doch dann wandte er sich auch an die Berggöttin dieses Tales und bat sie um ihren Schutz. Wenn Renis gleichzeitig dieselbe Bitte vorbrachte, konnte das nur nützlich sein.

Als er fertig war, setzte er sich auf den Boden und hörte Renis' Lied zu. Sie sang ganz leise, ohne die Stimmen des Waldes zu übertönen. Zarter Wind in den Blättern und Nadeln, Vogelgezwitscher, kleine Tiere im raschelnden Laub des Vorjahres. Arnu spürte, wie sich ein Glücksgefühl in seiner Brust ausbreitete, und atmete tief ein. Die

Götter hatten sein Opfer angenommen, und die Geister dieses Ortes begrüßten ihn. Nun hatte er das Recht, hier zu sein.

Erleichtert stand er auf und breitete seine Arme aus. »Götter und Geister, ich danke euch«, flüsterte er in der Sprache dieses Landes.

Renis kam auf ihn zu, griff nach seinen Händen und sagte leise: »Willkommen im Hochtal.«

Enuti klopfte Tolan auf die Schulter. »Ich bin froh. Du bist heil wieder zurück. Schade, dass ich gestern Abend nicht dabei sein konnte.«

Tolan grinste. »Es ist schön, wieder daheim zu sein.« Er stand mit seinem Onkel vor dem Stolleneingang. Enuti wollte ein Licht anzünden, aber Tolan hielt ihn zurück. »Warte. Lass mich dir vorher dein Geschenk geben.«

»Ein Geschenk?« Enutis Augen leuchteten auf.

Tolan reichte ihm einen in ein Stück Leinen gewickelten Gegenstand. Die Form war verheißungsvoll. Schnell packte Enuti das Ding aus. Wie erhofft, ein Messer! Der Griff war aus glatt poliertem dunklem Holz, in dem Muster aus hellerem Holz leuchteten. Auch die Lederscheide war kunstvoll verziert. Langsam zog Enuti die Klinge heraus. Ein Seufzer entfuhr ihm. Was für eine prachtvolle Arbeit! Die Klinge war kurz, scharf und spitz, wunderbar geeignet für allerlei Arbeiten. Er betrachtete sie schweigend, ehe er sie zurücksteckte.

»Du musst dir eine Schlaufe machen, dann kannst du es immer am Gürtel tragen.«

»Das werde ich tun, Tolan, das werde ich ganz gewiss tun. Ich danke dir für dieses großzügige Geschenk.« Lächelnd drückte Enuti seinen Neffen kurz an sich.

»Die Schmiede in Arnus Land sind nicht besser als unsere, aber manche von ihnen können sich so viel Zeit für ein einziges Messer nehmen, wie sie wollen, so gut bezahlt Arnus Vater sie.«

»Es muss dich ein Vermögen gekostet haben!«

Tolan schmunzelte. »Sagen wir so: Arnus Vater war froh, dass ich seinen Sohn aus der einen oder anderen Schwierigkeit herausgehalten habe. Deshalb habe ich einen guten Preis bekommen.«

Enuti lachte schallend auf. »Dann freut es mich umso mehr. Ich hätte nicht gewollt, dass mein Neffe als armer Mann zurückkommt, weil er mir ein so schönes Geschenk macht.«

»Keine Sorge. Mir ist genug geblieben. Und ich habe Pläne mit diesem Reichtum.«

»Pläne?« Enuti runzelte die Stirn. Er konnte sich gut an Tolans Ideen erinnern, über die er vor seiner Abreise häufig gesprochen hatte. Manche dieser Gedanken hatten selbst Enuti Angst gemacht. Offenbar waren sie durch die lange Reise nicht verflogen.

»Lass uns in den Berg gehen. Wir haben ihn heute für uns«, sagte Enuti und zündete das Licht an.

»Ja, natürlich haben wir ihn für uns«, spottete Tolan und verdrehte die Augen. »Der eine Bergmann, der heute nach dem Rechten gesehen hat, ist längst wieder zu Hause, und alle anderen waren gar nicht hier! Ein Tag mehr, an dem nicht gearbeitet wird in diesem verfluchten Berg!« Tolan stapfte los in die Dunkelheit.

Für einen Moment verschlug es Enuti die Sprache. »Halt! Tolan, sprich nicht so! Und mir scheint, du hast vergessen, was notwendig ist, bevor man in den Berg geht!« Er war immerhin sein Onkel und verantwortlich für das Bergwerk. So ein Verhalten durfte er nicht zulassen.

Trotzig ging Tolan einige Schritte weiter, kehrte aber dann zurück. Er legte seine Hand an eine schmale Stelle der Stollenwand, die nicht von mächtigen Stützbalken verborgen war. Hier trat das Gestein des Berges hervor, glatt geschliffen von unzähligen Händen. Hastig murmelte Tolan ein Gebet.

Enuti grunzte und schob ihn beiseite. Auch er sprach die Worte. Danach marschierten sie in den Stollen hinein, der sich gleich hinter dem Eingang nach unten zu neigen begann. Enutis Licht reichte nicht weit, aber Tolan schien das nichts auszumachen. Er stürmte voran, ohne auf den abschüssigen Boden unter seinen Füßen zu achten, während sein Onkel hinter ihm hereilte.

»Es erwartet niemand von dir, wie Hiram zu sein, Tolan. Aber wenigstens die notwendigsten Gebote einzuhalten, das solltest du schaffen«, brummte Enuti.

»Ich bitte dich, lass mich in Ruhe, Onkel. Du bist doch selbst ein Zweifler, also spar dir dein Schimpfen.«

Enuti knurrte etwas Unverständliches, während er weiter hinter Tolan her den Stollen nach unten stieg. Es stimmte, er teilte Tolans Meinung zum größten Teil. Aber um seiner Schwester willen hatte er immer vermieden, das allzu deutlich werden zu lassen. Er wollte nicht dafür verantwortlich gemacht werden, wenn im Berg ein Unfall geschah.

»Was ist passiert, während ich weg war?«, fragte Tolan in betont freundlichem Ton.

»Zum Glück nichts, was außergewöhnlich gewesen wäre. Einer der Bergmänner hat sich den Pickel recht unglücklich auf den Fuß geschmissen. Danach konnte er den ganzen Winter über nicht mehr richtig gehen. Aber das war der einzige Unfall.«

Tolan lachte. »Das ist wirklich großes Pech. Geht es ihm wieder gut?«

»Ja. Er ist schon eine Weile wieder gesund. Während er nicht arbeiten konnte, kam seine Frau. Also hat uns niemand gefehlt.«

»Wir brauchen mehr Leute«, murmelte Tolan.

Enuti tat, als hätte er ihn nicht gehört. Mittlerweile hatten sie die erste Abbauhalle erreicht. Nun ging Enuti voran. Hier war viel geschehen, seit Tolan abgereist war. »Sieh, wie weit wir vorgedrungen sind.«

Enuti zündete einige weitere Lichter an, um Tolan das Ausmaß des Raumes zu zeigen. Er war nicht nur in die Länge und Breite, sondern auch in die Höhe gewachsen. Die Bergleute hatten überall an den Wänden breite Stufen aus dem Gestein geschlagen, um auf mehreren Ebenen arbeiten zu können.

Tolan war beeindruckt. »So groß habe ich sie mir nicht vorgestellt, als du vorhin davon erzählt hast.«

»Wir waren nicht untätig. Ganz im Gegenteil. Diesmal sind wir gut auf das Bergfest vorbereitet. Wir haben mehr Salz als in den Vorjahren und sind trotzdem früher fertig geworden.«

»Offenbar schadet es dem Bergwerk nicht, wenn ich länger weg bin.«

»Sei nicht albern, Tolan. Der Berg hat das Salz in der letzten Zeit leichter freigegeben. Wir mussten nicht so viel taubes Gestein bewegen. Das hier ist eine gute Stelle, sonst nichts.«

»Die Göttin war gnädig, willst du sagen.«

»Hör auf zu spotten!« Enuti wurde kalt. Manchmal übertrieb Tolan es. Enuti war gern im Berg, er liebte die Dunkelheit und die Stille, und auch die ewige Kälte machte ihm nichts aus. Aber an eine erzürnte Göttin wollte er lieber nicht denken. Die Dunkelheit des Berges war schön, solange man sicher sein konnte, später wieder im Sonnenlicht zu stehen. Er versuchte, diese Gedanken zu vertreiben. »Die anderen Hallen haben wir instand gehalten, mehr jedoch nicht.«

»Gut, dann hat es keinen Sinn, sie mir anzusehen. Lass uns gehen, ich muss dir von meinen Plänen berichten.«

Enuti begann die Lichter zu löschen. »Zuvor will ich dir etwas berichten, etwas, mit dem Sina und Hiram dich gestern wahrscheinlich nicht behelligen wollten.«

Er trat zu seinem Neffen und bedeutete ihm, im Stollen wieder voranzugehen. »Aus dem Norden haben uns beunruhigende Nachrichten erreicht. Wir sind uns nicht ganz sicher, ob wir glauben können, was wir gehört haben, aber wenn es stimmt, dann hat Bohuts Familie nicht mehr nur in ihrer Heimat die Macht.«

»Er und seine Söhne haben immer schon gerne nach der Sitte ihrer Urgroßväter gelebt. Wie weit haben sie ihren Einfluss ausgedehnt?«

»Sie haben nicht nur Einfluss ausgedehnt, Tolan. Sie haben regelrecht erobert. Dörfer und Länder unterworfen. Bohuts Söhne haben sich in die Hallen ihrer Nachbarn gesetzt und die Leute zu ihren Untertanen erklärt. Dort ist es nicht mehr wie bei uns. Wenn es wahr ist«, setzte Enuti hinzu. In seiner Stimme schwang ein wenig Hoffnung mit, dass die Geschichten aus dem Norden übertrieben sein könnten.

»Es ist wahr.« Tolan klang seltsam unbeeindruckt. »Auch ich habe es auf meiner Reise gehört. Sogar jenseits der großen Pässe erzählen die Leute von Bohut und davon, wie er die alten Verträge gebrochen hat.«

»Was? So weit ist die Nachricht schon gedrungen?« Enuti war stehen geblieben. »Das ist nicht gut. Das ist gar nicht gut.«

Tolan blieb ebenfalls stehen und drehte sich zu seinem Onkel um. »Enuti, mach dir keine Sorgen. Bohut hat, was er wollte. So weit in den Süden wird er nicht kommen.«

»Manchmal stellst du dich dümmer, als du bist, Tolan!« Enuti spürte Wut in sich aufsteigen. »Was denkst du, wohin Bohut seine Augen richtet, wenn seine Macht im Norden gefestigt ist? Und er hat genügend waffenfähige Männer, um das zu erreichen. Aber er hat kein Salz! Und wo, glaubst du, wird er es sich holen wollen? Hm?« Enuti fuchtelte aufgebracht mit seinem Licht vor Tolans Gesicht herum. »Von hier!«

Tolan begann zu grinsen. »Hör mir erst zu, bevor du mich vor Wut schlägst. Meine Pläne passen gut zu denen von Bohut. Auch wenn er es noch nicht weiß.«

Enuti ließ das Licht sinken. »Wie meinst du das?«

»Ich werde Bohut geben, was er verlangt. Salz. Aber es wird nicht das Salz von hier sein. Sondern vom Kleinen Salzberg im Westen.«

»Vom Kleinen Salzberg?« Enuti starrte ihn ungläubig

an. »Du bist verrückt! Du hast doch gar kein Recht dazu. Außerdem ist es schlechtes Salz.«

»Ich bin keineswegs verrückt. Ich habe alles bedacht. Was das Recht angeht, nun … Bohut hat auch nicht nach seinem Recht gefragt, als er sich die Länder seiner Nachbarn genommen hat.«

»Willst du alleine zum Kleinen Salzberg marschieren und den Leuten dort erklären, dass das Salz nun dir gehört?«

»Ganz genau. Ich werde ihnen zeigen, wie man schneller und besser arbeiten kann. Schneller und besser als hier. Immerhin habe ich vom Besten gelernt, nicht wahr, lieber Onkel?«

»Du bist verrückt!«, wiederholte Enuti entsetzt. »Wie willst du das alleine schaffen? Die werden ihren Berg nicht kampflos an dich abtreten.«

»Ich bin nicht allein. Ich bin reich genug, um mir Männer zu kaufen. Und Arnu wird mir helfen.«

»Bereits am ersten Tag von der Schwester auf das heilige Plätzchen verschleppt worden? Mein armer Freund!«

Tolan spottete schon eine Weile. Arnu war es gewohnt. Sein Freund machte sich über jeden lustig, der seine Götter ehrte. Darüber waren sie schon oft in Streit geraten, aber heute hatte Arnu keine Lust dazu. Vor allem nicht, weil Tolan sichtlich schlecht gelaunt war. Am Tag zuvor hatte er mit seinem Onkel das Bergwerk aufgesucht, doch Arnu wusste nicht, was dort vorgefallen war. Wenn Tolan es nicht von sich aus erzählte, hatte es keinen Sinn, danach zu fragen.

»Zeigst du mir heute euer Bergwerk, so wie du es versprochen hast?« Arnu war nicht sicher, ob das die richtige Frage war, um seinen Freund von dessen Laune abzulenken, aber etwas Besseres fiel ihm nicht ein.

»Nein, ich habe es mir anders überlegt. Irgendwann, in ein paar Tagen«, antwortete Tolan gelangweilt. Er hockte auf dem Boden vor Arnus Unterkunft und spielte mit einem kleinen, braun-weiß gefleckten Hund. »Sina hat ihre Zustimmung gegeben.« Tolan sah zu Arnu hoch, der an der Wand lehnte. »Das ist eine Ehre. Ich hoffe, du weißt das.«

Arnu verneigte sich spöttisch. »Natürlich weiß ich das. Niemand lässt sich gerne die Geheimnisse seiner Arbeit abschauen.«

Tolan schüttelte den Kopf und warf einen kleinen Stock, dem der Hund hinterherjagte. »Darum geht es nicht. Du weißt ebenso gut wie wir alle hier, wie man Salz bricht. Daran ist nichts Geheimnisvolles. Es geht darum, wen die Göttin in den Berg lässt und wen nicht. Da gibt es strenge Regeln, und für Ausnahmen muss nachgefragt werden. Von Hiram persönlich.« Seine Stimme klang höhnisch.

Der Hund brachte seine Beute zurück und warf sie Tolan auffordernd vor die Füße. Der lachte laut auf und warf den Stock erneut.

»Hier im Tal passiert nichts, vor allem nichts Neues, solange nicht die Göttin befragt wurde. Deshalb tun wir nun etwas, wofür wir von niemandem eine Erlaubnis brauchen.« Er stand auf und pfiff. »Komm mit, mein Freund.«

Arnu war nicht sicher, ob er oder der Hund gemeint war, aber er folgte Tolan.

Angeln gehörte nicht zu Arnus Lieblingsbeschäftigungen. Doch er wusste, wie sehr Tolan es vermisst hatte, auf seinem See in einem Boot zu sitzen und einen Fisch nach dem anderen herauszuholen. Es gehörte sogar zu seinen Pflichten, für die anderen Bergleute Fisch zu fangen, so wie Renis für das Brot verantwortlich war. Heute wollte er nur eine Mahlzeit für sie beide aus dem Wasser ziehen, hatte Tolan versichert, und den Geist des Sees begrüßen. Für einen Mann, der über die Göttin des Berges spottete, hatte er mit einer Hand im Wasser ein erstaunlich langes Gebet gesprochen, bevor er Arnu erlaubt hatte, einen Fuß in das Boot zu setzen.

Jetzt saßen sie schon eine Weile hier und hielten ihre Angeln ins Wasser. Tolan hatte die Augen geschlossen, schien aber nicht zu schlafen. Das Boot bewegte sich sanft im ruhigen Wasser. Es war fast windstill, und die Sonne wärmte, solange sie nicht in den Schatten trieben, den die dicht am Ufer stehenden Berge auf den See warfen. Hier, in der Mitte des Sees, war der Blick frei bis an sein nördliches Ende. Dort war der Auslass des Flusses, auf dem die Salzboote nach Norden fuhren. Am Anfang wand der Fluss sich durch Berge, später durch sanftere Hügel. Gleich dahinter durchquerte er eine große Ebene, bis er im Großen Fluss mündete. Tolan hatte ihm davon erzählt, als sie am Tag ihrer Ankunft über den See gekommen waren. Arnu hoffte, den Fluss eines Tages sehen zu können. Erst dann würde er die Berge wirklich überwunden haben, die ihm sogar im Sonnenlicht und trotz der Weite des Sees, die ihn umgab, bedrohlich erschienen.

Ob nur er sich so fühlte, weil er hier fremd war und sich noch immer nicht an die mächtigen Berge gewöhnt hatte, trotz der langen Reise über das Gebirge? Hier gab es so wenig Leben, keine Felder, keine Weiden für das Vieh.

Sei nicht albern, Arnu, dachte er. Hier gibt es etwas viel Wichtigeres, das Salz.

»Wer wohl der Erste war, der hierherkam?« Arnu stellte sich die Frage selbst, hatte sie aber laut ausgesprochen.

Tolan lachte leise, ohne die Augen zu öffnen. »Deine Gedanken ziehen wahrhaftig seltsame Wege, mein Freund.«

»Du hast ganz ähnliche Fragen gestellt, als du in meinem Land warst. Dir war vieles fremd, und du wolltest Erklärungen haben.«

»Sei nicht beleidigt. Ich weiß nicht, wer der Erste war. Es kann jedenfalls nicht einer alleine gewesen sein.«

Arnu richtete sich auf. »Weil einer alleine kein Bergwerk bauen kann, meinst du?«

Tolan sah ihn mit halb offenen Augen an. »Ja, das auch. Aber ... Ach, die alten Geschichten kenne ich nicht so gut wie Renis oder Hiram.«

Arnu rollte mit den Augen. »Versuch es, ich bitte dich. Es ist langweilig genug hier mit euren müden Fischen, die nicht anbeißen wollen.«

»Es ist nicht meine Schuld, wenn du nicht angeln kannst, mein wissbegieriger Freund«, stichelte Tolan. »Also gut. Ich versuche es.« Er holte übertrieben tief Luft. »In früheren Zeiten teilten sich unsere Ahnen den Berg. Die Menschen im ganzen Land, nicht nur hier am See und oben im Tal. Die Göttin hatte – so erzählen es die Alten – genau festgelegt, wer in welchem Mond für sich und seine Leute Salz holen durfte. Sie mussten es selbst brechen, aber sie durften nehmen, so viel sie in ihren Säcken davonschleppen konnten. Abgesehen von dem Anteil, den sie hierlassen mussten natürlich.«

»Welchem Anteil?«, fragte Arnu.

»Dem Anteil für die Leute, die hier lebten. Wer nur alle paar Monde herkommt, kann sich nicht um das Bergwerk kümmern. Es waren unsere Vorfahren, die dafür sorgten, dass die Stollen offen blieben und genug Holz und Leuchten auf Vorrat lagen. Dafür ließen die anderen einen Anteil Salz zurück, wenn sie sich auf den Weg nach Hause machten.«

»Aber das war früher. Jetzt holt nur noch ihr das Salz. Es kommt niemand sonst, der im Berg arbeitet. Wieso gehört es euch dann nicht? Deiner Familie, Sina, deinem Vater? Renis hat mir das gesagt.«

Tolan nickte. »Hier ist es nicht wie bei dir zu Hause, in deiner Familie. Es gehört nicht meiner Familie, erst recht nicht meinem Vater. Es gehört allen, die hier am Berg sind, und vielen anderen, die weit weg leben.« Tolan machte eine weit ausholende Handbewegung.

»Deine Eltern verhalten sich ähnlich wie mein Vater, wie Herrscher. Deshalb ist es für mich so seltsam, dass ihnen der Berg nicht gehört.« Und weil es sich etwas von dem unterscheidet, was du mir früher erzählt hast, dachte Arnu.

»Hiram ist ganz anders als dein Vater. Er dient der Göttin. Sina … ja … Vielleicht ist sie ein wenig wie dein Vater. Weil sie für das Bergwerk verantwortlich ist. Und dafür sorgt, dass das Salz richtig verteilt wird. Du wirst es sehen, beim Bergfest.«

»Das Bergfest …«, begann Arnu.

»Nein, genug!«, rief Tolan. »Lass uns angeln. Einen einzigen Fisch wirst du wohl erwischen.«

Arnu fing sogar zwei. Tolan ruderte das Boot gemächlich zurück und verstaute es, während Arnu ein kleines Feuer am Ufer entfachte. Während sie die Fische brieten, hockten sie schweigend und zufrieden auf den Steinen und sahen auf das Wasser hinaus. Es fühlte sich wieder an, als wären sie alleine auf ihrer langen Reise unterwegs durch die Berge. Der Fisch schmeckte köstlich, auch dem kleinen Hund, der am Ufer auf sie gewartet hatte und sich nun über die Reste hermachte. Es wurde schon dunkel, als sie den gewundenen Weg nach oben ins Tal stapften.

»Morgen gehen wir in den Berg«, sagte Tolan gut gelaunt zum Abschied, nachdem sie am Gästehaus angekommen waren. »Ich hole dich ab, wenn die Sonne aufgeht.«

Die nächste Zeit verbrachte Arnu abwechselnd in der Gesellschaft von Renis und Tolan. Sein Freund hielt sein Versprechen und zeigte ihm das Bergwerk. Sie blieben nicht lange dort, aber Arnu störte das nicht. Tolan hatte viel davon erzählt, sodass Arnu das Gefühl hatte, die große Abbauhalle bereits zu kennen. Und die Stol len waren wie in jedem Bergwerk enge, von Holzbalken umschlossene Gänge, in denen man darauf achten musste, wohin man trat und wie viel Platz oberhalb des eigenen Kopfes war. Die ganze Zeit über schien Tolan mit etwas anderem beschäftigt zu sein, über das er offensichtlich nicht mit ihm sprechen wollte.

Renis hingegen erklärte Arnu bereitwillig alles, was er wissen wollte. Sie besuchte mit ihm die Talbewohner in ihren Häusern und Werkstätten, damit Arnu wusste, an wen er sich für dieses oder jenes wenden konnte. Sogar die Häuser der Aussätzigen, die unten am Seeufer standen, zeigte sie ihm. Sie hielten die Bootshäuser instand, erklärte Renis, solange sie dazu in der Lage waren. Auch in Arnus Heimatstadt lebten solche Menschen abseits der Gemeinschaft, und sein Vater sorgte für Arbeit und Essen.

Arnu durchstreifte mit Renis die Wälder oberhalb des Dorfes bis an den Fuß des mächtigen Felsens, der das Tal abschloss. Weiter zu gehen, wagte Renis nicht, obwohl sie den Weg gut kannte. Aber auch wenn die Tage bereits lang waren, hatte keiner von beiden Lust, am Rückweg von der Dunkelheit überrascht zu werden.

Tolan nahm Arnu häufig mit auf sein Boot, in das sich nun sogar der Hund wagte, der ihm nicht mehr von der Seite wich. Manchmal verspeisten sie ihren Fang am Ufer, aber immer öfter trugen sie die Fische zur Halle. Dort verbrachte Arnu die meisten Abende im Kreis von Tolans Familie, die stets gemeinsam aß. Die Gespräche drehten sich nicht mehr um seine und Tolans Reise, sondern um das bevorstehende Bergfest. Es schien eine von Sinas wichtigsten Aufgaben zu sein, für ein gelungenes Fest zu sorgen. Dazu gehörte vor allem, die Gäste angemessen unterzubringen und zu bewirten. Arnu waren die Säcke und Fässer aufgefallen, die fast täglich vom See heraufgetragen wurden. Er konnte sich nicht recht vorstellen, wie viele Menschen tatsächlich zum Fest erwartet wurden. Das Tal war eng, der Platz begrenzt. Und was genau würde eigentlich geschehen? Arnu war neugierig und voller Vorfreude. Bis zum Fest hatte er wohl nichts anderes zu tun, als der geschätzte Gast von Tolans Familie zu sein. Erst danach würde er Pläne für seine Zukunft machen.

2. Kapitel

Keuchend und verschwitzt blieben sie stehen. Sie waren auf den Steilhang oberhalb des Dorfes gelaufen, ohne auf dem schmalen Weg innezuhalten. Arnu schnappte nach Luft.

»Solche Berge kennst du nicht aus deiner Heimat«, zog Renis ihn auf.

Arnu packte sie am Arm und drehte sie lachend herum. »Sei nicht so frech!«

Ihr Gesicht war plötzlich dicht vor seinem, und für einen Moment war ihm, als würde sie etwas sagen oder tun wollen, doch dann schüttelte sie seinen Arm ab und lief weiter.

Einige Zeit folgte er ihr schweigend und versuchte, wieder zu Atem zu kommen. Da hörte er ein Geräusch, einen eigenartig hohen Ton. Er blieb stehen.

»Was passiert dort oben?«, fragte er.

Auch Renis war stehen geblieben und lauschte. Wieder war der feine Ton zu hören.

»Die Totenflöte«, flüsterte Renis. »Komm!« Sie nahm Arnus Hand und zog ihn hinter sich her den schmalen Weg am Hang entlang, der zu dem Ort führte, an dem die Bewohner des Tals seit jeher ihre Toten begruben. Renis hatte ihm am ersten Tag nach seiner Ankunft davon erzählt, aber Arnu hatte bisher keinen Fuß dorthin gesetzt.

Bald erreichten sie die ersten Gräber, auf denen Gestrüpp und niedrige Bäumchen wuchsen. Je weiter sie gingen, desto niedriger wurde der Bewuchs auf den Gräbern. Die Verstorbenen, die hier lagen, waren noch nicht lange tot. Arnu wurde seltsam zumute. In seiner Heimat waren Riten notwendig, bevor die Totenbezirke vor den Stadtmauern betreten werden durften. Hier lief man offenbar zwischen seinen Ahnen herum, wie es einem passte. Erst jetzt fragte er sich, wer wohl gestorben sein mochte.

Plötzlich standen sie vor einer Gruppe von Frauen und Männern, die sich am Ende des Pfades versammelt hatte. Die Leute bildeten einen Halbkreis um ein frisch ausgehobenes, flaches Grab. Erde und Steine waren daneben aufgehäuft.

Es muss schwer sein, in dieser steinigen Erde zu graben, dachte Arnu. Im Grab war deutlich die Form eines Körpers auszumachen, fest in eine bunt karierte Decke gewickelt. Irgendetwas Glänzendes lag auf dem Stoff, das Arnu nicht erkennen konnte. Bei den Füßen des Leichnams stand eine flache Schale. Darin befanden sich ein Brotfladen und ein paar kleine Äpfel.

Ganz vorne am Grab sah er einige alte Frauen. Manche hatte Arnu schon oft in der Halle getroffen. Andere waren ihm von seinen Besuchen mit Renis bekannt. Die Frauen hatten sich sichtlich Mühe gegeben, sich rot zu kleiden. Einige trugen ein rotes Tuch um die Schultern, doch die meisten waren von Kopf bis Fuß rot angezogen. Alle hatten die Augen geschlossen und stießen kurze, schrille Schreie aus. Dazu ertönte die eigenartige Flöte.

Am Rand der Versammlung stand ein großer Mann, der laut mit ein paar ineinandergehängten Ringen schepperte. Arnu widerstand mit Mühe dem Drang, sich die Ohren zuzuhalten. Er spürte, wie er Gänsehaut bekam, und bedeutete Renis, dass er gehen wollte. Aber sie schüttelte den Kopf.

»Sag mir wenigstens, wer gestorben ist«, forderte Arnu sie auf. Er musste laut sprechen und war froh, trotzdem von niemandem außer Renis beachtet zu werden.

»Es ist Fulla«, antwortete Renis. »Sie war sehr alt und hat ihr Haus lange nicht mehr verlassen. Du hast sie nie getroffen.«

Jetzt hielt der Mann statt der Ringe eine Trommel in der Hand und schlug sie, als wäre er besessen. Die rot gekleideten Frauen hörten auf zu schreien. Die Trommel verstummte. Mit einem Mal war es völlig still. Der Mann legte die Trommel auf den Boden. »Es ist Zeit, eine der Unseren der Erde zurückzugeben«, rief er. »Wir müssen darum bitten, dass sie angenommen wird von unserer Mutter!«

Alle fingen zu singen an. Arnu war erstaunt, weil Renis nicht in den Gesang einstimmte. Stattdessen war nun sie es, die gehen wollte und sich abwandte.

»Warum singst du nicht mit?«, fragte er, als sie einige Schritte gegangen waren.

»Es ist nicht mehr üblich«, sagte sie, »und ich kenne das Lied nicht gut.«

Er wollte nachhaken, was sie damit meinte, doch sie hob den Arm und winkte einer Gestalt, die weiter vorne zwischen den alten Gräbern stand. »Schau, da ist Hiram!«

Ihr Vater winkte zurück und wartete, bis sie bei ihm waren.

»Du warst bei Fullas Begräbnis?«, fragte Hiram erstaunt.

Renis schüttelte den Kopf. »Wir waren zufällig in der Nähe. Ich wollte Arnu zeigen, was sie machen. Das ist einfacher, als es ihm zu erklären. Er will alles genau wissen.«

Hiram lächelte Arnu zu. »Das ist gut. Er will uns verstehen. Das ist immer ein guter Anfang für lange Freundschaften.«

Arnu verneigte sich vor Hiram. Er hatte tatsächlich immer noch Fragen. »War Fulla keine von euren Leuten?«

»Doch, sie stammt aus einer der ältesten Familien hier«, sagte Hiram. »Aber die alten Familien verbrennen ihre Toten nicht, so wie wir das tun, das ist alles.«

Renis verzog den Mund. »Das stimmt nicht ganz. Sie glauben auch, dass die Göttin sie nicht sicher geleitet, wenn sie ihr keine Gaben mitbringen. Wir wissen, dass das nicht stimmt.«

»Wissen wir das wirklich?«, fragte Hiram und lächelte seine Tochter an.

»Vater!«, rief Renis entrüstet.

»Du hast ja recht, Kind. Aber sei nicht so streng.« Er hob die Hand zum Abschied und ging davon.

Arnu sah ihm nach. »Dein Vater ist sehr freundlich.«

Renis nickte. »Und er nimmt sich immer Zeit. Obwohl er viel zu tun hat. Vor allem jetzt vor dem Bergfest.«

»Ich weiß. Tolan hat mir nicht viel über euch erzählt,

aber vom Bergfest hat er unentwegt gesprochen. Er hat mich ohne jede Rücksicht über diese Berge getrieben, damit wir rechtzeitig hier sind.«

»Und weil ihr viel zu früh hier wart, darfst du jetzt bei den Vorbereitungen helfen.«

»Unter der Gastfreundschaft, von der dein Bruder immer gesprochen hat, habe ich mir etwas anderes vorgestellt.« Arnu schmunzelte.

»Ich werde meinem Onkel sagen, dass du es nicht erwarten kannst, dich nützlich zu machen!«

Bereits am Tag seiner Ankunft war Arnu die riesige Holzkonstruktion ganz oben im Tal aufgefallen. Sie war vor langer Zeit zu einem einzigen Zweck errichtet worden: um das Bergfest abzuhalten. Sie wurde nur an diesen wenigen Tagen in ihrem eigentlichen Sinn benutzt. Die übrige Zeit diente sie als Lagerplatz, um Tiere anzubinden, oder im Sommer als Schlafplatz für Gäste, wenn es in den Häusern nicht genug Platz gab. Von unten sah sie ein wenig bedrohlich aus.

Die eingezäunte Plattform stand ganz nah am hoch aufragenden Berg. Arnu hatte das Gefühl, nur einen Schritt machen zu müssen, um seinen Gipfel zu erreichen. Er drehte sich um. Wie jedes Mal stockte ihm der Atem. Der Anblick war überwältigend. Unter ihm lag das schmale Hochtal, auf beiden Seiten gesäumt von steilen Felswänden. Ganz unten war ein Zipfel des Sees zu erkennen, ein dunkler Fleck vor dem Hintergrund der Berge gegenüber. Die wahre Größe des Sees war von hier aus nicht zu erahnen. Weit unten zog ein Raubvogel seine Kreise. Arnu schloss die Augen und stellte sich vor, an seiner Stelle zu sein, über den See zu fliegen, den Wind unter den Flügeln zu fühlen, völlig frei.

»Beeil dich, Fremder, das hier muss vor Einbruch der Nacht fertig werden, sonst bekommt meine Schwester Sina schlechte Laune.«

Enuti kommandierte ihn gerne herum. Arnu nahm es gut gelaunt hin, vor allem, weil er jederzeit alles stehen und liegen lassen und sein Gastrecht beanspruchen konnte. Niemand würde ihm das übel nehmen. Alle anderen Leute behandelten ihn respektvoll und waren dankbar für seine Hilfe. Er würde sie ihnen nicht verweigern wegen eines einzelnen Griesgrams. Deshalb griff er, ohne zu antworten oder Enuti anzusehen, nach seiner Schaufel und versuchte weiter, die Holzbretter, auf denen er stand, vom Schmutz des letzten Jahres zu befreien. Alles musste sauber gemacht und ausgebessert werden. Die Plattform und der niedrige Zaun, der sie umgab, mussten in einwandfreiem Zustand sein. Hier würden die Wettkämpfe stattfinden. Enuti hatte Arnu mehr als einmal eingeschärft, aufmerksam alles zu entfernen, an dem die Wettkämpfer sich verletzen konnten. Er selbst war immer wieder für längere Zeit verschwunden und hatte, wenn er hier war, Anweisungen erteilt, ohne selbst anzupacken.

Jetzt, am Ende des fünften Tages, waren sie fast fertig. Morgen würden die Kinder kommen, um den Zaun mit Blumen zu schmücken. Dann würde der Festplatz bereit sein. Arnu teilte die Vorfreude mit den Leuten. Er war neugierig auf das Fest. Tolans Beschreibungen von früheren Bergfesten hatten sich auf die Wettkämpfe beschränkt, aber das war es nicht allein, was Arnu interessierte. Er hatte Renis in den letzten Tagen nicht oft genug gesehen, um sie fragen zu können, und alle anderen waren zu beschäftigt. Also wartete er ab und zähmte seine Neugierde.

Die Sonne war schon untergegangen, als sie die Werkzeuge in einer der kleinen Hütten, die rund um den Festplatz standen, verstauten. Alle lachten und waren guter Laune. Seit Tagen war keiner von ihnen im Berg gewesen, denn diese Arbeit musste ruhen, wenn die Zeit des Bergfestes gekommen war. Sie hatten alle schwer geschuftet, aber mit der Sonne über ihren Köpfen und der frischen, warmen Luft in der Nase war das eine schöne Abwechslung gewesen. So heilig ihnen das Salz und die Arbeit im Berg auch waren, eine Zeit lang nicht unter Tage arbeiten zu müssen, schien den meisten Männern und Frauen höchst willkommen.

Jetzt war es Zeit für ein Feuer, Essen und Bier, um den Abschluss der Vorbereitungen zu feiern. Arnu war bereits am Abend des ersten Tages, an dem er mitgearbeitet hatte, dazu eingeladen worden. Das hatte ihm Zeit gegeben, ein paar Speisen vorzubereiten, die er aus seiner Heimat mitgebracht hatte. Tolan hatte ihm erzählt, wie gierig die Leute am Salzberg auf Oliven waren, also hatte Arnu zwei kleine Fässchen dieser Köstlichkeiten den ganzen Weg hierhergeschleppt. Meistens hatte sein Pferd sie getragen, aber manchmal hatte er sie unter den spöttischen Blicken seines Freundes auf seinen eigenen Packen geschnallt. Eines der beiden Fässchen hatte am Tag seiner Ankunft als Gastgeschenk für Sina gedient. Heute Abend wollte er das zweite Fässchen öffnen und mit seinen neuen Freunden teilen. Dazu hatte er heute

Morgen kleine gewürzte Fladenbrote gebacken, die hervorragend dazu passten.

»Arnu!«, rief einer der Männer, während er die Tür der Werkzeughütte schloss. »Du findest mein Haus, nicht wahr? Nicht dass du dich verläufst und wir das Bier ohne dich trinken müssen!«

»Das hättest du wohl gerne«, lachte Arnu. »Ich muss etwas aus dem Gästehaus holen. Und vielleicht ziehe ich etwas Schönes an!«

»Mach dir nicht zu viel Mühe! Heute Abend sind wir unter uns. Enuti bleibt oben in Sinas Halle, und wir können uns in aller Ruhe betrinken.«

Ein durchdringendes Geräusch weckte ihn auf. Er konnte es nicht zuordnen, aber es war ihm auch egal. Arnu war zu sehr damit beschäftigt, sich selbst zu verfluchen und sich möglichst wenig zu bewegen. Zumindest wusste er, wo er war. Er lag auf einer Bank vor dem Haus, in dem sie gefeiert hatten. Irgendwann musste er nach draußen gegangen sein, um sich zu erleichtern, und war dann auf der Bank eingeschlafen. Sein ganzer Körper war steif, und ihm war kalt, obwohl ein netter Mensch eine Decke über ihn gebreitet hatte.

Sonst wäre ich wahrscheinlich erfroren, dachte Arnu. Die Nächte hier waren auch im Sommer alles andere als warm.

Weil er schon dabei war, sich leidzutun, ließ er sich für einige Atemzüge von einer Heimwehwelle überrollen. Seine Familie, die warme Luft, der süße Wein … Nun,

Wein war im Moment nicht das, woran er denken sollte. Obwohl er den besser vertrug als das starke Bier, das in diesem Land gebraut wurde. Es schmeckte hervorragend, aber er verpasste jedes Mal den Zeitpunkt, wann es genug war. So schlimm wie heute war es ihm noch nie ergangen, seit er mit Tolan in dieses Land gekommen war.

Stöhnend richtete Arnu sich auf. Er würde den halben Tag brauchen, um sich zu erholen. Hoffentlich erreichte er sein Bett, ohne von jemandem gesehen zu werden. Vor allem nicht von Renis! Langsam stand er auf. Das Pochen in seinem Kopf wurde schlimmer. Wenigstens sein Magen schien nicht aufzubegehren.

Arnu spähte um die Hausecke. Es war noch früh am Tag, niemand war zu sehen. Mit etwas Glück schaffte er es durch das Dorf, ohne sich zu übergeben oder jemandem zu begegnen.

Er hatte das Gästehaus, das er noch für sich alleine hatte, beinahe erreicht, als er Renis und Hiram den Weg von der Halle nach unten kommen sah. Schnell versteckte er sich auf der Rückseite des Hauses und wartete, bis die beiden vorbeigegangen waren. Nach einem erneuten Blick auf Renis, ausgeruht, ordentlich frisiert und in einem sauberen Umhang, schämte er sich umso mehr für seinen Zustand. So etwas wie letzte Nacht durfte ihm nicht mehr passieren. Er war der Abgesandte seiner Familie hier auf dem Salzberg und konnte sich nicht aufführen wie ein Trunkenbold. Aber er gestand sich ein, dass der wirkliche Grund, warum er einen guten Eindruck machen wollte, gerade an ihm vorbeigegangen war.

Renis gähnte verstohlen. Sie war lange vor Sonnenaufgang von Hiram geweckt worden. Er hatte ihr geholfen, das Kleid und den Umhang anzulegen, die sie zu diesen Gelegenheiten trug, und er hatte den Schmuck mitgebracht, den Sina für sie verwahrte. Die Kette blieb verborgen unter dem Kleid, ebenso wie der Haarschmuck unter ihrer dünnen Haube, aber beides war da, gut sichtbar für die Göttin und die Geister.

Ihre erste Pflicht hatte sie bereits erfüllt. Den Segen der Göttin auf die Halle und die Menschen im Tal herabzurufen war seit vielen Jahren Renis' Aufgabe. Nicht nur vor dem großen Fest, sondern alle drei Tage vollzog sie dieses kurze Ritual, meistens abends, wenn alle anderen zu Bett gegangen waren. Heute hatte es Renis geholfen, sich auf diesen Tag vorzubereiten. Nichts sonst sollte ihre Gedanken beschäftigen als die Pflicht, gemeinsam mit ihrem Vater die Vorbereitungen für das Fest zu treffen. Sina, Ran und alle anderen Bewohner im Tal kümmerten sich um Essen, Unterkünfte, Musik und all die anderen Dinge, die notwendig waren, damit die erwarteten Gäste sich wohlfühlten. Renis und Hiram hatten für die Gunst der Götter und Geister zu sorgen. Dann würde das Fest gelingen.

Der Weg hinunter zum See lag im Schatten des frühen Morgens, doch Renis' Füße kannten jede Unebenheit. Hiram, der voranging, schwieg, so wie es vorgesehen war. Eine Zeit lang wiederholte Renis im Stillen ein Gebet, aber bald verschwanden die Worte, und ihre Gedanken zogen stattdessen zu den Erinnerungen an die letzten Tage. Sie hatten viel Zeit miteinander verbracht, Tolans Freund und sie. Seine Gesellschaft war wohltuend.

Er war klug, und er wollte so vieles wissen, wie ein neugieriges Kind. Dennoch war er zweifellos alles andere als ein Kind. Ein paarmal hatten sie einander berührt, und es war Renis nicht verborgen geblieben, wie angenehm ihm das gewesen war. So wie ihr selbst …

»Renis!«

Sie blieb abrupt stehen. Hiram vor ihr hielt ihr auffordernd etwas entgegen. Natürlich! Sie musste das Licht anzünden und ein wenig von den trockenen Kräutern verbrennen. Das hier war die letzte Biegung des Weges, bevor sie unten am See ankamen. Der Geist dieses Ortes musste gebeten werden, all die Fremden zu segnen, die bald zum Hochtal aufsteigen würden.

Hastig holte sie die Glut aus ihrem Behälter und setzte damit das Licht in Brand. Kurz darauf zogen duftende Schwaden über den Stein, den Renis' Vorfahren hier aufgestellt hatten. Hiram hielt die Hände darüber und sprach leise die Bitte aus.

Als er fertig war, sah er Renis fragend an. »Bist du bereit?«

Renis nickte rasch und schluckte. Sie durfte sich nicht mehr von dieser wichtigen Aufgabe ablenken lassen. Nicht durch die Gedanken an einen Mann, so freundlich und hübsch er auch sein mochte. Fast war ihr, als hörte sie ein kurzes, feines Lachen. Machte sich die Göttin über sie lustig? So etwas kam vor.

Entschlossen stapfte Renis hinter ihrem Vater her zum Ufer des Sees. Ein Weggeist mochte ihre Unaufmerksamkeit verzeihen, doch der Geist des Sees war etwas anderes. Er verlangte ihre volle Hingabe, und die würde sie ihm nun geben, den ganzen Tag lang. Danach musste bis weit in die Nacht hinein im Inneren des Berges das Lied gesungen werden, mit dem die Göttin um ihren Segen gebeten wurde. Renis war fest entschlossen, konzentriert zu bleiben.

Draußen schüttete es in Strömen. Arnu war nass bis auf die Haut, obwohl der Weg von seiner Unterkunft zu Sinas Halle kurz war. Renis nahm ihm seinen Mantel ab und schob ihn vor das Feuer in der Mitte, wo Tolan, Enuti und Großmutter Ran saßen. Es war der Abend vor dem Fest. Einige Gäste aus den umliegenden Dörfern waren bereits eingetroffen und hatten sich im Raum verteilt auf Bänken niedergelassen.

Ran streckte lächelnd den Arm nach ihm aus. »Setz dich zu mir«, lud sie ihn ein.

Arnu mochte sie, auch weil sie ihn an seine eigene Großmutter erinnerte.

»Enuti hat von deiner Arbeit auf dem Festplatz erzählt. Du warst eine große Hilfe, Arnu.«

»Ich danke dir, Ran, für dein Lob. Es war nicht besonders anstrengend, und die Leute waren sehr nett. Und das Wetter war besser.« Er warf einen besorgten Blick zu den geschlossenen Eingängen. Bisher hatte er die Halle auch abends mit weit offenen Türen erlebt, und nur die Kochfeuer hatten gebrannt. Heute Abend schürte Tolan das große Feuer, um die feuchte Kälte zu vertreiben. So musste der Winter hier in den Bergen sein, draußen dunkel und kalt, drinnen gut geheizt, aber ständig in Gesellschaft von all den Leuten.

»Du musst dich nicht sorgen«, unterbrach Ran seine Gedanken. »Morgen wird es trocken sein. Das Wetter ist immer schön beim Bergfest. Du wirst sehen.«

Arnu lächelte sie an. Rans Zuversicht war ansteckend. Hoffentlich hatte sie recht. »Mimma, das Essen scheint fertig zu sein. Darf ich dir etwas bringen?«

»Das ist sehr nett von dir, mein Junge. Eines von den Mädchen hat heute Abend diese Aufgabe. Aber wenn du mir später ein zweites Bier bringst, sage ich nicht Nein.« Die alte Frau schmunzelte. Wie ähnlich Ran ihrer Enkeltochter sah, wenn sie so verschmitzt dreinschaute! Auch bei Sina war ihm dieser Blick aufgefallen. Sie war ganz und gar nicht nur die strenge Bergherrin, von der Tolan erzählt hatte. Hiram entsprach ebenso nicht ganz dem Bild, das Arnu sich von ihm gemacht hatte. Er verbrachte viel Zeit mit Ritualen, alleine draußen in den Wäldern, am See oder im Bergwerk. Jetzt saß er jedoch wie alle anderen sichtlich zufrieden und voller Vorfreude am Feuer und genoss das Abendessen. Manches hier war anders, als Tolan es beschrieben hatte. Die Menschen waren anders.

»Meine Großmutter hat ihr zweites Bier bei dir bestellt?«

Arnu hatte soeben seine Schale an einem der Kochfeuer füllen wollen und fuhr erschrocken herum. Renis – mitsamt ihrem schelmischen Lächeln auf dem Gesicht. Unwillkürlich erwiderte er es. »Dafür scheint sie mich für befähigt zu halten.«

»Oh, sie hält dich für sehr befähigt, das darfst du mir glauben. Ein Fremder, der Sohn eines Bergherrn aus dem fernen Süden, der mit dem Spaten in der Hand tagelang den Festplatz reinigt … Davor hat sie Respekt.«

Arnu sah sie prüfend an. Er war nicht sicher, ob sie ihn aufzog. Doch obwohl sie lachte, schien sie es ernst zu meinen. War es ihm gelungen, sich auch ihren Respekt zu erarbeiten? Er fühlte noch deutlich die Scham über das Besäufnis vor zwei Tagen. Hoffentlich hatte niemand Renis oder ihrer Familie davon erzählt.

»Außer der Arbeit am Festplatz war nicht viel zu tun für mich. Tolan ist zu beschäftigt, um sich den ganzen Tag mit mir abzugeben. Es war eine gute Möglichkeit, sich die Zeit zu vertreiben.«

Renis runzelte die Stirn und sah zu ihrem Bruder hinüber, der sich angeregt mit Enuti unterhielt. »Er hat sich nie besonders um seine Pflichten als Gastgeber gekümmert. Es ist nicht unsere Sitte, Gäste sich selbst zu überlassen. Du musst uns für sehr unhöflich halten.«

»Nein, nein!«, widersprach Arnu. »Es hat mir nichts ausgemacht. Ich bin froh, wenn ich euch einige Tage nicht im Weg stehe. Das Fest … Ich glaube, ich habe verstanden, wie viel es euch bedeutet, und ich bin sehr dankbar, dabei sein zu dürfen.« Plötzlich wollte er sie unbedingt berühren. Er legte ihr seine Hand auf die Schulter. »Wirklich, ich kann mich gut eine Zeit lang alleine beschäftigen. Dann kann ich euch auch viel besser beobachten«, fügte er hinzu und zog die Augenbrauen hoch.

Renis griff nach seiner Schale, die sie mit dem Essen aus dem großen Topf am Kochfeuer füllte. »Wozu willst du uns beobachten?« Sie nahm zwei Brote aus einem Korb und führte Arnu zurück zum großen Feuer. »Bist du in Wirklichkeit ein Geschichtenerzähler, Arnu?«

»Ein Geschichtenerzähler?«

»Weil du uns beobachten willst.« Sie löffelte eine Weile ihr Abendessen.

Arnu erwiderte nichts und wartete, bis sie weitersprach.

»Voriges Jahr kam ein Fremder hierher. Es war spät im Herbst, und er bat, den Winter über bleiben zu dürfen. Dieses Gastrecht wurde ihm natürlich gewährt, denn er kam von weit her im Osten, kannte unsere Sprache nicht gut und trug einen verschlissenen Ledermantel. Darin wäre er wohl auf dem Weg zurück in seine Heimat erfroren. Er war keine unangenehme Gesellschaft, und er half mit in den Werkstätten und an den Kochfeuern. Nicht im Berg, das hatte Mutter verboten. Dann fing er an, uns allen Fragen zu stellen. Über den Berg, woher unser Essen kommt, wohin das Salz gebracht wird, welche Rituale Hiram durchführt. Du kannst dir den Gesichtsausdruck meines Vaters vorstellen, als ein Fremder ihn aufforderte, ihm seine heiligsten Geheimnisse anzuvertrauen.« Renis kicherte.

»Was habt ihr mit ihm gemacht?«

»Eines Abends hat Sina mit ihm ein Gespräch geführt. Nicht irgendwo an einem Tisch, draußen vor der Halle oder im Gästehaus. Sie hat ihn zu sich gebeten, saß oben auf ihrem Stuhl und ließ ihn unten stehen und ihre Fragen beantworten.«

Unwillkürlich sah Arnu zu dem Stuhl hinüber, von dem aus Sina auch ihn begrüßt hatte, als er mit Tolan angekommen war. Das war ein Respekt einflößender Anblick gewesen.

»Sie beschuldigte ihn, ein Spion zu sein, warf ihm vor, uns auszukundschaften, um eines Tages mit bewaffneten Männern zurückzukommen.«

Arnu war nicht sicher, ob ihm diese Geschichte gefiel. »Was hat der Fremde gesagt?«

»Er war entsetzt über diese Anschuldigungen, warf sich vor Sina auf die Knie und schwor bei allen seinen Göttern und auch bei unserer Berggöttin, dass er nichts dergleichen im Sinn habe. Also wollte Sina wissen, warum er uns dann all diese Fragen stellte. Und da erzählte er, dass er ein Geschichtenerzähler sei. Dass es in seiner Heimat viele von seiner Art gebe, weil sein Volk Geschichten über alles liebe.«

»Welches Volk liebt keine Geschichten?«, warf Arnu ein.

Renis nickte. »Du hast recht. Aber dort, wo er herkam, scheinen sie ganz besessen davon zu sein. Jedenfalls behauptete er, eine große Reise angetreten zu sein, um Ideen zu sammeln. Die Geschichtenerzähler in seiner Heimat erzählen Jahr um Jahr die gleichen Geschichten, so wie überall. Er aber wollte so viel zusammentragen, wie er nur konnte, um seinen Leuten bei seiner Heimkehr etwas Neues bieten zu können. Sina beschloss, ihm zu glauben. Und tatsächlich hat bis heute keiner von seinen Leuten versucht, den Salzberg zu erobern.«

»Das ist … erstaunlich«, sagte Arnu leise und stellte seine leere Schale weg. »Wie lange war der Mann unterwegs?«

Renis zuckte die Schultern. »Vielleicht weiß Sina das. Ich glaube, sie hat lange über diesen Fremden nachgedacht und fragt sich bisweilen heute noch, was aus ihm geworden ist.«

Eine Weile saßen sie schweigend da. Der Gedanke an den Geschichtenerzähler faszinierte Arnu. Leute zu fragen, wie sie lebten, um daraus neue Geschichten erstehen zu lassen! Wo dieser Fremde wohl überall herumgekommen sein mochte? Arnu hätte ihn gern kennengelernt. War er einer von denen, die Jahr für Jahr mit ihren Pferden durch ihr riesiges Land zogen, die nur wenige Wochen an einem Ort lebten und niemals ein Haus bauten? Sein Lehrer hatte von diesem Volk berichtet, doch Arnu war nie einem von ihnen begegnet. Aber da war noch ein anderer Gedanke, der ihn nicht losließ.

»Habt ihr wirklich Sorge, fremde Krieger könnten über euch herfallen?«

Renis warf ihm einen Blick zu, der schwer zu deuten war. »Es wäre dumm zu glauben, wir wären hier völlig geschützt. Und ebenso, jedem Fremden zu vertrauen.«

Arnu starrte sie sprachlos an. Dann trank er einen Schluck Bier, um seine aufkeimende Wut zu unterdrücken. »Du meinst, ich bin eine Gefahr für euch? Tolan ist mein Freund!«, sagte er eine Spur zu laut.

Einige Köpfe drehten sich in ihre Richtung.

Leiser fuhr er fort: »Ich will nichts von diesem Ort, nicht auf diese Weise!«

Renis streckte die Hand aus, um nach seinem Arm zu greifen, hielt aber inne. »So habe ich es nicht gemeint. Niemand hat den Verdacht, du könntest ein Spion sein. Außerdem hast du hier nichts gesehen, was nicht auch alle anderen Leute, die hierherkommen, sehen und weitererzählen könnten. Ich habe dich außerdem nicht gefragt, ob dein Volk unseren Berg erobern will, sondern ob du ein Geschichtenerzähler bist. Du stellst ähnliche Fragen wie der Fremde im letzten Winter, das ist alles.«

Arnus Wut löste sich auf. War es überhaupt Wut gewesen? Von Renis für etwas gehalten zu werden, das er nicht war, hatte ihn für einen Moment hilflos gemacht. »Kommst du mit mir hinaus?«, fragte er. »Hier ist es heiß geworden, und ein wenig laut.«

Renis lächelte und nickte. »Lass uns die Becher mitnehmen.«

Vor der Halle war es angenehm kühl. Der Regen hatte nachgelassen. Nebelschwaden zogen dahin und versperrten den Blick auf die nahe stehenden Berge. Die nächstgelegenen Gebäude waren gut zu erkennen, alles andere verschwand in der vom Nebel verhangenen Dämmerung. Auch wenn er sie nicht sah, konnte Arnu die gewaltige Kraft der Berge rundherum spüren. Plötzlich sehnte er sich nach den sanften Hügeln seiner Heimat, dem milden Wind und dem Geruch des Meeres. Er war schon so lange fort.

»Hier hört uns niemand«, sagte Renis. Sie hatte ihn um die Halle herum zu einer Stelle geführt, wo unter dem weit vorkragenden Dach eine bequeme Bank stand. Es gab im Hochtal fast kein Haus ohne eine solche Bank.

»Sogar Felle liegen hier. Im Sommer«, spottete Arnu.

»Du kannst mir deine gerne geben, wenn du sie verschmähst!«

»Ich habe nicht gesagt, dass ich sie verschmähe«, lachte er. Dann wurde er wieder ernst. Der Gedanke an sein Zuhause ließ ihn nicht los. »In meiner Heimat ist es um diese Jahreszeit in der Nacht ganz mild. Tagsüber kann es fürchterlich heiß werden, aber nachts … Da duftet die warme Luft, und hie und da weht ein kühler Wind. Manchmal trägt er den Geruch des Meeres über das Land. Die Felle holen wir erst hervor, wenn es abends wieder früh dunkel wird. Doch so kalt wie hier wird es nie.«

»Du hast den Winter noch gar nicht erlebt. Dann wirst du wissen, was wirkliche Kälte ist«, sagte Renis sanft. »Falls du so lange bleibst ...«

Arnu sah sie erstaunt an. Sie saß ein Stück entfernt, und in der Dunkelheit war ihr Gesicht nicht gut zu erkennen. Am liebsten wäre er näher gerückt, aber er wagte es nicht. Sein Mund wurde trocken. »Es war ein weiter Weg hierher. Ich habe noch nicht viel darüber nachgedacht, wie es weitergeht.« Das klang erbärmlich! Als wäre er ein Taugenichts, der von einem Tag zum anderen lebte und nicht wusste, was er mit sich anfangen sollte. »Ich bin nicht hier, weil ich euch ausspionieren will, und ein Geschichtenerzähler bin ich auch nicht«, sagte er mit fester Stimme. »Ich weiß, ich stelle oft seltsame Fragen, und ich bedauere, wenn ich dich damit an einen abgerissenen Fremden aus dem Osten erinnere.«

Renis lachte. »Sei nicht so empfindlich. Es war nicht seine Schuld, arm zu sein. Nicht jeder hat das Glück, aus einer reichen Familie zu stammen.«

»Du bist heute Abend reich an Vorwürfen, Renis, Tochter der Bergherrin«, bemerkte Arnu.

»Oh, du kannst dich wehren, Arnu aus dem Süden, da muss ich dich nicht schonen.«

»Nein, das musst du nicht, dein Bruder hat mich gut vorbereitet.«

»Tolans Zunge ist die schärfste in der Familie, deshalb musst du dich vor meiner nicht fürchten.«

»Ich kann mir nicht vorstellen, mich jemals vor dir zu fürchten, Renis«, sagte Arnu leise. Je schlechter er sie sehen konnte, desto deutlicher fühlte er ihre Nähe. Es war schwer, seine Hände nicht nach ihr auszustrecken.

Eine Weile war es still. Dann hörte er sie flüstern: »Das ist schön, Arnu.« Sie stand auf. »Morgen ist viel zu tun, wir müssen uns alle ausruhen«, sagte sie. »Du darfst mich während des Festes alles fragen, was du willst. Schlaf gut.«

»Ich werde dich daran erinnern«, rief er ihr nach.

Obwohl er nicht müde war, beschloss er, seine Unterkunft aufzusuchen. Morgen würde er früh aufstehen müssen, wenn er nichts versäumen wollte.

3. Kapitel

RAN BEHIELT RECHT. Während der Nacht hatte der Regen aufgehört, und nun schien die Sonne und trocknete Wege und Dächer. Arnu trieb sich seit geraumer Zeit in der Nähe des Halleneingangs herum. Er wollte niemandem im Weg stehen, aber auch nicht den Moment verpassen, wenn die ersten Gäste eintrafen, die von weiter her kamen. Bereits vor Sonnenaufgang sollten die ersten Boote am Steg angelegt haben, doch die Besucher mussten noch den langen Weg ins Tal hinauf überwinden.

Tolan war nicht unter den vielen Leuten, die sich auf dem Platz vor der Halle aufhielten. Sein Freund überwachte unten am See die Ankunft der Boote und begrüßte im Namen der Bergherrin die Gäste. Auch Ran und Sina waren nicht zu sehen. Hiram und Renis tauchten hie und da auf, um gleich wieder zu verschwinden. Allen war die Aufregung deutlich anzusehen.

Da erklang endlich das Horn. Die ersten Gäste mussten den Steilhang überwunden haben und waren auf dem Weg zur Halle. Arnu bemerkte Sina, die kurz beim Eingang der Halle erschien, nickte und hineinging. Die Begrüßung der Gäste würde also nicht hier draußen geschehen. Arnu beschloss, sich in der Halle einen Platz zu suchen.

Als er eintrat, hallten seine Schritte laut. Die Halle war fast leer, alle Bänke und Tische waren verschwunden. Sina und Ran saßen auf ihren Stühlen und blickten erwartungsvoll zum Eingang. Beide trugen dieselben Gewänder wie am Tag seiner Ankunft, aber sie hatten mehr Schmuck angelegt. Arnu sah Reihen um Reihen von Bernstein an ihren Hälsen.

Das Salz bringt den Reichtum von weit her, dachte er.

Sina lächelte Arnu zu, lud ihn aber nicht ein, nach vorne zu kommen. Das war Arnu ganz recht. Er blieb lieber in der Nähe des Eingangs, um jederzeit ungesehen verschwinden zu können. Wie zu Hause, dachte er und musste lächeln. Auch in der Halle seines Vaters hatte er ungern seinen Platz ganz vorne im Kreis seiner Geschwister eingenommen, wenn Gäste eintrafen. Solche Treffen konnten den halben Tag dauern und waren üblicherweise furchtbar langweilig.

Immerhin musste Arnu nicht lange warten. Ein kurzes Klopfen ertönte, und die ersten Besucher traten ein. Es war eine Gruppe von Frauen, die alle in schlichte blaue Umhänge gekleidet waren. Nur die Älteste, die sie anführte, trug einen mit kleinen Metallperlen bestickten Mantel. Sie war auch die Einzige, die beim Eintreten ihre Kapuze abgenommen hatte. Ohne zu zögern, durchschritt sie die leere Halle und blieb vor Sina stehen.

»Sei gegrüßt, Sina, Bergherrin.« Ihre Stimme war dunkel, und sie sprach die Worte mit einem fremdartigen Klang aus. Sie und ihre Begleiterinnen mussten von weit her kommen.

Sina stand auf, trat von ihrem Podest herunter und ergriff förmlich die ausgestreckten Hände der Frau. »Sei ebenfalls gegrüßt, Cona, Erste unter den Augen der Göttin.« Dann überzog ein warmes Lächeln ihr Gesicht und sie umarmte Cona. »Ich freue mich! Du hast es wieder geschafft, vor allen anderen anzukommen!«

»Natürlich, Schwester, diesen ersten Wettstreit gewinne ich jedes Jahr.« Cona deutete auf die anderen Frauen, die nun ebenfalls ihre Kapuzen abnahmen. »Wie du siehst, hat die Göttin in diesem Jahr junge Novizinnen für die Reise zum Bergfest ausgewählt. Aber sie sind alle gut ausgebildet und kennen ihre Pflichten.«

»Daran besteht kein Zweifel, Cona. Dann wissen sie auch, dass es heute keine Pflichten für sie gibt. Seid willkommen, Schwestern, ruht euch nach eurer langen Reise aus. Doch zuerst ... trinkt mit mir.«

Ran reichte ihrer Tochter die Becher, die diese an die Frauen verteilte. Eine Weile standen sie plaudernd beisammen, bis erneut ein Klopfen ertönte. Sina nickte Cona zu und setzte sich wieder auf ihren Stuhl. Cona und ihre Begleiterinnen zogen sich einige Schritte zurück.

Zwei Gruppen trafen gleichzeitig ein. Beide wurden von Männern angeführt, die ebenso wie ihre wenigen Mitreisenden prachtvoll gekleidet und geschmückt waren. Ihr Anblick wirkte vertraut, denn sie trugen die gleichen Muster und Farben wie die Talbewohner, auch ihre Armbänder und Gewandschließen unterschieden sich nicht. Der eine Anführer verneigte sich höflich vor dem anderen und ließ ihm den Vortritt.

Diesmal blieb Sina auf ihrem Stuhl sitzen, während sie die Neuankömmlinge begrüßte und ihnen die Becher reichte. Arnu konnte nicht gut hören, was gesprochen wurde, weil nun von draußen das immer lauter werdende Stimmengewirr der Menschen hereindrang.

»Das sind unsere Verwandten, die am Großen Fluss im Norden wohnen«, flüsterte Renis ihm ins Ohr.

Arnu zuckte zusammen. »Bei allen Göttern, hast du mich erschreckt!«

Sie schmunzelte. »Ich kann nicht lange bleiben, aber ich will sehen, wie Bohuts Sohn begrüßt wird.«

»Wer ist …?«

Laute Rufe von draußen unterbrachen ihn. Beim Eingang versammelten sich immer mehr Leute, darunter bekannte Gesichter aus dem Dorf, aber auch viele Fremde, die Sina begrüßen wollten. Doch sie hielten sich noch im Hintergrund. Wie Renis schienen sie auf jemanden zu warten, dem sie den Vortritt lassen wollten. Das Gepolter wurde lauter. Sina unterbrach ihr Gespräch mit ihren Verwandten und richtete den Blick starr auf den Eingang.

Ein junger Mann kam nun mit zwei Begleitern in die Halle. Sein langer roter Mantel verhüllte seine Gestalt. An einer Ausbeulung des Mantels erkannte Arnu, dass der Mann eine Waffe trug. Er verspannte sich. Sollte er Sina warnen? Aber hier waren überall ihre eigenen Leute. Deren aufmerksamen Blicken konnte die Waffe nicht entgangen sein. Vielleicht war es in diesem Land nicht üblich, seine Waffen abzugeben, bevor man eine Halle betrat, so wie man es in Arnus Heimat machte.

»Sei gegrüßt, Bergherrin!«, rief der Mann nun laut und durchmaß mit langen Schritten den Raum. Dabei öffnete sich der Mantel und gab den Blick frei auf das kurze Schwert, das in einer Scheide am Gürtel steckte.

Niemand reagierte. Arnu versuchte sich zu entspannen, doch es gelang ihm nicht.

Jetzt verbeugte sich der Mann knapp vor Sina.

Viel mehr als ein Kopfnicken war das nicht, dachte Arnu und runzelte die Stirn.

»Sei ebenfalls gegrüßt, Balek, Bohuts Sohn.« Sinas Stimme war tief, und sie sprach sehr langsam.

Arnu schluckte unwillkürlich. Das war die Stimme der Bergherrin, kein Zweifel. Er schätzte sich glücklich, sie bisher nie gehört zu haben, vor allem nicht in ihrer Nähe.

»Gab es Schwierigkeiten vor der Halle, lieber Gast?«

Arnu hörte, wie Renis neben ihm scharf die Luft einsog. Er sah sich kurz um. Auf allen Gesichtern zeigte sich Anspannung.

»Nun, nichts, was ich auf meinem Weg hierher nicht oft erlebt hätte. Ein paar Beschimpfungen, ein paar Beleidigungen. Möge die Göttin den Hass auf die Macht meines Vaters von mir fernhalten, solange ich hier bin.«

Arnu sah Renis fragend an, aber sie schüttelte den Kopf. »Später«, flüsterte sie leise, ohne den Blick von ihrer Mutter abzuwenden.

»Du stehst während des Bergfestes unter meinem Schutz, Balek. Die Wege der Göttin sind auch mir nicht immer bekannt.«

Balek verbeugte sich wieder, diesmal richtig. »Ich unterwerfe mich deiner Gnade, Herrin.«

Sina kniff die Augen zusammen. »Es ist nicht meine Gnade, die dich hier schützt. Die uralten Regeln dieses Festes wurden von der Göttin vor langer Zeit festgelegt und werden von allen, die kommen, mit gutem Grund eingehalten. Trink einen Becher, Balek, und sei für die Dauer der Feierlichkeiten Teil der Gemeinschaft.«

Sina wandte sich von Balek ab und stand auf.

»Freunde, dies scheint die Gelegenheit zu sein, uns alle daran zu erinnern, warum wir hier sind«, rief sie laut. »Wir werden zu Ehren der Göttin, die uns täglich beschützt und mit allem versorgt, was wir zum Leben brauchen, gemeinsam essen und trinken und uns im Wettkampf üben. So ist es Brauch, und so war es schon immer. Ihr alle werdet einen Teil von dem, was die Göttin uns schenkt, mit nach Hause nehmen und damit ihren Segen zu euren Familien tragen. Zwietracht und Feindschaft haben am Berg keinen Platz.« Sina hob ihren Becher. »Segne uns, Göttin, wir bitten dich.«

»Wir bitten dich«, wiederholte laut die ganze Halle.

Sina setzte sich wieder und streckte die Hand zu den Wartenden hinten in der Halle aus. »Nun lasst uns die anderen Gäste begrüßen.«

Balek nickte und wandte sich ab.

Ein Lächeln erschien auf Sinas Gesicht. »Sei willkommen, Wenne, ich sehe, das Essen hat dir gut geschmeckt im letzten Jahr.«

Leises Gelächter war zu hören. Ein dicker Mann, der nur wenige Haare auf dem Kopf hatte, löste sich aus der Menge. Ihm folgten mehrere Frauen und zwei junge Männer. Ihre Kleidung war wie die ihres Anführers seltsam schmucklos. Trotzdem war Arnu sicher, bedeutende Leute vor sich zu haben. Die ganze Gruppe verneigte sich vor Sina.

»In den Ebenen im Westen wachsen gute Schweine, das stimmt, Herrin«, sagte Wenne und klopfte sich lachend auf den Bauch.

Die Anspannung, die einen Moment zuvor fast greifbar gewesen war, verschwand, als überall im Raum Gespräche wieder aufgenommen und Becher nachgefüllt wurden. Balek stand mit ausdruckslosem Gesicht bei seinen schweigenden Männern.

»Deine Mutter ist wahrhaftig eine kluge Frau«, murmelte Arnu. »Nicht dass ich daran gezweifelt hätte. Erzählst du mir nun, wer der aufgeblasene Kerl ist, der auf einem Fest mit einer Waffe herumläuft?«

Renis nickte. »Lass uns hinausgehen. Das dauert hier noch eine Weile. Solange Ran ausschenkt, habe ich nichts zu tun. Aber ich kann deine Hilfe oben am Festplatz brauchen. Die Kinder sind mit den Blumen nicht fertig geworden, das habe ich erst heute früh bemerkt.«

Sie verließen die Halle durch den Seitenausgang, um sich nicht an den hereinkommenden Menschen vorbeidrängen zu müssen. Renis leitete ihn durch den Garten und über den Pfad, der zwischen den kleinen Ställen hindurchführte.

»Vor der Halle sind so viele Leute. Der Weg ist voll bis hinunter zum Horn.«

»Ich hätte nicht gedacht, dass in den Bergen so viele Menschen wohnen«, sagte Arnu.

Renis lachte. »Es gibt Täler zwischen den Bergen, weißt du. Außerdem kommen die meisten von sehr weit her.«

»So wie Balek, nicht wahr?«

»So wie Balek. Er ist aus dem Norden, von den Hügelländern jenseits des Großen Flusses. Sein Vater, Bohut, hat die Länder seiner Nachbarn überfallen und herrscht nun dort. Das nehmen ihm die Menschen übel, auch hier.«

»Du nicht?«

»Doch, natürlich. Durch seine Gier gefährdet er den Frieden, der lange geherrscht hat. Niemand weiß, welche Folgen das haben wird. Das Land im Westen, aus dem Wenne kommt, könnte in Gefahr sein.« Sie seufzte und raffte ihren Rock, um über eine Pfütze zu springen. »Was auch immer geschehen wird, dem Salzberg muss es wieder gelingen, sich aus allem herauszuhalten. Dann kann der Frieden wenigstes hier erhalten bleiben und die Menschen können frei und ohne Angst vor Bohuts Kriegern leben. Beim Fest muss Ruhe herrschen! Dafür müssen wir sorgen.«

»Ich möchte dir helfen, so gut ich kann, Renis.«

»Ich weiß. Deshalb nehme ich dich mit zum Festplatz. Wie gut kannst du Schmuckbänder flechten?«

Während unten im Dorf Trubel herrschte, waren Arnu und Renis den größten Teil des restlichen Tages auf dem Festplatz und schmückten die Sitzbänke und Absperrungen. Renis erzählte von vergangenen Festen, von Liebenden, die sich hier beim Fest kennengelernt hatten, und von Handgreiflichkeiten, die heimlich ausgetragen worden waren. Es war jedes Jahr wie überall sonst, wenn Menschen aufeinandertrafen, die sich lange nicht gesehen hatten.

»Und so wird es auch diesmal sein, wenn die Göttin uns gnädig ist«, sagte Renis zum Abschied, als sie fertig waren. Sie musste zurück ins Dorf und würde erst zum Festplatz zurückkommen, wenn es dunkel wurde.

Arnu kehrte nicht ins Dorf zurück, sondern wartete geduldig auf den Einbruch der Dunkelheit. Je mehr die Sonne sich zurückzog, desto mächtiger erschienen ihm die Berggipfel, die ihn umgaben. Erst als es so finster war, dass er ohne Fackel seinen Weg nach unten ohnehin nicht mehr gefunden hätte, leuchteten unter ihm zahlreiche Lichter im Dorf auf. Überall versammelten sich Gäste und Talbewohner und machten sich auf den Weg nach oben. Sina und Hiram führten sie an, hatte Renis gesagt. Es dauerte nicht lange, da entdeckte er zwei einzelne Lichtpunkte ganz vorne in der Kette. Das mussten sie sein. Arnu stand auf und stellte sich respektvoll an den Rand des Platzes. Die Bänke waren sicher den anderen Gästen vorbehalten.

Bald darauf kamen die Bergherrin und ihr Mann oben an. Beide waren prunkvoll gekleidet. Sinas Mantel war über und über mit Spiralmustern bestickt. Der hohe Pelzkragen rahmte ihr hochgestecktes dunkles Haar ein. Sogar Hiram trug Armreifen und einen prächtig verzierten Gürtel. Schweigend nahmen sie ihre Plätze auf einer der Bänke ein und löschten ihre Fackeln. Nach und nach betraten die Bewohner des Tals und ihre Gäste den Festplatz. Im Feuerschein sah Arnu aufwendige Frisuren und glänzenden Schmuck aus Bronze und Bernstein. Nur das Scharren der Füße auf dem Holzboden und gelegentlich ein Husten waren zu hören. Irgendwo schrie ein Vogel, und der Wind rauschte leise in den Baumwipfeln. Arnu zitterte. Er war Teil von etwas Bedeutsamem, das spürte er.

Als alle eingetroffen waren, wurde es noch stiller. In der Dunkelheit waren die Gesichter der Menschen nicht mehr zu erkennen. Arnu hatte gesehen, wie Cona und ihre Novizinnen ganz in der Nähe von Sina Platz genommen hatten, und auch Ran saß bei ihr, ebenso wie Wenne und Balek. Aber er wusste nicht, wo in der Menge Renis und Tolan waren. Dicht an ihn gedrängt standen schweigende Menschen, die er nicht kannte. Nicht weit von ihm erklang auf einmal eine Trommel.

Der Barde betrat den Festplatz, ging auf Sina und Hiram zu und verneigte sich vor beiden. Auch Cona erwies er diese Ehrbezeugung, doch niemandem sonst. Dann begann er zu singen. Wieder war Arnu tief ergriffen von der Stimme des Barden und seiner Fähigkeit, die Menschen und Begebenheiten, von denen er sang, zum Leben zu erwecken. Vom ersten Fest sang er, das die Menschen hier abgehalten hatten. Die Göttin selbst hatte damals mitgetanzt, in der Zeit, bevor sie sich in den Berg zurückgezogen hatte. Er beschrieb, wie die Wettkämpfe durchzuführen waren und welche Lieder gesungen werden sollten. Lange sang er von der Trauer der Göttin, wenn die Menschen sich nicht an die Regeln hielten und den Frieden brachen. Aber auch von der Freude, wenn der Bund zwischen den Ländern und den Menschen erneuert wurde, der ihnen den Segen der Göttin sicherte. Während er sang, begleitete ihn die Trommel aus der Dunkelheit.

Das Lied endete, der Barde verneigte sich vor Cona und verschwand wieder in der Menge.

Nun stand Cona auf. Sie hielt etwas in der Hand, das Arnu nicht sehen konnte. Ein feiner Klang ertönte. Für einen Moment schloss er die Augen und lauschte diesem hohen Singen. Ihm war, als hörte er die Göttin.

Dann verstummte der Klang und Cona begann zu sprechen. »Herrin des Berges, Hüterin des Salzes. Wir sind hierher zu dir gekommen. Von den Hügeln des Nordens, aus den Ebenen am Fluss, aus den Tälern und von den Bergen, sogar aus deinem Heiligtum im Land jenseits der südlichen Berge. Wir bieten dir unsere Liebe und unseren Gehorsam dar. Und wir bitten dich: Erneuere den Bund, Göttin!«

Wieder schlug sie ihr Instrument an, und diesmal drang der Klang laut und kräftig über den Festplatz. Erneut schlug sie, immer heftiger und schneller. Die Trommel fiel ein, dann eine zweite. Die Leute stampften mit den Füßen. Arnu sah, wie Sina aufstand und Ran von ihrer Bank hochhalf. Alle standen nun und begannen sich auf der Stelle zu wiegen und zu tanzen. Cona in der Mitte des Platzes schlug wild den Takt und drehte sich. Auch Arnu konnte seine Füße nicht stillhalten. Ein Schrei ertönte, der in Gesang überging. Zuerst war es eine einzelne Stimme, aber schnell folgten ihr andere. Conas Instrument war bald nicht mehr zu hören, trotzdem schlug sie weiter und tanzte. Arnu kannte das Lied nicht, doch nach einer Weile sang auch er lauthals mit und tanzte mit den Frauen und Männern, die um ihn herumstanden. Er hörte Lachen und Jauchzen, und über allem die Trommeln. Der Schweiß rann ihm über den Körper, und er keuchte. Aber er sprang weiter in der Dunkelheit herum, ohne darauf zu achten. Manchmal stieß er gegen jemanden, und einmal fiel er fast hin, doch die Frau neben ihm stützte ihn im letzten Moment. Er tanzte weiter, reckte die Arme in die Luft, drehte sich und schrie laut das Lied, bis er fast keine Luft mehr bekam. Er hatte keine Ahnung, wie lange es dauerte.

Irgendwann erschien ein einzelnes Licht in der Mitte des Festplatzes, das Arnu lange nicht wahrnahm. Die Menschen verstummten nach und nach und kamen zur Ruhe. Erst als er selbst zu singen aufhörte, sah er, dass Hiram eine Fackel hoch in den dunklen Himmel reckte. Hiram lächelte und drehte sich einmal im Kreis, bis es völlig still war. Dann, ohne ein Wort zu sagen, verließ er den Platz und betrat den Weg, der nach unten zum Dorf und zur Halle führte. Langsam entzündeten die Umstehenden ihre Fackeln und folgten ihm. Arnu wanderte mit ihnen zurück, ebenso schweigend wie alle anderen, müde und auf seltsame Weise sehr glücklich.

Er erwachte vor Sonnenaufgang. Alle schliefen noch, als er das Gästehaus verließ, und niemand sah ihn, wie er in das Backhaus schlüpfte und ein Brot stibitzte. Nach dem Ritual gestern Nacht waren alle sofort zu Bett gegangen. Arnu hatte nichts mehr gegessen. Das große Festmahl fand erst heute Abend statt, nach den ersten Wettkämpfen.

Mit dem Brot in der Hand marschierte er zur Halle hinauf in der Absicht, ein Stück Wurst zu erbitten. Er wollte sich nicht im Laufe des Tages von seinem Hunger vom Festplatz vertreiben lassen.

Eine Bewegung hinter der Halle ließ ihn innehalten. Dort stand Tolan. Arnu hatte ihn gestern den ganzen Tag nicht gesehen und beschloss, ihm einen guten Morgen zu wünschen. Als er näher kam, hörte er Tolan mit jemandem sprechen, der hinter der Ecke verborgen war. Arnu drückte sich in den Schatten des vorspringenden Daches und schob sich an der Wand entlang weiter. Er schämte sich, zu lauschen, aber etwas trieb ihn dazu an, herauszufinden, wer Tolans Gesprächspartner war.

»Ich kann es dir nicht versprechen, Tolan«, sagte eine Stimme, die Arnu nicht gleich erkannte.

»Du kannst mir aber zusichern, es mit deinem Vater zu besprechen.« Tolan klang aufgebracht. »Und ich erwarte, dass du ansonsten schweigst!«

Ein spöttisches Lachen erklang. »Natürlich schweige ich. Meine Familie hat nichts davon, wenn überall bekannt wird, was du vorhast, Tolan, Sohn der Bergherrin.«

»Mach, was du willst, Balek. Ich brauche dich nicht für meine Pläne, aber du brauchst vielleicht mich!«, rief Tolan und stürmte davon. Sein Hund folgte dicht hinter ihm.

»Wenn du dich nur nicht täuschst«, sagte Balek.

Arnu konnte ihn noch immer nicht sehen. Er drückte sich fester an die Wand und versuchte, nicht zu atmen. Tolan hatte ihn nicht bemerkt. Hoffentlich ging Balek ebenso schnell vorbei oder verschwand in die andere Richtung. Glücklicherweise entschied er sich für den Weg durch den Garten. Arnu wartete, bis Baleks Schritte nicht mehr zu hören waren, und schlich dann zum seitlichen Halleneingang. Es war niemand da, den er um die Wurst hätte bitten können. Also nahm er sie ebenso wie das Brot vorhin einfach mit und machte sich auf den Weg hinauf zum Festplatz. Bis die ersten Teilnehmer und Zuschauer auftauchten, würde er viel Zeit haben, um über das nachzudenken, was er gerade gehört hatte.

Natürlich wusste Arnu, worum es ging. Seit er Tolan kannte, drehten sich dessen Gedanken um das Bergwerk und alles, was seiner Meinung nach falsch daran war. Sein Freund hatte sich zwar für die eine oder andere junge Frau begeistert, die Interesse an ihm, dem Fremden aus dem Norden, gezeigt hatte, und manchmal auch für den Wein, den Arnus Familie im Überfluss zur Verfügung hatte. Doch worüber er am meisten gesprochen hatte, war der Abbau von Salz. Arnu erinnerte sich an zahllose Gespräche mit Tolan, in denen sein Freund ihm haargenau erklärt hatte, wie seine Familie arbeitete und was er daran ändern würde, wenn er nur könnte. Mehr als einmal war Arnu dabei fast eingeschlafen, was Tolan nicht bemerkt hatte.

Arnu war es herzlich gleichgültig, auf welche Weise das Salz gefördert wurde. Sein Vater und seine Brüder wussten Bescheid, und selbst einige seiner Schwestern und seine Mutter hätten den Betrieb ihres kleinen Bergwerkes leiten können. Er hingegen konnte sich nichts Langweiligeres vorstellen, als sich ständig um die gleichen Handgriffe, kranke Bergarbeiter und den Verkauf des Salzes kümmern zu müssen. Er fand andere Dinge interessant und wert, sich damit zu befassen. Welche Lieder gesungen wurden, um die Götter zu besänftigen. Wann die Opfer dargebracht werden mussten. Welche Götter in fernen Ländern angebetet wurden. Sogar die Art, wie Renis Brot machte, war spannender. Wenn er schon etwas aus seinen Händen entstehen lassen musste, dann sollte es etwas Schönes sein wie ein Schmuckstück oder ein verzierter Gürtel. Er wusste, er war nicht ungeschickt. Während seine Brüder an der Seite seines Vaters gearbeitet hatten, war er in den Werkstätten geblieben und hatte ohne Aufhebens vieles gelernt. Tolan hatte ihn oft aufgezogen wegen seiner zarten Hände, mit denen er feine Dinge entstehen ließ, während er selbst aus eigener Kraft einem ganzen Berg das Salz entreißen konnte. Darin war er Arnus Brüdern ähnlich. Trotzdem waren sie Freunde geworden, auch weil Tolan ihm ermöglichte, wovon Arnu schon lange geträumt hatte: nach Norden zu reisen, um die Berge zu sehen und vielleicht sogar die Länder jenseits davon.

Auf der Reise war Tolans Begeisterung für seine Pläne, die Dinge im Bergwerk zu verändern, gewachsen, je näher sie seiner Heimat gekommen waren. Er hatte von Arnus Vater und Brüdern vieles gelernt und sich bestätigt gefühlt. Tolan schien nun umso überzeugter zu sein, auf welche Weise man schneller Salz fördern konnte. Um dabei reich und mächtig zu werden. So wie Arnus Vater. Arnu war nicht wohl dabei gewesen, und seine Furcht war gewachsen. Vor dem, was Tolan tun würde, wenn er die Gelegenheit dazu bekäme, etwas zu ändern. Oder was passieren würde, wenn sich seine Familie widersetzte. Die Familie, die Arnu nun kannte und mochte.

Und jetzt gab es noch etwas, das er fürchtete: die Pläne, die Tolan mit Balek schmiedete und die er nicht kannte.

Es dauerte nicht lange, und die ersten Gäste erschienen auf dem Festplatz. Sie ließen sich auf den Bänken nieder oder breiteten Decken aus. Viele hatten Proviant mitgebracht. Die Stimmung war ausgelassen, die Leute plauderten fröhlich, und es wurde viel gelacht. Überall liefen die Kinder herum und verteilten Wasser aus Schläuchen.

Bier würde es erst abends in der Halle geben und vielleicht ein wenig vom kostbaren Wein.

Der Platz war erst zur Hälfte gefüllt, da trat der Barde vor und verkündete den ersten Wettkampf. Fünf Männer und drei Frauen stellten sich hin und sagten der Reihe nach laut ihren Namen. Ohne weitere Verzögerung begann der erste Mann, ein Lied zu singen. Er hatte eine schöne Stimme, doch an den Barden kam er nicht heran. Auch keiner der anderen Sänger schaffte das, was wohl der Grund war, warum der Barde nicht an diesem Wettkampf teilnahm. Der bedankte sich bei den Teilnehmern, nachdem das letzte Lied beendet war, und bat sie und die Zuschauer um Geduld.

Auf einer Bank saßen die fünf Richter für diesen Wettkampf und unterhielten sich. Arnu erkannte eine von Conas Novizinnen und Wennes ältesten Sohn. Und Ran. Offensichtlich wurden sie sich nicht einig, denn sie sprachen lange und ausführlich miteinander. Am Ende winkte Ran den Barden zu sich und flüsterte ihm etwas ins Ohr. Der nickte, trat vor und ergriff wortlos die Hand einer jungen Frau. Lauter Jubel brach aus. Auch Arnu klatschte und pfiff, so laut er konnte. Die Wettstreiter und der Barde verließen den Festplatz.

Nun kam Enuti und verlangte laut nach Ruhe. »Der zweite Wettkampf steht bevor. Der Lauf durch das Tal!«

Wieder ertönte Jubel.

»Zum Horn und zurück! Zeigt, was ihr könnt!«

Enuti gab einigen jungen Frauen und Männern, die beim Eingang gewartet hatten, ein Zeichen. Sie waren alle mit einem kurzen Hemd und einem Gürtel bekleidet und barfuß. Die Haare trugen sie streng zurückgekämmt und geflochten, um beim Laufen nicht behindert zu werden. Wieder sagten alle laut ihren Namen, dann stellten sie sich nebeneinander auf.

»Die Göttin hat eure Namen gehört und wird euch tragen!« Enuti griff nach einem kurzen Stab, der in seinem Gürtel steckte, hockte sich hin und hieb damit auf den Boden.

Ein Knall, und die Läufer rannten los. Die Menge schrie auf. Schon beim Eingang zum Festplatz hatten sich zwei Frauen und ein Mann an die Spitze gesetzt. Bis Arnu es geschafft hatte, sich von seinem Platz hochzurappeln, waren alle vom Festplatz gelaufen. Eine Weile konnte er sie gut auf dem Weg, der zum Dorf führte, erkennen, aber dann verschwanden sie hinter Gebäuden und waren nicht mehr zu sehen. Aus dem Tal drang Geschrei herauf, wenn die Zuschauer, die am Weg gewartet hatten, die Läufer anfeuerten. Plötzlich ertönte das Horn.

»Was bedeutet das?«, fragte Arnu den Mann, der neben ihm stand.

»Der Erste ist unten angekommen und bereits auf dem Weg zurück. Jetzt wird es erst richtig anstrengend.« Der Mann grinste Arnu an. »Ich weiß ja, warum ich mich nicht gemeldet habe.«

Wieder drangen Anfeuerungsrufe nach oben. Die Läufer näherten sich von unten dem Dorf und durchquerten es mit großer Geschwindigkeit. Nun begannen auch die Zuschauer am Festplatz laut zu schreien und ihre Favoriten anzufeuern. Da kam die Erste! Eine der Frauen flog den Weg herauf, als hätte sie Flügel. Weit hinter ihr rannten die nächsten beiden. Sie konnten sie nicht mehr einholen, das war ausgeschlossen. Die Menge rund um Arnu tobte. Offensichtlich war die junge Frau keiner der fremden Gäste, sondern stammte aus der Nähe, so laut war der Jubel. Triumphierend riss sie die Arme in die Höhe, als sie auf den Festplatz rannte und die Markierung überquerte, die Enuti in der Zwischenzeit auf die Holzbretter gemalt hatte. Dahinter ließ sie sich keuchend, aber glücklich auf den Boden fallen. Was für ein Lauf! Diesen steilen Weg in so kurzer Zeit zu überwinden, war eine unglaubliche Leistung. Die Begeisterung war ansteckend, und Arnu schrie wie alle anderen. Auch Enuti lachte, half der jungen Frau auf die Beine und riss ihren Arm in die Höhe.

Nach und nach trafen die anderen Läufer ein. Die Letzte musste gestützt werden. Sie war auf dem Weg gestürzt und hatte sich verletzt. Aber auch sie lächelte, als Enuti ihr als Zeichen ihrer Teilnahme an diesem Wettkampf eine Schale in die Hand drückte und sie mit Bier füllte. Unter dem Jubel der Zuschauer trank sie die Schale in einem Zug leer.

Jetzt war wieder der Barde an der Reihe. Er betrat den Festplatz, sagte jedoch nichts, sondern wartete mit unbewegter Miene, bis alle Läufer den Platz verlassen und die Menge sich beruhigt hatte. Der Mann neben Arnu erhob sich und packte seine Sachen ein.

»Was kommt als Nächstes?«, fragte Arnu ihn leise.

»Die beste Geschichte wird belohnt.« Der Mann zwinkerte ihm zu. »Ich komme später wieder.«

Arnu setzte sich und holte sein Brot hervor. Auf dem Platz standen nun drei Männer, die vom Barden reihum vorgestellt wurden, bevor sie ihre Geschichten erzählten. Der Erste stammte aus Conas Land und war schlecht zu verstehen, weil er eine leise Stimme hatte und die hiesige Sprache nicht gut beherrschte. Die Geschichte, die er erzählte, war interessant, aber Arnu hatte wenig Hoffnung für ihn, was den Sieg betraf. Die anderen beiden Männer hatten mehr Talent und waren gut zu verstehen. Beide Geschichten wurden fesselnd vorgetragen. Weil das Publikum bei der letzten Geschichte häufig vergnügt auflachte, war Arnu sicher, wer gewinnen würde. Wieder war Ran unter den Richtern, aber statt Wennes Sohn sah Arnu eine Frau auf der Bank sitzen. Diesmal ging es schnell, und Ran flüsterte dem Barden die Entscheidung zu. Arnu hatte recht: Der Erzähler der heiteren Geschichte gewann.

Obwohl dieser Wettkampf bei Weitem nicht so aufregend gewesen war wie der Wettlauf durch das Tal, jubelten die Zuhörer dem Sieger zu. Arnu lächelte und dachte an das Gespräch, das er mit Renis geführt hatte. Welches Volk liebte keine Geschichten?

Mittlerweile hatte die Sonne den Zenit überschritten. Es war heiß geworden. Nicht so wie in Arnus Heimat, aber warm genug, um ihn schläfrig zu machen. Seine Nacht war wohl doch kürzer gewesen, als er gedacht hatte. Er lehnte sich an einen Pfosten und sah zu, wie ein Mann, den er nicht kannte, einige Kinder auf den Festplatz führte. Sie sollten einen Tanz vorführen, verkündete er und wies die Kinder an, sich im Kreis aufzustellen. Arnu schloss die Augen und hörte dem Stampfen der kleinen Füße und dem Klatschen zu.

Lautes Geschrei weckte ihn. Der Kindertanz war längst vorbei. Auf dem Festplatz standen zwei fast nackte Männer auf einem Haufen aus zerwühltem Sand. Offensichtlich hatte ein Ringkampf stattgefunden, den Arnu verpasst hatte. Es schienen nur diese beiden Männer daran teilgenommen zu haben. Einer hielt sich die Seite, während der andere über das ganze Gesicht grinste. Enuti tauchte neben ihm auf und wollte nach seiner Hand greifen, doch der Ringer riss sie selbst in die Höhe und stieß einen brüllenden Schrei aus. Das Publikum applaudierte, und sogar sein Gegner lächelte schief.

Die Ringer und Enuti verließen den Festplatz. Gleich darauf erschienen einige Halbwüchsige, die den Sand zusammenfegten und in Eimer schaufelten. Währenddessen machten sich die meisten Zuschauer auf den Weg nach unten ins Dorf. Die Wettkämpfe waren für heute wohl vorbei.

Arnu beschloss, das Gästehaus aufzusuchen, um sich zu waschen und sein Gewand zu wechseln, bevor das Fest begann.

Renis hatte keinen der heutigen Wettkämpfe gesehen. Es war zu viel zu tun gewesen. Eigentlich hatte sie in der Halle, an den Kochfeuern und im Backhaus helfen wollen, aber letztendlich war sie den ganzen Tag zwischen den verschiedenen Unterkünften hin und her gelaufen, hatte Botschaften überbracht, Bettwäsche geholt, sich um zerrissene Festumhänge gekümmert und am Ende einen Moment Zeit gefunden, um sich in ihrem Zimmer zu waschen und umzuziehen. Ran hatte ihr mit der Frisur geholfen und kleine Spangen und blaue Bänder eingeflochten. Jetzt stand sie in ihrem bunt bestickten Festkleid neben Sina und ihrer Großmutter hinten in der

Halle und sah zu, wie die Gäste hereinströmten. Überall waren eng nebeneinander Bänke aufgestellt worden. Für Tische war bei all den Gästen nicht genügend Platz. Nur vor der Bergherrin und den Frauen ihrer Familie stand ein schmaler, langer Tisch. Auf ihm befanden sich Eimer und Krüge voller Bier. Ran, Sina und Renis würden den ganzen Abend ausschenken.

Sina wartete, bis die letzte Bank besetzt war, dann griff sie nach einem Becher und hob ihn hoch. Darauf hatten alle gewartet. Augenblicklich wurde es still. Sina nahm einen Schluck, lächelte und rief: »Trinkt und esst, im Namen der Göttin!«

»Im Namen der Göttin!«

Unter viel Gedränge und Gelächter kamen Gäste und Talbewohner nach vorne und nahmen ihre Becher entgegen. Jeder musste sein eigenes Bier holen. Wer dazu nicht mehr in der Lage war, hatte ohnehin genug getrunken. Draußen vor der Halle und am Eingang zum Garten standen große Kochtöpfe. Aus ihnen konnte jeder in seine Schale schöpfen und dann zu seinem Platz zurückkehren. Es dauerte lange, bis alle ihren ersten Hunger gestillt hatten.

Während sie aßen und tranken, betrachtete Renis die Reihen der feiernden Gäste. Viele waren in diesem Jahr gekommen, mehr als sonst. Dennoch würde das Essen reichen, da war sie sicher. Selbst Wenne wird daran nichts ändern können, dachte sie lächelnd und sah ihrem Verwandten zu, wie er genussvoll aus seiner Schale löffelte und in das Brot biss.

»Ich glaube, es schmeckt allen, Mutter«, sagte sie leise.

»Das will ich hoffen. Über mein Bier hat sich noch nie jemand beschwert.«

Renis lachte. »Ich meinte das Essen. Aber natürlich ist dein Bier das beste weit und breit.«

Sina stupste ihre Tochter in die Seite und nahm selbst einen Schluck.

»Ihr müsst ein wenig mehr Würde wahren, Töchter«, mahnte Ran mit gespielter Strenge und griff nach ihrem Becher.

»Möchtest du dich nicht lieber setzen, Mutter?«, fragte Sina. »Der erste Ansturm ist vorüber, wir kommen gut alleine zurecht.«

Ran schüttelte den Kopf. »Nein, kommt nicht infrage. Mir geht es gut, und von hier kann ich alles überblicken. Wenn eine von uns sich davonstehlen darf, dann die Jüngste.« Liebevoll lächelte sie Renis zu und deutete zum Eingang.

Dort stand Arnu und unterhielt sich mit Tolan. Er schien die Blicke der drei Frauen zu spüren, denn jetzt wandte er sich um. Dann sagte er etwas zu Tolan. Gemeinsam bahnten sich die beiden einen Weg durch die Halle.

»Hast du auch für deinen Sohn einen Becher, Sina, Bergherrin?« Tolan war guter Laune und gab zuerst seiner Mutter und dann seiner Großmutter einen Kuss auf die Wange.

»Was treibst du den ganzen Tag, Tolan? Von Arnu weiß ich, dass er sich die Wettkämpfe angesehen hat, aber du warst nicht dabei.« Sina drückte ihm einen Becher in die Hand.

Arnu nahm seinen von Renis entgegen und bedankte sich mit einem Nicken.

»Hier sind viele wichtige Leute, Mutter. Sie wollen mit mir sprechen, und ich muss mich um sie kümmern. Die

Wettkämpfe ... nun ... Ich weiß, wie sie ablaufen. Für Arnu ist das alles neu.«

»Wie hat es dir gefallen, Arnu?«, wollte Sina wissen.

»Gut. Sehr gut. Die Läufer haben mich wirklich beeindruckt. Ich wäre vermutlich auf dem Festplatz tot umgefallen.«

»Wenn du es überhaupt zurückgeschafft hättest«, rief Tolan.

Arnu grinste. »Du hast recht. Das ist nicht besonders wahrscheinlich. Aber das gilt auch für dich.«

»Ihr beide seid über die höchsten Berge marschiert!«, sagte Renis. »Und jetzt habt ihr Angst vor dem bisschen Laufen hier im Tal?«

»Lach nur, Schwester. Solange du nicht mitmachst, müssen wir wohl annehmen, dass wir diesen Lauf alle drei nicht überleben würden.«

»Macht euch lieber nützlich. Hier kommen ein paar Durstige.« Sina drückte Arnu und Tolan Schöpfer in die Hand.

Gehorsam füllten sie die Becher, die ihnen entgegengestreckt wurden. Renis trug die leeren Eimer weg und bat einen der Bergmänner um Nachschub aus dem Vorratshaus.

»Renis, Arnu, seht bitte nach, wie es um die Töpfe steht«, sagte Sina, als sie zurückkam, und nahm Arnu seinen Schöpfer ab. »Fangt bei dem an, der vor dem Garten steht. Er ist wahrscheinlich noch voll, weil die Leute ihn vielleicht nicht finden.«

»Komm mit«, forderte Renis Arnu auf. Gemeinsam verließen sie die Halle durch den Hintereingang. Draußen war es kühl und angenehm leise. Schweigend gingen sie zum Eingang des Gartens und spähten in den Topf, der dort in der Glut stand. Sina hatte recht, er war fast voll mit sanft blubberndem Eintopf, in dem saftige kleine Fleischstücke nebst Bohnen und allerlei Gewürzen schwammen.

»Sollen wir die Leute zum Essen bringen oder das Essen zu den Leuten?«, fragte Arnu.

»Natürlich die Leute zum Essen. Wenn wir mit dem heißen Topf stolpern und alles verschütten, werden sie es uns nicht danken. Kannst du nachsehen, ob die anderen Töpfe schon leer sind?«

Arnu trabte gehorsam los und kam kurz darauf zurück. »Sie sind fast leer. Den Hungrigen, die ganz traurig davorgestanden sind, habe ich gesagt, wo sie etwas finden können.«

Tatsächlich kamen einige Männer und Frauen den Pfad entlang.

»Lass uns gehen«, sagte Arnu leise, »sonst müssen wir ihre Schalen füllen.«

Er hat recht, dachte Renis, griff nach seiner Hand und zog ihn in den Garten hinein, vorbei an Beerensträuchern und Gemüsebeeten bis zu einem großen Nussstrauch, der in der Ecke wuchs. Hierhin schien an schönen Tagen von früh bis spät die Sonne und trocknete den Boden. Sie ließ Arnus Hand los und setzte sich. »Erzähl mir von den Wettkämpfen heute.«

Arnu sah zu ihr herab. Sein Gesicht war nicht gut zu erkennen. Das Licht all der Fackeln, die im Dorf und rund um die Halle brannten, warf nur einen sanften Schein bis hierher. Renis atmete tief ein. Der Duft des Gartens war vertraut und warm. Es war, als würde er dabei zusehen, was als Nächstes geschah.

Arnu setzte sich dicht neben sie und beugte sich näher. »Die Wettkämpfe?«, sagte er leise. »Soll ich wirklich davon erzählen?« Sein Gesicht war ganz nahe.

Sie berührte seine Wange, sein Kinn. Ein Arm schlang sich um ihre Schultern, und sie fühlte eine Hand an ihrem Bein. Es ist eine gute Nacht für den ersten Kuss, fand Renis und drückte ihre Lippen auf seinen Mund.

Später, in ihrem Bett, als das Fest längst vorbei war, dachte Renis über Arnu nach. Sie waren lange unter dem Strauch gesessen, und es war nicht bei diesem ersten Kuss geblieben. Irgendwann hatte sie ihm sein Hemd ausgezogen, aber weiter hatte sie nicht zu gehen gewagt, denn Arnu war vorsichtig und zurückhaltend geblieben. An seiner Erregung hatte es keinen Zweifel gegeben, dennoch verhielt er sich anders als die jungen Männer, die Renis bisher geküsst hatte. Von denen hatte keiner gezögert. Wenn einer nicht wollte, ließ er sich auch nicht küssen, aber wenn doch …

Renis seufzte und zog sich die Decke bis über die Nase, um die Erinnerung an Arnus Geruch zu vertreiben. Sie widerstand dem Impuls, das Gästehaus aufzusuchen und ihn zu fragen, ob sie ihn missverstanden hatte. Bildete sie sich nur ein, dass er sie ebenso wollte wie sie ihn? Vielleicht verboten ihm die Sitten seines Landes, diesem Verlangen allzu schnell nachzugeben. Morgen würde sie das herausfinden. Nur wenn sie sich in ihm täuschte, war sie bereit, weiterhin alleine hier zu liegen.

4. Kapitel

Die meisten Gäste schliefen lange. Auch von den Bewohnern des Hochtals waren nur jene bereits auf den Beinen, die in diesem Jahr aufräumen mussten. Bänke, Schalen und Becher wurden aus der Halle getragen, und im ganzen Dorf waren die Spuren des ausgelassenen Festes zu beseitigen. Wenige hatten nicht mitgefeiert, darunter die ganz Alten, die kleinen Kinder und die Wettkämpfer des heutigen Tages. Die sechs Männer hatten die Nacht im Berg verbracht. Sie durften schlafen, aber es wurde von ihnen erwartet, zu fasten. Es war Sinas Aufgabe, sie am Morgen ihres Wettkampfes abzuholen. Bevor das Ritual beginnen konnte, mussten sie hinunter zum See gebracht werden, um nach dem Segen der Berggöttin auch jenen des Seegeistes zu erbitten.

Sina war dankbar, nicht selbst bis zum See hinuntersteigen zu müssen. Das würde Enuti tun, der in der Halle auf sie wartete.

Die Kämpfer standen bereits vor dem Eingang zum Bergwerk, als Sina ankam. Ihre muskulösen Körper waren mit Öl eingerieben und glänzten im morgendlichen Sonnenlicht. Sina kannte weder ihre Namen noch wusste sie, woher sie kamen. Cona wählte die Kämpfer aus, aber wie und wo, das war ein Geheimnis, ebenso wie ihre Namen, die für die Dauer des Bergfestes nicht wichtig waren. Sie wurden zu Kriegern der Göttin.

Sina verneigte sich vor ihnen, was die kleinen Ringe an ihrem Schleier, den sie an solchen Feiertagen trug, zum Klingen brachte.

Die Männer senkten respektvoll die rasierten Köpfe.

»Kommt, der See wartet auf eure Gebete.«

Mehr wurde nicht gesprochen, auch nicht auf dem Weg hinunter ins Dorf. Die wenigen Menschen, die ihnen begegneten, verneigten sich ehrfürchtig. Diese Männer hatten sich auf eine ganz besondere Weise in den Dienst der Göttin gestellt.

Enuti stand vor der Halle. Er begrüßte seine Schwester und die Männer mit einem Nicken. Sina sah zu, wie ihr Bruder und die Gruppe der Kämpfer nach unten durch das Dorf marschierten. Sie lächelte. So oft hatte Enuti sich nun bereits um die Wettkämpfe beim Bergfest gekümmert, aber seine Begeisterung hatte nie nachgelassen. Schon als kleiner Junge war er den Kämpfern nie von der Seite gewichen. Seit vielen Jahren erfüllte er diese Aufgabe mit großer Ernsthaftigkeit, wofür Sina ihm sehr dankbar war.

Ein wenig Zeit blieb, bevor er zurückkehren würde und sie die Kämpfer zum Festplatz geleiten musste. Sie beschloss, Cona zu suchen. Es waren noch nicht alle Neuigkeiten besprochen worden, und heute würde es nicht mehr viele Gelegenheiten für ein ungestörtes Gespräch unter Freundinnen geben.

Cona war damit beschäftigt, die Aufregung ihrer Novizinnen im Zaum zu halten. Noch bevor Sina sie bitten konnte, mit ihr einen ruhigen Ort zu suchen, trat ein Bursche an sie heran. Sie solle zurück zur Halle kommen, er wisse nicht, warum. Seufzend verabschiedete Sina sich gleich wieder von Cona und kehrte zur Halle zurück.

Als sie dort eintraf, schien sich das Problem längst gelöst zu haben, aber es war zu spät, um Cona noch einmal aufzusuchen. Wie konnte ich nur auf den Gedanken kommen, an einem Tag wie heute ein ruhiges Gespräch zu führen, dachte sie und beschloss, die Zeit bis zum Beginn des Wettkampfes in der Halle zu bleiben, wo jeder, der sie suchte, sie auch finden würde.

Die Sonne stand hoch am Himmel, aber es war nicht heiß. Die Prozession mit Sina, Hiram und den Kämpfern an der Spitze schlängelte sich den Weg hinauf zum Festplatz. Die Stimmung war feierlich, die Menschen sprachen leise und ermahnten sich gegenseitig, nicht laut zu lachen.

»Die Göttin schenkt uns für den heutigen Tag das beste Wetter, das wir uns wünschen können«, raunte Sina ihrem Mann zu.

Hiram nickte lächelnd und griff nach ihrer Hand. Er wirkte jünger, als er war, und glücklich. Heute war der heiligste Tag des Jahres, und für Hiram war er noch wichtiger als für sie selbst.

Oben am Festplatz standen Cona und ihre Novizinnen in einem engen Kreis. Dorthin führte Sina die Kämpfer und folgte dann Hiram zu ihrer Bank. Während der Platz sich füllte, sprach Cona leise mit den Kämpfern. Niemand konnte hören, was sie sagten. Die Novizinnen bedeckten die Häupter der Männer mit ihren Schleiern. Leiser Gesang ertönte. Nach einer Weile bedeutete Cona den Männern, den jungen Frauen ans hintere Ende des Kampfplatzes zu folgen und dort auf sie zu warten. Dann nickte sie Sina zu, die ihren Gruß erwiderte, und wandte sich an die wartenden Männer und Frauen.

»Der Moment ist gekommen. Im Namen der Göttin messen sich diese sechs Männer im Kampf. Ihr heiliger Tanz gefällt der Herrin des Berges, und sie beschenkt uns mit ihrem Reichtum, damit wir mit Leben erfüllt werden. Kämpft und tanzt!«, rief sie laut.

Die Menge jubelte.

Aus einer Kiste, die unter einem blauen Tuch verborgen gewesen war, holten Conas Frauen die Kampfhanteln hervor und reichten sie den wartenden Männern. Sie waren schwer, aber ihre runden Enden waren mit weichen Lederstreifen umwickelt, um den Aufprall zu dämpfen. Paarweise stellten die Kämpfer sich einander gegenüber auf.

Sina fragte sich wie jedes Jahr, ob Cona ihr je verraten würde, auf welche Weise sie die Kämpferpaare ausloste.

Es begann. Cona hatte ein verstecktes Signal gegeben, und die Männer schrien laut auf. Dann fingen sie an, einander zu umtänzeln. Für Männer ihrer Statur bewegten sie sich erstaunlich leichtfüßig. Immer wieder schlug einer mit seiner Hantel aus und versuchte, den Gegner zu treffen, aber noch waren alle ausgeruht und wichen geschickt aus. Es war schwer, dem Geschehen zu folgen, weil alle drei Kämpfe gleichzeitig ausgetragen wurden.

Die Zuschauer feuerten die Kämpfer an, die Männer auf dem Kampfplatz stampften und sprangen keuchend auf dem Holzboden hin und her, und es wurde immer lauter. Da landete einer den ersten Treffer auf der Brust seines Gegners. Der taumelte rückwärts, konnte sich aber auf den Beinen halten. Der Schlag war heftig gewesen, und auf seiner Brust breitete sich ein roter Fleck aus, doch Blut floss keines.

Nun schrien alle wie verrückt den Männern zu, sich mehr anzustrengen und sich schneller zu bewegen. Mehr und mehr Schläge wurden ausgetauscht und zumeist abgewehrt, mit der Hantel oder den Armen und Beinen. Die Glieder der Kämpfer waren rot von den Schlägen, und aus einigen Kratzern floss nun doch ein wenig Blut. Einer stürzte, war aber sofort wieder auf den Beinen, bevor sein Gegner ihm die Hantel auf den Rücken schlagen konnte. Stattdessen krachte die Hantel in den Boden. Das Holz splitterte. Enuti schrie auf und drängte sich zwischen die Kämpfer. Alle hielten keuchend inne und sahen ihm zu, wie er die schadhafte Stelle notdürftig von den größten Spänen befreite und rasch wieder vom Platz verschwand. Sofort ging der Kampf weiter, und die Menge schrie, als hätte es keine Unterbrechung gegeben.

Sina konzentrierte sich auf den Kampf der beiden Männer, die am heftigsten miteinander rangen. Sie waren zweifellos die stärksten und einander ebenbürtig. Ihr Schweiß mischte sich mit dem Öl auf ihrer Haut. Einmal wurde sie abgelenkt, weil einem der anderen Kämpfer eine Hantel aus der Hand fiel. Er musste sie aufheben, und diesen Moment nutzte sein Gegner, um ihn hart auf den Oberschenkel zu schlagen. Er schrie laut auf und ging zu Boden. Dieser Kampf war zu Ende. Enuti lief auf den Gefallenen zu, doch der hielt ihn mit einem Wink zurück. Er schaffte es selbst, aufzustehen. Unter lautem Jubel verließen er und sein Gegner den Platz.

Die anderen beiden Paare hatten währenddessen weitergekämpft. Immer wieder schlugen sie aufeinander ein, immer wieder wichen sie geschickt aus und vollführten dabei Drehungen und Sprünge, die das Publikum zum Jubeln brachten. Auch Sina klatschte in die Hände und schrie laut auf. Die Begeisterung für die Leistung der Männer war ansteckend. Einmal fiel einer auf sein Knie, kam aber sofort wieder hoch. Er humpelte danach ein wenig, und es war klar, dass er nicht mehr lange durchhalten würde. Ein paar Sprünge, dann landete sein Gegner einen harten Schlag an seiner Brust, und er fiel hin. Erneut wurden Gegner und Besiegter ausgelassen bejubelt.

Nur noch die beiden Stärksten umtänzelten einander. Sie schienen ihre Kräfte eingeteilt zu haben. Selten trafen die Hanteln ihr Ziel, so wendig und geschickt waren die beiden Kämpfer. Das Geschrei wurde leiser, die Zuschauer beobachteten wie entrückt die zwei Männer, die einander maßen und bekämpften. Mehr und mehr wurden ihre Bewegungen ein Tanz, eine Abfolge von Verneigungen und Drehungen, in denen die Hanteln ein schmückender Gegenstand und weniger eine Waffe waren. Sina war, als spürte sie den Atem der Göttin über den Platz streichen, als würde die Herrin des Berges mit den Männern tanzen. Das hier war der Kampf, um den es heute ging. Diese beiden waren die Krieger der Göttin.

Es war still geworden. Nur das Stampfen und Keuchen der Männer war zu hören, das Schleifen ihrer nackten Fußsohlen auf den Holzbrettern, das Klatschen, wenn die Hanteln auf nackte Haut trafen.

Da sah Sina, wie etwas zwischen den Männern flatterte. Die Bewegungen der beiden waren zu schnell, um es genau erkennen zu können. Sie waren kahl rasiert, also konnten es keine Haare sein, und außer einer kurzen Hose trugen sie nichts am Leib.

Da war es wieder! Sina wollte nach Enuti rufen, doch ihre Kehle war wie zugeschnürt. Hiram neben ihr sog scharf die Luft ein. Dann kam der Schlag.

Die Hantel traf den Kämpfer an der Schläfe, und während er zu Boden ging, riss ein scharfer Windstoß den Lederstreifen an der Hantel endgültig los. Mit einem donnernden Krachen fiel der Getroffene auf den Boden und blieb reglos liegen.

Die Zuschauer schrien auf und verstummten sogleich wieder. Alle Blicke waren auf den gefallenen Kämpfer gerichtet. Sein Gegner stand mit entsetztem Gesicht über ihm und ließ die Hantel fallen. Blut strömte aus der Wunde des Gefallenen und bildete eine dunkle Pfütze auf dem Boden.

Enuti war der Erste, der sich aus der Erstarrung lösen konnte, die alle befallen hatte. Er stürmte über den Platz, kniete neben dem blutenden Kämpfer nieder und beugte sich über sein Gesicht. Dann sah er zu Sina, zu Cona und wieder zu Sina. Seine Worte sollten sie lange Zeit in ihren Träumen verfolgen.

»Er atmet nicht mehr.«

Die Zuschauer schrien auf, einige fingen zu weinen an. Conas Novizinnen verdeckten die Gesichter mit ihren Schleiern und ließen die Köpfe hängen. Ihr Anblick war auf seltsame Weise schrecklicher als der blutende Kopf des Kämpfers. Sein Gegner stand immer noch fassungslos da und starrte auf den leblosen Körper.

Cona trat zu Enuti, riss ihren Schleier herunter und

bedeckte damit Kopf und Oberkörper des toten Kämpfers.

Sina war vor Schreck wie gelähmt und sah entsetzt zu, wie die Leute sich aufgeregt erhoben, um den Festplatz zu verlassen.

»Halt!« Conas energische Stimme ließ alle innehalten. »Niemand verlässt diesen Platz! Das Ritual ist noch nicht beendet!«

Mit hocherhobenen Händen stand sie da und schaute sich um. Ihr Gesicht spiegelte Sinas Entsetzen, doch sie schien fest entschlossen, alles zu tun, um die Ordnung wiederherzustellen. Sina spürte eine Welle der Dankbarkeit für ihre alte Freundin. Es wäre ihre Aufgabe gewesen, aufzustehen und die Menge zu beruhigen, aber all ihre Kraft hatte sie verlassen, und ihr war eiskalt.

Mach weiter, Cona, ich bitte dich.

»Die Schwüre!«, rief Cona und trat in die Mitte des Platzes. »Die Göttin mag uns ein bitterböses Zeichen gesandt haben, dessen Bedeutung wir noch nicht verstehen. Dennoch sind wir hier, um unseren Bund zu erneuern, zu ihr und untereinander. Schwurleute! Tretet vor eure Bergherrin und tut eure Pflicht, um den Segen nach Hause tragen zu können!«

Wenne war der Erste, der Conas Aufforderung nachkam. Ohne zu zögern, überquerte er den Festplatz und kniete vor Sina nieder. »Bergherrin, ich schwöre dir Frieden«, sagte er mit fester Stimme. »Gib uns Salz und den Segen der Göttin.«

Jemand drückte Sina den vorbereiteten Korb auf den Schoß. Sie griff hinein, ohne den Blick von Wenne abzuwenden. Sein freundliches Gesicht gab ihr die Kraft, sich zu bewegen und den Mund aufzumachen. Sie reichte ihm ein bunt verziertes Säckchen, in das sie selbst vor langer Zeit ein wenig Salz gefüllt hatte, und sagte, so laut sie konnte: »Nimm den Segen, Wenne.« Mehr war nicht nötig.

Als Nächster kam Balek, dann einige Frauen, die am Großen Fluss lebten, und ein Mann aus dem Nachbartal. Hinter ihnen reihten sich immer mehr Schwurleute ein. Sie alle waren ausgewählt worden, für ihre Sippe den Bund zu erneuern. Für Sina war dies jedes Mal der wichtigste Moment des Bergfestes, in dem sie ganz von der Anwesenheit der Göttin und von der Zuneigung zu all diesen Menschen erfüllt war.

Heute jedoch spürte sie Entsetzen und Furcht. Trotz all der Männer und Frauen rundherum fühlte sie sich völlig allein. Es kostete sie all ihre Kraft, das Zittern ihrer Hand zu unterdrücken und mit klarer Stimme auf die Schwüre zu antworten. Sie spürte, wie Hiram und Ran näher rückten. Cona stand nun ebenfalls dicht neben ihrer Familie.

Ich bin nicht allein, auch wenn sich die Göttin abgewandt hat.

Irgendwann hatte die letzte Schwurfrau ihr Salz erhalten. Mit ernsten Gesichtern und in völliger Stille standen die Anwesenden auf dem Platz und sahen zu Sina. Langsam erhob sie sich. Hiram legte ihr seine Hand auf den Rücken. Sie musste die Kraft aufbringen, um etwas zu sagen.

»Freunde, dieses Fest endet anders, als wir es gewohnt sind. Wir spüren Furcht, weil wir nicht verstehen, was geschehen ist, ganz wie Cona gesagt hat. Wir wissen nicht, warum dieser Unfall geschehen musste und was dieses Zeichen bedeutet. Hiram wird tun, was er kann, um das

Gleichgewicht wiederherzustellen, da bin ich sicher.« Sie drehte sich kurz zu ihrem Mann um, der zustimmend den Kopf senkte. »Wie es Sitte ist, werden die Schwurleute den Abend in meiner Halle verbringen, um alles Notwendige zu besprechen. Aber um den Toten zu ehren, werden wir in diesem Jahr nicht mehr tanzen, und die Trommeln und Flöten werden schweigen. Wer dennoch bleiben möchte, der bleibe unter meinem Schutz. Wer abreist, der reise mit dem Segen der Göttin heim.« Sina schloss die Augen und hob die Hände. Sie fühlte einen sanften Lufthauch an der Stirn.

Danke, Göttin, du bist doch hier. Ich hatte Angst, dass du mich verlassen hast.

»Göttin, segne diese Menschen und bewache ihre Wege im nächsten Jahr, darum bitten wir dich.«

»Darum bitten wir dich«, antworteten alle leise.

Cona umarmte Sina und dann Hiram. »Ich werde mit dir gehen, wenn du es erlaubst«, sagte sie zu ihm.

Hiram nickte. »Heute Nacht«, murmelte er.

Niemand sonst sprach oder machte Anstalten, den Platz zu verlassen.

»Wir müssen vorangehen, Mimma«, flüsterte Sina und half Ran hoch.

Auf dem Gesicht der alten Frau waren die Spuren ihrer Tränen zu sehen. Sina nahm den Arm ihrer Mutter und verließ mit ihr den Platz.

Gäste und Talbewohner hatten es eilig, diesen Ort zu verlassen, und drängten hinter der Bergherrin her den Weg hinunter zum Dorf. Renis und Arnu blieben. Sie standen am Rand des Festplatzes und sahen zu, wie Cona und ihre Frauen um den Toten hockten und mit bedeckten Gesichtern leise Gebete sprachen. Der zweite Kämpfer stand immer noch reglos da. Renis war kalt, daran änderte auch Arnus Arm um ihre Schultern nichts.

Ein Krieger der Göttin lag hier, getötet beim Kampf während des Bergfestes! So etwas war noch nie passiert, und es war zweifellos das schrecklichste Vorzeichen, das sie sich vorstellen konnte. Bergherrinnen waren gestorben während des Bergfestes, und Ran erzählte oft die Geschichte von einem kleinen Bergsturz, der sich ereignet hatte, als die Gäste bei einem anderen Fest wie wild getanzt hatten. Immer hatten sich die Menschen beeilt, herauszufinden, was diese Zeichen bedeuteten, und sich vor dem Zorn der Göttin gefürchtet. Aber ein toter Kämpfer!

Renis spürte, wie eine kalte Angst sich in ihr ausbreitete. Sie wollte gar nicht wissen, was die Göttin ihnen damit sagen wollte, denn sie war sicher, es war etwas Schreckliches. Sie wollte sich verkriechen und auf das Schicksal warten, das ihnen bevorstand, aber nichts davon wissen, ehe es so weit war.

Nun begann Cona zu singen, ein Klagelied, dunkel und langsam. Renis konnte die Tränen nicht mehr zurückhalten und vergrub ihr Gesicht in Arnus Hemd. Der drückte sie fest an sich und ließ sie weinen. Trotz ihrer Verzweiflung und Furcht nahm sie wahr, wie gut diese Umarmung und seine Nähe taten. Eine andere Art von Zittern überlief sie, und ein wenig Wärme kehrte in ihren Körper zurück.

Nach einer Weile schob Arnu sie von sich und sah sie eindringlich an. »Lass uns gehen«, sagte er leise.

Renis warf einen letzten Blick auf den Festplatz, dann ließ sie sich von ihm wegführen. Zweifellos war ihm klar, dass heute etwas Schreckliches geschehen war, auch wenn er nicht alles genau verstand. Es war nicht seine Göttin, und er kannte nicht die Bedeutung aller Rituale. Vielleicht war es deshalb so tröstlich, in seiner Gegenwart zu sein. Er war nicht so stark vom Schrecken befallen wie alle anderen hier. Sie wollte es ihm gleichtun und das Bild des toten Kämpfers vertreiben, nicht mehr darüber nachdenken, was es bedeuten könnte. Sie beschleunigte ihre Schritte.

»Arnu, ich muss an Sinas Seite sein, wenn sie mit den Schwurleuten spricht. Es wird nicht lange dauern. Wartest du auf mich heute Nacht?« Sie sah seinen überraschten Blick.

Aber er fing sich rasch, lächelte und drückte ihre Hand. »Natürlich. Ich warte die ganze Nacht, wenn es sein muss.«

»Ich hole dich vom Gästehaus ab, wenn ich fertig bin.«

Den Rest des Weges gingen sie schweigend. Im Dorf standen überall Gruppen von bedrückten Menschen, die sich leise unterhielten. Einige winkten Renis, wollten mit ihr sprechen, aber sie schüttelte stumm den Kopf und strebte weiter auf die Halle zu. Vor dem Eingang zog sie Arnu kurz an sich und küsste ihn auf die Wange. Dann tauchte sie in die Dunkelheit der Halle ein.

Drinnen war es vollkommen still, sodass Renis im ersten Moment dachte, sie sei leer. Als sich ihre Augen jedoch an die Finsternis gewöhnt hatten, sah sie ein paar Leute vorne an einem Tisch sitzen, unter ihnen Wenne und die anderen Schwurleute. Balek fehlte. Sina und Ran saßen nebeneinander auf einer Bank am oberen Ende des Tisches. Alle hielten die Köpfe gesenkt. Kein Licht brannte, und auch die Kochfeuer waren kalt. Es standen keine Becher auf dem Tisch und auch kein Brot. Die Kälte kehrte in Renis' Herz zurück.

Sie trat zu ihrer Mutter, die kurz den Kopf hob und sie traurig anlächelte. Renis' Magen zog sich zusammen. Noch nie hatte Sina so erschüttert ausgesehen. Alle Kraft schien aus ihr gewichen zu sein, ebenso wie aus Ran, die klein und stumm unter ihrem Umhang fast verschwand.

»Ich hole Bier und Brot, ja, Mutter?«, flüsterte Renis. Sie brauchte etwas zu tun, sonst würde sie vor Angst laut aufschreien.

»Ich weiß nicht … Es wird nicht lange dauern, glaube ich«, antwortete Sina.

Renis war entsetzt. Nicht einmal an einem solchen Tag sollten die Schwurleute an einem leeren Tisch sitzen müssen. Ohne ein weiteres Wort ging sie zum Hintereingang, um Becher, einen Eimer Bier und einen Korb mit Broten aus dem Vorratshaus zu holen.

Als sie zurückkehrte und alles auf einen kleinen Tisch stellte, stand Wenne auf und kam zu ihr. »Ich helfe dir«, flüsterte er, füllte die Becher und trug sie zum Tisch.

Cona betrat nun die Halle und setzte sich an den letzten freien Platz. Natürlich, dachte Renis, sie musste dabei sein, auf sie hatten alle gewartet. Renis brachte ihr einen Becher, den Cona mit einem dankbaren Lächeln annahm. Sie trank einen großen Schluck. Erst jetzt lösten sich die anderen am Tisch aus ihrer Erstarrung und begannen zu essen und zu trinken.

Licht, dachte Renis, wir brauchen auch Licht. Wieder ging sie zum Vorratshaus und holte Glut, um damit eines der Kochfeuer zu entzünden. Cona sprach gerade über den Toten, als sie zurückkam.

»Wir haben ihn mit Enutis Hilfe zum Friedhof gebracht. Meine Frauen halten bei ihm Wache, und auch sein … Gegner. Der Tote wird sein Grab hier im Tal finden. So wollen es die Regeln.«

»Es gibt Regeln für diesen Fall?«, fragte Sina mit heiserer Stimme. »So etwas ist noch nie geschehen!«

»Dennoch ist klar, was zu tun ist. Der Kämpfer bleibt hier.«

Sina nickte. »Er wird seinen Platz unter unseren Ahnen bekommen, auch wenn er ein Fremder war.«

»Die Männer, die während des Bergfestes am Kampf teilnehmen, hören auf, Fremde zu sein, Sina.«

»Aber üblicherweise sterben sie nicht, sondern kehren dorthin zurück, woher sie gekommen sind«, rief Sina und schlug mit der Hand auf den Tisch. »Was ist dort oben geschehen, Cona, wie konnte das passieren? Dieser heilige Tag wurde zerstört! Wie konnte er ihn töten?«

»Wir haben alle gesehen, was passiert ist«, sagte Wenne sanft. »Die Bänder haben sich gelöst, und er hat ihn am Kopf getroffen, obwohl er auf die Schulter gezielt hat. Es war ein Unfall, Sina.«

Sina stand auf und ging auf und ab. »Bei einem Bergfest geschieht ein Unfall nicht ohne Grund, Wenne, das weißt du genauso gut wie ich. Die Göttin hat diesen Tod gewollt, der Mann war einer ihrer Krieger. Aber warum?«

»Es ist nicht unsere Aufgabe, das herauszufinden,

Tochter.« Rans Stimme klang fremd. Die alte Frau sah erschöpft aus.

Sina eilte zu ihr und umarmte sie. Ihr Gesicht drückte all das aus, was Renis fühlte: Sorge um Ran, Verzweiflung und Angst und auch Wut wegen der eigenen Machtlosigkeit angesichts einer solchen Katastrophe.

»Du hast recht, Mimma. Wir haben anderes zu tun.« Sie sah zu Renis hinüber, die neben dem Kochfeuer stand. »Sei so lieb, hol ein wenig gebratenes Fleisch.«

Sina setzte sich und wandte sich an die Versammelten am Tisch. »Sagt mir, jeder von euch, wie viel Salz benötigt ihr und wo wollt ihr es holen? Tolan ist wieder hier und wird gemeinsam mit Enuti dafür sorgen, alles rechtzeitig an die richtigen Orte zu bringen. Die Lager auf der Fraueninsel sind bereits voll und auch die am Großen Fluss, für diejenigen von euch, die das Salz auf der Rückreise mitnehmen möchten. Wenne, du holst euren Anteil wie immer erst im Herbst?«

Renis hörte Wennes Antwort nicht mehr. Draußen im Vorratshaus schnitt sie ein Stück Fleisch in kleine Stücke und legte sie auf ein großes Brett. Als sie damit ins Freie trat, sah sie Hiram vor dem Eingang zur Halle stehen.

»Vater!«

»Ich will dich nicht lange aufhalten, Renis, aber mach dich bitte bereit. Heute Abend, wenn die Schwurleute gegangen sind, gehen wir in den Berg, gemeinsam mit Cona.«

Renis' Herz sank. Einen Moment zögerte sie, bevor sie mit fester Stimme antwortete: »Ich bitte dich, entlass mich heute aus dieser Pflicht, Vater. Cona hat viel mehr Erfahrung. Ich werde euch nichts nützen.« Sie merkte selbst, wie dumm ihre Worte klangen.

Hiram runzelte die Stirn und sah sie erstaunt an. »Natürlich nützt du. Abgesehen davon ist es deine Pflicht, ganz wie du sagst. Du musst keine Angst vor der Göttin haben, Renis!«

»Ich habe keine Angst! Aber ich will ... ich kann nicht ... Ach, Vater, lass mich einfach, ich bitte dich!«

»Renis! Was ist mit dir?« Sein Blick war besorgt, jedoch auch streng.

»Bitte, ich muss das Fleisch zu den Schwurleuten bringen«, sagte sie und verschwand in der Halle. Sie konnte ihn nicht begleiten! Nicht in den Berg hineingehen, der Göttin begegnen. Cona war viel stärker als sie, mächtiger. Und Arnu ... Er wartete auf sie.

Rasch stellte sie das Fleisch auf den Tisch und wollte sich abwenden. Sie fing Conas Blick auf. Renis war, als wüsste Cona, was in ihr vorging. Sei nicht dumm, schalt sie sich, nickte ihr zu und verließ die Halle.

»Hiram, ich ...«, fing sie an, doch ihr Vater war nicht mehr hier. Renis schluckte, und die Tränen stiegen ihr in die Augen. Was für ein elender Tag! Sollte sie ihm folgen und weiter um seine Erlaubnis bitten, heute Nacht nicht dabei sein zu müssen? Aber was, wenn er sich nicht überzeugen ließ? Sie schloss die Augen und lehnte sich an die Wand. Das Holz war kühl hier an der Schattenseite und rau von Wind und Regen. Trotzdem war es tröstlich, vertraut. Dieses eine Mal würde sie die Bitte ihres Vaters nicht erfüllen. Er brauchte sie nicht so sehr, wie sie heute Nacht Arnu brauchte.

Die Dämmerung hatte gerade erst begonnen. Trotzdem waren nur wenige Menschen im Dorf unterwegs. Renis näherte sich dem Gästehaus von der Rückseite. Sie wusste nicht, ob Hiram und Cona bereits im Berg waren und die Gefahr vorüber war, ihnen zufällig zu begegnen. Leise klopfte sie an die kleine Seitentür des Gästehauses. Es dauerte eine Weile, ehe sie sich öffnete. Vor ihr stand ein Mann, den sie nicht kannte.

»Kannst du Arnu holen?«, bat sie ihn.

Er nickte und verschwand.

Wenige Augenblicke später war Arnu da und nahm sie in seine Arme. »Du bist gekommen«, flüsterte er.

Hatte er daran gezweifelt? »Ich habe gesagt, dass ich komme.«

»Ja, das hast du.« Er ließ sie los. »Wohin gehen wir?«

»In unser Haus.«

Sie griff nach seiner Hand und führte ihn den Weg entlang. Kurz vor der Halle stand das Haus, in dem Renis mit ihrer Familie wohnte.

»Du warst noch nicht hier, nicht wahr?«

»Nein. Ich habe gedacht, ihr schlaft in den Räumen in der Halle.«

»Dort schläft niemand. Nur dann, wenn sonst nirgends Platz ist. Komm, mein Zimmer ist gleich hier vorne.«

Das Haus war klein, aber gut gebaut und sehr ordentlich. Renis zog ihre Schuhe aus, also schlüpfte auch Arnu aus seinen Stiefeln. Kurz hinter dem Eingang gab es eine weitere Tür, durch die Renis ihn schob. Dahinter war ein kleiner Raum. Ein Bett, eine Truhe und ein paar Hocker um einen niedrigen Tisch. Ein Feuer brannte. Die Flammen brachten die Farben der Wandbehänge und Teppiche zum Leuchten.

Renis sah Arnu zu, wie er seine Umgebung betrachtete. Sie hatte noch nie einen Mann in ihr Haus eingeladen. Meist hatten sie sich anderswo getroffen, im Gästehaus oder in den Häusern der Männer. Arnu hier stehen zu sehen, wo außer ihrer Familie und Freundinnen nie jemand eintrat, war seltsam, aber am Ende dieses beängstigenden Tages auch sehr tröstlich. Sie ging auf ihn zu und nahm ihm den kurzen Umhang ab.

»Es ist schön hier«, murmelte er und drückte sie an sich.

»Das freut mich.« Weiter kam sie nicht.

Arnu zog sie an sich und küsste sie heftig. Von Zurückhaltung war keine Spur mehr. Ihr Umhang fiel zu Boden, dann sein Hemd und ihr Kleid. Wie gut seine Haut roch! Sein Oberkörper fühlte sich weich an, und keine einzige Narbe war zu spüren. Er stöhnte, als sie sich an ihn drückte. Er schien sie noch eine Weile küssen zu wollen, aber nun wurde Renis ungeduldig. Sie schob ihn zu ihrem Bett und löste seinen Gürtel. Er atmete heftig ein und legte sie auf die Decken. Dann zog er seine Hosen aus und stand nackt vor ihr. Sie betrachtete ihn und streckte ihre Hand aus.

Erst spät in der Nacht schliefen sie unter den Decken ein, in die Arnu sie beide eingewickelt hatte.

Renis wurde von einem Kuss geweckt. Durch den bunten Stoff, der vor dem Fenster hing, drang das Licht der Morgendämmerung. Sie richtete sich ein wenig auf. Arnu lächelte sie an und wickelte eine ihrer Haarsträhnen um seine Hand.

»Bist du schon lange wach?«, fragte sie und strich mit einem Finger sein Kinn entlang.

»Nein, aber lange genug, um dich beim Schlafen zu beobachten.«

Sie verzog den Mund. »Habe ich dumme Dinge gesagt?«

Sein Gesichtsausdruck wurde ernster, und er schüttelte den Kopf. »Aber mir scheint, du hast etwas Beunruhigendes geträumt.«

Renis schloss die Augen und legte sich wieder hin, dicht an ihn gedrängt, mit der Nase an seinem Hals. Sie war froh, sich nicht an den Traum erinnern zu können. Nach dem gestrigen Unglück war es kein Wunder, wenn sie schlecht träumte. Es war schön gewesen, in Arnus Armen die halbe Nacht lang nicht daran zu denken, was geschehen war. Doch nun, im hellen Tageslicht, würde das nicht mehr gelingen.

»Ich sollte aufstehen«, seufzte sie. »Vielleicht braucht Sina meine Hilfe, wenn die Leute abreisen.« Wenn sie schon Hirams Aufforderung, mit ihm und Cona in den Berg zu gehen, nicht nachgekommen war, musste sie sich wenigstens um ihre anderen Pflichten kümmern.

»Kann ich dir helfen?«, murmelte Arnu und zog sie fester an sich. »Ich möchte dich nicht alleine lassen, nicht nach dem Schreck von gestern.«

»Du machst dir Sorgen um mich?«, flüsterte Renis.

»Erstaunt dich das?«

»Ich weiß noch nicht genau, was ich davon halte. Aber ich denke, ich mag es. Trotzdem kannst du mir heute nicht helfen.«

»Sonst habe ich nichts zu tun, als den ganzen Tag auf dich zu warten.« Er küsste sie.

Unter der Decke schob sie ein Bein über seine Hüfte. »Geh auf den Festplatz. Dort gibt es genug zu tun oder zumindest Leute, die dich irgendwohin schicken können, wo Arbeit ist. Damit du abgelenkt bist«, fügte sie schmunzelnd hinzu, nachdem sie bemerkt hatte, was ihr Bein ausgelöst hatte.

»Mach dich nur lustig über mich«, keuchte er. »Wirst du gar nicht an mich denken nach dieser Nacht?«

»Unentwegt, mein Lieber, unentwegt.« Sie drückte ihn auf die Decken, setzte sich auf ihn und begann ihn zu küssen. Eine kleine Weile würden ihre Pflichten warten können.

»Bleib noch eine Nacht, Cona«, bat Sina. »Möchtest du nicht dabei sein, wenn der Kämpfer in sein Grab gelegt wird?« Sie deutete vage in Richtung des Friedhofes. Von hier, hinter dem Haus, in dem Cona als Gast des Schmiedes gewohnt hatte, waren die Gräber nicht zu sehen.

Cona schüttelte energisch den Kopf. »Nein, das ist nicht notwendig. Hiram kennt alle Riten ebenso gut wie ich, und du auch.« Sie seufzte und legte ihre Hand auf Sinas Unterarm. »Ich muss heute den See überqueren und das Gästehaus im Tal hinter dem Ostufer erreichen. Das schaffen wir, wenn wir bald aufbrechen. Aber wir können noch ein wenig hier sitzen, bis meine Frauen mich abholen.«

»Wir hatten wieder zu wenig Zeit, um zu reden, und nun dieses Unglück …« Sina verstummte.

»Der Wille der Göttin ...«

»Darfst du mir erzählen, was sie gesagt hat?«

»Ja, ich darf. Oder ich dürfte, wenn es etwas zu erzählen gäbe.«

Sina sah sie erschrocken an. »Sie hat nicht zu euch gesprochen? Ihr wisst nicht, warum es geschehen musste?«

Conas Blick war traurig, sogar ein wenig furchtsam. Ihre Stimme war leise, als sie endlich antwortete: »Ich bin mir nicht sicher, ob sie da war, Sina.«

Unwillkürlich wandte Sina den Blick den Bergen zu. Wie konnte die Göttin nicht da sein? Sie fühlte wieder Angst in sich hochsteigen und diese Kälte, die sich seit gestern in ihrem ganzen Körper ausbreitete. Aus Conas Mund solch eine Befürchtung hören zu müssen! Cona war die Priesterin der Göttin, die überall wirkte, am meisten jedoch in den Bergen und ganz besonders hier, in den Felsen rund um das Hochtal. Ihre Schülerinnen wurden in die größten Geheimnisse der Götter und Geister eingeweiht, erlernten die Heilkunst und konnten manchmal die Zukunft vorhersagen, so groß war das Wissen ihrer ältesten Lehrerin. Nirgends sonst waren Conas Ansehen und Macht größer als hier, wo auch die Göttin am mächtigsten war. Wenn ausgerechnet hier ihre Fähigkeit verloren ging, den Willen und die Absichten der Göttin zu erfragen ...

Sina spürte, wie ihr Tränen in die Augen stiegen. Was war geschehen? Und was würde noch geschehen? »Der Unfall war ein Vorbote, da bin ich ganz sicher«, flüsterte sie.

»Sag so etwas nicht, Sina!«, ermahnte Cona. »Die Göttin mag ihr Antlitz heute vor uns verborgen halten. Morgen kann das bereits anders sein, vergiss das nicht. Nicht immer ist es der Wille der Götter, uns die Zukunft zu enthüllen. Oft ist es besser, wenn wir nicht wissen, was uns bevorsteht.«

»Ich weiß, du hast recht. Aber mein Herz ist schwer. Es wird schwierig werden, nicht ständig daran zu denken, was gestern geschehen ist. Und sich zu fragen, warum es geschehen musste.«

»Du hast genug zu tun, um dich von schweren Gedanken abzulenken. Du hast eine Familie.« Cona drehte sich zu Sina und lächelte sie so strahlend an, bis ihr Lächeln erwidert wurde. »So ist es schon besser. Und jetzt lass uns die Zeit noch nutzen. Erzähl mir, ob du in diesem Jahr zur Fraueninsel fährst.«

Sina nickte. »Umso mehr, weil Barba nicht beim Bergfest war. Sie wird von mir wissen wollen, was geschehen ist. Und einige der Schwurleute, die sonst zu den Lagern am Fluss fahren, werden das Salz in diesem Jahr bei der Fraueninsel abholen. Auch davon will ich ihr lieber selbst berichten. Manchmal fällt es meinen Männern schwer, diese Dinge genau zu erzählen. Sie scheinen gerne die Hälfte zu vergessen.«

Cona lachte. »Oh, ich weiß, was du meinst. Ich schicke auch eine von den jungen Schülerinnen, wenn ich will, dass eine Botschaft Wort für Wort ankommt. Hiram ist da eine Ausnahme. Er kann die längsten und ältesten Gebete singen, ohne einen Fehler zu machen. Er ist ein bemerkenswerter Mann.«

Sina blieb stumm.

Nach einer Weile ergriff Cona das Wort. »Was bedeutet dein Schweigen, meine Liebe? Irre ich mich?«

»Nein, du irrst dich nicht, Cona! Hiram ist ein bemerkenswerter Mann, ganz wie du sagst. Der Göttin ergeben und seiner Familie und allen Menschen hier. Er ist mein Mann …« Sie seufzte. »Die Dinge sind nicht mehr wie vor vielen Jahren. Wie sollten sie auch?«

»Ja, wie sollten sie. Nimm dir hin und wieder einen anderen Mann, solange du noch Lust dazu hast. Wenn du einmal in meinem Alter bist, kannst du entspannt auf schöne Erinnerungen zurückblicken.«

Die beiden Frauen lachten.

Sina blieb noch eine Weile auf der Bank sitzen, nachdem Cona sie zum Abschied umarmt hatte. Sie würde sie vermissen, wie jedes Jahr, sobald das Fest vorüber war. Cona war viele Jahre älter als sie, aber sie waren seit Langem Freundinnen, und sie schätzten einander bedingungslos. Es war ein Glück, wenn die Bergherrin und die Priesterin aus dem Heiligtum im Süden sich zugetan waren. Sina musste lächeln. Unter der Feindschaft und Eifersucht zwischen ihren Vorgängerinnen hatten viele zu leiden gehabt. Weder Cona noch Sina hätten das zugelassen, aber dieser Vorsatz war umso leichter gelungen, je mehr sie über die Jahre festgestellt hatten, wie sehr sie einander mochten.

Schenk ihr ein langes Leben, Göttin, bat Sina im Stillen, und eine gute Reise.

Entschlossen stand sie auf. Sie musste mit Hiram sprechen, um auch von ihm zu hören, was in der Nacht im Berg geschehen war.

Sie fand ihn alleine in der Halle neben einem kleinen Feuer.

»Konntest du ein wenig schlafen?«, fragte sie, zog einen Hocker heran und legte ihm ihren Arm um die Schultern.

Er nickte und gähnte dann. »Aber wohl nicht lange genug. Obwohl es nicht sehr spät war, als wir zurückkamen.«

»Ruh dich aus, wenn wir geredet haben.« Sie sah sich in der leeren Halle um. »Wollen wir auf Renis warten? Sie sollte es auch erfahren, denkst du nicht?«

»Renis …«, fing Hiram an, verstummte jedoch.

»Ich weiß. Sie ist nicht mit euch gegangen. Cona hat es mir erzählt. Bist du sehr enttäuscht?«

»Ein wenig, muss ich zugeben. Sie ist so pflichtbewusst. Vielleicht wiegt es deshalb umso schwerer, wenn sie sich einmal verweigert.«

In diesem Moment ging die Tür auf und Renis trat ein.

»Komm her, Renis!«, rief Sina. Hatte sie die letzten Worte ihres Vaters gehört?

Renis setzte sich auf die andere Seite des Feuers und blickte ihre Eltern abwartend an.

»Cona ist abgereist«, bemerkte Sina, um die Stille zu durchbrechen.

»Möge die Reise gut verlaufen«, murmelte Renis.

»Nun gut, ihr wartet auf … Antworten«, sagte Hiram. »Es ist nur … Ich kann euch keine geben. Die Göttin hat sich nicht gezeigt, hat nicht zu uns gesprochen.« Hiram seufzte.

Renis sah ihn entsetzt an. »Wie meinst du das, sie hat sich nicht gezeigt?«

»So, wie ich es sage. Wir haben sie um eine Botschaft

angefleht. Was wir tun sollen. Warum der Kämpfer gestorben ist. Wofür es ein Zeichen ist. Ob es überhaupt ein Zeichen ist. Was sie von uns möchte …« Hiram verstummte und senkte den Blick.

Er ist tief erschüttert, dachte Sina, mehr als Cona. Was auch geschehen war in Hirams Leben, wie groß die Sorgen oder Ängste auch gewesen waren – auf eines hatte er sich immer verlassen können: die Anwesenheit der Göttin. Sie hatte ihm Rat gegeben und Trost und vor allem die Gewissheit, in ihrem Namen zu handeln, nach ihrem Willen. Er musste sich auf seltsame Weise allein gelassen fühlen. Sina streichelte seine Schulter. »Lass dir Zeit. Möglicherweise war es zu früh, nicht der richtige Moment. Ihr wart beide aufgewühlt, Cona und du.«

Hiram lächelte sie dankbar an. »Vielleicht hast du recht.« Langsam stand er auf. »Ich fürchte, die Arbeit im Berg darf noch nicht begonnen werden. Bist du meiner Meinung, Sina?«

»Natürlich!«

»Dann werde ich die Göttin erneut befragen, sobald das Begräbnis des Kämpfers vorüber ist. Du brauchst mich nicht zu begleiten, Renis, ich muss das alleine tun.« Er lächelte seine Tochter an, doch die sah aus, als würde sie gleich anfangen zu weinen.

»Vater, es tut mir leid …«, begann sie.

Doch Hiram hob die Hand. »Es ist alles gut, Renis, wirklich. Ich muss nun ruhen, deine Mutter hat recht, ich bin müde.« Ohne ein weiteres Wort verließ er die Halle durch die Seitentür.

»Er ist nicht böse auf dich«, sagte Sina. »Mach dir dein Herz nicht unnötig schwer.«

»Du sagst das nur, damit ich mich besser fühle. Wofür ich dir dankbar bin, Mutter.«

»Nein, ich sage das, weil ich es glaube. Du bist eine verantwortungsbewusste junge Frau. Niemand weiß das besser als Hiram! Er ist so stolz auf dich. Und froh, weil wenigstens eines seiner Kinder seinen tiefen Glauben teilt.«

Renis nickte. »Tolan hatte nie viel Respekt vor der Göttin. Ich fürchte, das ist auf seiner Reise schlimmer geworden.«

»Aber sein Freund scheint anders zu sein, oder täusche ich mich?«

»Nein, du hast recht. Arnu ehrt seine Ahnen.«

»Das freut mich. Nicht jeder kann Priester sein so wie dein Vater. Aber durch die Welt zu gehen wie Tolan …«

»Das ist es nicht, worüber wir uns bei ihm Sorgen machen müssen.«

Sina seufzte. »Ich weiß. Er ist herrischer geworden. Und es gibt vieles hier, das er nicht gutheißt. Doch ich möchte nicht weiter über Tolan sprechen. Es gibt genug anderes, was mir heute Kummer bereitet. Erzähl mir lieber von Arnu. Ist er jetzt dein Gefährte?«

Renis lächelte. »Ich denke schon.«

»Das freut mich. Er scheint ein guter Mann zu sein.« Sina stand auf und rieb ihre Hände. »Und nun darfst du mich ins Backhaus mitnehmen. Ich brauche Arbeit, die mich von trüben Gedanken ablenkt.«

5. Kapitel

Alle Gäste waren abgereist. Im Tal war es nach dem Trubel der letzten Zeit ungewöhnlich still. Die Bewohner blieben in ihren Häusern, um im Kreis ihrer Familien und Freunde die Geschehnisse des gestrigen Tages zu bereden. Der Abend war sehr warm, obwohl es bereits dunkel wurde. Sina hatte Tolan und Arnu gebeten, draußen neben der Halle einen Tisch aufzustellen. Renis war froh, mit ihrer Familie im Freien sitzen zu können. Sinas Entsetzen nach dem Tod des Kämpfers hing wie ein Geist in der dunklen Halle. Der große Raum versprach nicht wie sonst Geborgenheit. Morgen würde sie den Geist vertreiben.

Die Familie und ihr einzig verbliebener Gast saßen schweigend und sahen Tolan zu, wie er Schalen und Becher verteilte und die Reste des Festmahls auf den Tisch stellte. Er grinste Renis an, die dicht neben Arnu saß, seine Hand auf ihrem Schoß. Sie lächelte zurück und spürte ein wenig Erleichterung. Bei Tolan konnte man nie wissen, was er von den Männern hielt, die sie sich aussuchte. Aber Arnu war sein Freund. Sie wäre sehr überrascht gewesen, wenn er ihre Wahl nicht gutgeheißen hätte. Und aus Erfahrung wusste sie, was seine Meinung anrichten konnte.

»Enuti, wo willst du mich einsetzen, jetzt, wo die Arbeit im Berg weitergeht?« Tolan biss in ein Stück Käse und sah seinen Onkel auffordernd an.

Der vermied seinen Blick und schwieg, ebenso wie Sina und Hiram. Ran schenkte Bier an alle aus und ließ sich Zeit dabei.

Tolan blickte fragend in die Runde.

»Verstehst du nicht?«, sagte Renis leise, als sie das Schweigen nicht mehr ertragen konnte. »Die Arbeit muss warten. Der Kämpfer liegt noch nicht in seinem Grab.«

»Was hat das damit zu tun? Ihr begrabt den Kämpfer, wir gehen in den Berg mit all den anderen aus dem Dorf, so wie sonst auch am Tag nach dem Bergfest.«

Renis seufzte. »Tolan, hast du nicht begriffen, was gestern geschehen ist? Ein Krieger der Göttin ist während des heiligen Kampfes gestorben! Und da glaubst du, wir machen ab morgen alles wieder wie immer?« Sie konnte es nicht fassen.

»Worauf wollen wir warten? Wie lange sollen wir deiner Meinung nach nicht arbeiten? Während des Festes hat sich ohnehin niemand um den Berg gekümmert. Wie sollen wir genügend liefern, wenn wir nicht arbeiten?« Seine Stimme war laut geworden.

»Hör auf, deine Schwester anzuschreien, Tolan!«, mischte sich endlich Sina ein. »Es kommt überhaupt nicht infrage, die Arbeit morgen wieder aufzunehmen. Nicht nur, um den gefallenen Kämpfer zu ehren, sondern auch, um die Göttin wieder milde zu stimmen.«

»Die Göttin milde stimmen? Sie hat gerade einen ihrer Kämpfer getötet!«, rief Tolan höhnisch. »Und nicht einmal Cona weiß, warum! Offenbar spricht sie nicht mehr zu euch. Da kann es doch egal sein, ob wir arbeiten oder nicht!«

Hoffentlich hört ihm die Göttin nicht zu, dachte Renis und griff nach Arnus Hand.

»Tolan!«, rief Hiram mit vor Zorn bebender Stimme. »Zügle dich und achte auf deine Worte! Vielleicht straft die Göttin uns alle für dich und deinesgleichen, die ihr sie nicht ausreichend ehrt!«

»Jetzt bin ich also schuld an dem Unglück?« Tolan schnaubte. »Vater, das kannst du nicht ernst meinen. Ich tue alles, was die Göttin von mir verlangt, spreche alle Gebete zur rechten Zeit und arbeite nur im Berg, wenn du es mir erlaubst.« Der Spott in seiner Stimme war schlimmer als seine Wut vorhin. Den Blick, den Enuti ihm zuwarf, übersah er geflissentlich.

»Aber du tust es nicht mit aufrechtem Herzen«, sagte Renis traurig.

»Ach, kleine Schwester, brave kleine Schwester. Dein Herz ist gerade aufrecht genug, um lieber in den Armen meines Freundes zu liegen, als unseren Vater in den Berg zu begleiten.«

Renis sah ihn entsetzt an. Sie so zu beschämen vor der ganzen Familie und vor Arnu! Sie spürte, wie er ihre Hand fester drückte.

»Aber ich verstehe dich«, fuhr Tolan fort. »Wenn nicht einmal Vater und Cona etwas erfahren konnten, hättest auch du nichts ändern können.«

»Es tut nicht gut, zu hören, wie du mit wenigen Worten deine Schwester auf so vielfältige Weise beleidigst, Tolan«, sagte Ran leise, ohne ihn anzusehen.

»Du hast recht, Mimma«, erwiderte Tolan und neigte den Kopf. »Verzeih mir, Schwester. Trotzdem bestehe ich darauf, morgen mit der Arbeit zu beginnen. Wir werden sonst in Schwierigkeiten kommen, wenn wir nicht rechtzeitig genügend Vorräte anlegen.«

»Das stimmt nicht, Tolan, und das weißt du, weil ich es dir gleich nach deiner Ankunft erzählt habe«, sagte Enuti. »Wir haben bereits vor deiner Ankunft viele Stücke nach Norden gebracht. Dort am Fluss wird Bohut seinen Teil bald abholen. Und auch für Wenne und unsere anderen Verwandten ist genügend dort oder auf der Fraueninsel gelagert. Den Anteil für die südlichen Täler müssen wir noch auf die Boote laden, das stimmt, und ein wenig als Vorrat brechen. Aber das schaffen wir, selbst wenn wir eine Pause machen.«

»Und was, wenn nicht? Wenn dort, wo ihr in den letzten Jahren gearbeitet habt, bald nur tauber Fels kommt und wir an einer anderen Stelle weitermachen müssen? Wenn wir dadurch Zeit verlieren?«

»Die Stelle ist gut, Tolan, auch das weißt du«, rief Enuti. »Wir haben genug und müssen jetzt nicht gierig werden. Nicht, wenn gerade ein solches Unglück geschehen ist!«

»Ich bin nicht gierig! Aber ich will nicht Tag um Tag verschwenden!«

»Genug jetzt!«, schrie Sina laut auf und knallte ihren Becher auf den Tisch. Das Bier schwappte über und lief über das Holz. Tolans Hund jaulte auf und verkroch sich unter der Bank. »Du wirst tun, was wir dir sagen! Die Entscheidung ist gefallen, ob sie dir passt oder nicht! Wir wissen, was du von unseren Regeln hältst, du hast es uns vor deiner Abreise oft genug gesagt, und deine Meinung scheint sich nicht geändert zu haben. Aber es sind die Regeln dieses Ortes, den deine Vorfahren von der Göttin erhalten haben, lange vor unserer Geburt. Ohne sie sind wir nichts. Ohne sie gibt es kein Salz! Und deshalb werden wir uns in Demut üben und das Salz im Berg lassen. Demut, Tolan, Demut! Weißt du überhaupt, was das ist?«

Tolan öffnete den Mund, doch Sina schnitt ihm zornig das Wort ab. »Für heute hast du genug gesagt, mein Sohn. Wenn du uns in dieser schweren Zeit schon nicht unterstützen willst, dann nimm uns nicht auch noch Kraft. Also schweig!«

Wegen Tolans Ansichten hatte es schon oft Streit in der Familie gegeben, aber nie hatte Sina so wütend mit Tolan gesprochen.

Wenn er jetzt nicht still ist, geschieht ein weiteres Unglück, dachte Renis. Beschwörend sah sie Tolan an. Er kniff den Mund zusammen, stand auf und stürmte davon, dicht gefolgt von seinem Hund.

»Esst, Kinder, esst«, sagte Ran mit leiser Stimme, als er fort war. »Und lasst uns über das Begräbnis morgen reden.«

Renis hörte nicht zu, während Hiram und Ran leise über den morgigen Tag sprachen. Sie dachte an Tolan und ballte unwillkürlich die Fäuste. Er war ihr Bruder, und sie hatte ihn immer geliebt. Aber wahrscheinlich habe ich nie verstanden, wie ernst es ihm ist, dachte sie. Wie wenig er die Göttin und seine Familie ehrt. So mit Sina zu sprechen! Sich über alles hinwegzusetzen, was heilig war! Renis wurde kalt, und statt der Wut fühlte sie nun Angst. Vor dem, was geschehen würde. Was Tolan tun würde.

Das ganze Dorf stand zwischen den alten Gräbern. Niemand fehlte, auch nicht die Familien, die ihre Toten nicht verbrannten. Alle hatten gesehen, wie der Kämpfer gefallen war, und alle wollten ihm heute die letzte Ehre erweisen. Niemand hier kannte seinen Namen oder wusste, woher er stammte.

Hoffentlich wusste wenigstens Cona, wo seine Familie war, dachte Renis, um ihr eine Nachricht schicken zu können. Vielleicht fanden diese fremden Menschen Trost darin, dass der Mann nicht auf der Reise oder an einer Krankheit gestorben war, sondern im Dienst an der Berggöttin.

Nun lag er oben auf dem Scheiterhaufen, eingewickelt in ein helles Tuch ohne jede Zier. Die jungen Mädchen und Buben webten solche Tücher, wenn sie begannen, das Handwerk zu lernen. Hiram bewahrte die eingerollten Stoffe in der Halle auf. Für jeden Toten nähte er ein paar Blätter in einen Zipfel des Tuches, bevor er ihn darin einwickelte. Manchmal wusste er, welche Blumen der Verstorbene besonders gern gehabt hatte oder wovon er gerne gegessen hatte. Manchmal bat er die Angehörigen, ihm von dem Toten und dessen Vorlieben zu erzählen, bevor er eine Wahl traf. Renis fragte sich, was er wohl für diesen Kämpfer ausgesucht hatte, den er nicht gekannt hatte und von dem er so gut wie nichts wusste.

Hiram stand mit der Fackel in der hocherhobenen Hand neben dem Scheiterhaufen, den Kopf gesenkt. Würde er die üblichen Worte sprechen? Der Mann war keiner von ihnen, und die Umstände seines Todes waren ungewöhnlich. Vielleicht klangen die Gebete in seiner Heimat anders? Was hätte er oder seine Familie sich für sein Begräbnis gewünscht?

Da ertönte Hirams Stimme. Er sang ein altes Lied, das Renis bisher nur im Berg gehört hatte. Während er sang, ging Hiram um den Scheiterhaufen herum und setzte ihn an mehreren Stellen in Brand. Gleich darauf wich er zurück, denn die Flammen loderten rasch hoch auf. Die Hitze war groß, aber die Menschen blieben stehen, bis eine Windböe den Rauch nach unten drückte und ihnen die Tränen in die Augen trieb. Alle traten ein paar Schritte zurück.

Hiram beendete das Lied und verneigte sich, einmal vor dem Toten, der durch die Flammen nicht mehr gut zu sehen war, und einmal vor dem Berg. Dann drehte er sich um und ging durch die Gräber davon. Langsam lösten sich Einzelne aus der Menge, um Hiram zu folgen. Aber viele blieben stehen und sahen mit ernsten Gesichtern in die Flammen. Es dauerte lange, bis der erste Balken des Scheiterhaufens mit lautem Krachen einbrach. Die Funken stoben leuchtend in die Höhe und Flammen schossen heraus. Es würde sehr lange brennen.

Die Dorfbewohner verließen den Friedhof. Als nur noch wenige Leute da waren, neigte Arnu sich zu Renis und flüsterte ihr ins Ohr. »Was geschieht danach?«

»Heute nichts mehr. Später bekommt er sein Grab, hier drüben«, sagte Renis leise und deutete zu einer Stelle nicht weit entfernt, wo ein kleines Loch ausgehoben worden war. »Es ist Hirams Aufgabe, die Asche zu durchsuchen, wenn sie abgekühlt ist, und die Gebete über dem Grab zu sprechen.«

Nach einer Weile griff sie nach Arnus Hand und zog ihn weg. »Ich hoffe, sein Geist findet Frieden«, sagte Renis, als sie den Friedhof verließen.

»Warum sollte er nicht? Er starb in einem glücklichen Moment, in einem Kampf, den er selbst gewählt hat, und es ging ganz schnell.«

»Dennoch war es kein Kampf, bei dem man erwartet, getötet zu werden. Verletzt, ja. Aber es nützt nichts, sich darüber Sorgen zu machen. Nicht über den Kämpfer.«

»Ihr macht euch andere Sorgen, ich weiß. Tolan …« Arnu verstummte. Tolan hatte sich seit dem Streit gestern Abend nicht blicken lassen. Er war von niemandem gesehen worden, weder im Tal noch unten am See.

»Es ist nicht nur Tolan«, sagte Renis leise. »Alle haben Angst.« Sie blieb stehen und legte den Kopf in den Nacken.

Arnu folgte ihrem Blick. Schwer und dunkel ragte der Salzberg vor ihnen auf. Er legte ihr den Arm um die Schultern und zog sie an sich. »Hab keine Angst. Ich passe auf dich auf.«

Renis küsste ihn. »Ich weiß, das möchtest du gerne. Aber wenn die Göttin etwas beschließt, das sie uns nicht sagen will, kannst auch du nichts tun.«

Sie streichelte seine Wangen und küsste ihn. Seine Hand strich über ihre Brust. Der Stoff ihres Kleides war sehr dünn, und sie sog scharf die Luft ein.

»Darf ich wenigstens versuchen, dich abzulenken?«, murmelte Arnu.

Sie lächelte und küsste ihn erneut. »Das darfst du. Aber nicht sofort. Ich habe Mimma versprochen, ihr zu helfen, den Webstuhl neu aufzuspannen. Danach komme ich zu dir. Jetzt hast du das Haus wieder für dich alleine.«

Renis spürte, wie er ihr nachblickte, während sie den

Weg hinauf zum Dorf ging. Am liebsten wäre sie umgekehrt, um ihn weiterhin zu fühlen. Doch sie konnte Arnu nicht über alles andere stellen. Schon gar nicht durfte sie Ran enttäuschen. Es war schlimm genug, wenn Hiram enttäuscht war.

Arnu sah ihr nach, bis ihre Gestalt im Dorf verschwand. Solange er in ihrer Nähe war, konnte er seine Unruhe wegen Tolans Verschwinden vergessen. Er nahm sich vor, den restlichen Tag keinen Gedanken mehr an seinen Freund und dessen gefährliche Pläne zu verschwenden, selbst wenn er Renis erst wieder bei Einbruch der Dunkelheit sehen würde. Es gab etwas, das ihn ablenken würde. Bereits seit einigen Tagen dachte er darüber nach. Nun schien ein guter Zeitpunkt dafür gekommen zu sein. Langsam wanderte Arnu das Tal hinauf bis zum Haus des Schmiedes.

Hiram betrat den Berg. Er hielt sich nicht damit auf, ein Licht zu entzünden. Seinen Weg fand er auch in völliger Dunkelheit. Er musste außerdem nicht weit gehen, nicht bis hinunter zur Abbauhalle.

Erst als er die Nische erreichte, vor der er die meisten seiner Gebete verrichtete, entfachte er ein Licht und stellte es neben die Früchte und Blumen, die er beim letzten Mal mitgebracht hatte. Er ließ sich auf die Knie nieder, senkte den Kopf und schloss die Augen. Die ersten Gebete kamen ihm stockend über die Lippen. Kurz fühlte er Entsetzen, weil er sich bei den einfachsten Worten verhaspelte, aber dann lächelte er.

Du bist wie ein ängstliches Kind, Hiram, schalt er sich. Er musste sich Zeit lassen, dann würde die Ruhe zurückkehren. Lange sprach er immer wieder dieselben Gebete und sang die alten Lieder. Der Klang seiner Stimme hallte im dunklen Stollen wider.

Endlich fühlte er, wie die Göttin kam. Das sanfte Gewicht ihrer Hände auf seinen Schultern tröstete Hiram. Er sang weiter, um diesen Trost noch länger auszukosten. Irgendwann nahm er ein paar tiefe Atemzüge und sprach seine Bitte aus: »Ich bitte dich, Herrin im Berg, zeig mir, was der Tod deines Kämpfers bedeutet.«

Wie immer dauerte es eine Weile, bis die ersten Bilder erschienen. Als er erkannte, was er sah, wollte er die Augen öffnen und aufspringen. Doch er wurde zurückgehalten. Der Zwang, hinzuschauen, war stärker. Er sah, was geschehen würde, was ausgelöst worden war. Niemand würde es aufhalten können. Aber ihm wurde auch gezeigt, was er tun konnte, um den Schlag zu mildern. Eine tröstliche Wärme breitete sich in seinem Körper aus, während er schaute. Er sah Renis mit Arnu und wie glücklich sie war. Tolan kam und ging. Da war Sina, seine Gefährtin. Das Band zwischen ihnen war verändert, aber stark, und es würde nicht reißen. Er wusste, was er zu tun hatte, und wann er damit beginnen musste. Noch blieb Zeit.

Langsam öffnete er die Augen. Das Licht war längst erloschen. Er war von absoluter Dunkelheit umgeben. Seine Beine waren steif und schmerzten. Die Göttin hatte ihre Hände zurückgezogen, doch die Wärme auf seinen Schultern und im ganzen Körper war noch da. Mühsam stand er auf und stützte sich am Felsen ab.

»Ich danke dir, Herrin im Berg. Mein Herz ist leicht, weil du mir gezeigt hast, was ich wissen muss. Der Weg liegt zu meinen Füßen. Lass ihn mich mit Würde beschreiten.«

Ohne das Licht wieder anzuzünden, verließ Hiram den Berg.

6. Kapitel

Enuti war erleichtert. Seit zwei Tagen arbeitete er wieder im Berg. Hiram war von seinem Ritual zurückgekehrt und hatte den Segen der Göttin mitgebracht. Sie war einverstanden, wenn weiter Salz gebrochen wurde.

Enutis Rastlosigkeit, die ihn seit dem Unglück plagte, war nicht ganz verschwunden, aber immerhin konnte er wieder schlafen. Es war anstrengend, sich den ganzen Tag im Berg um all die Leute zu kümmern, die Arbeiten zu überwachen und oft auch selbst mit dem Pickel in der Hand das Salz zu brechen.

Ich bin kein junger Mann mehr, dachte Enuti, als er den Berg als Letzter verließ. Er sah den Männern und Frauen nach, die auf das Dorf zustrebten. Sie waren alle müde, aber trotzdem scherzten sie miteinander, denn der Tag war gut verlaufen. Die Göttin war ihnen wieder gnädig.

»Danke«, flüsterte Enuti und löschte das Licht, das anzeigte, ob jemand im Berg war.

Er war nicht hungrig und beschloss, ein wenig hier sitzen zu bleiben. Als er sich auf der Suche nach einem Hocker umwandte, sprang eine Gestalt hinter dem kleinen Schuppen hervor, der neben dem Eingang ins Bergwerk stand.

»Tolan!«, rief Enuti überrascht.

»Ich grüße dich, Onkel.« Tolan grinste und umarmte Enuti.

»Wo bist du gewesen?«, fragte Enuti und musterte Tolans Gesicht. Er hatte einen tiefen Kratzer auf der Wange. »Was ist geschehen?«

Tolan berührte sein Gesicht. »Ich bin gestolpert. Dort oben.« Er deutete auf den Berg am Ende des Tales.

»Du bist über den Berg gekommen? Weshalb?«

»Ich wollte nicht gesehen werden. Und es ist der kürzeste Weg.«

»Der kürzeste Weg? Wohin? Und woher?«

»Setz dich, Onkel, wir haben vieles zu bereden.«

Tolan ging zum Schuppen und holte zwei Hocker. Dann griff er in seinen Beutel und zog einen Lederschlauch hervor. »Hier, trink einen Schluck.«

»Bier?«, fragte Enuti.

»Bier«, sagte Tolan. »Nicht Sinas Bier, aber gutes Bier.«

Enuti trank und gab den Schlauch zurück. »Erzähl«, forderte er ihn auf.

Tolan holte tief Luft. »Du musst schwören, es für dich zu behalten.«

Enuti rollte mit den Augen. »Das sagst du immer, wenn du dabei bist, dich in Schwierigkeiten zu bringen. Oder dich schon in Schwierigkeiten gebracht hast.«

»Schwöre!« Aus Tolans Gesicht war das Lachen verschwunden.

Enuti wusste, sein Neffe würde kein Wort mehr sagen, wenn er nicht versprach, zu schweigen.

»Ich schwöre, deine Geheimnisse zu bewahren. In dieser Sache«, fügte er hinzu.

Tolan grinste schief. »Nun gut, das reicht mir.« Er nahm einen Schluck aus dem Schlauch und gab ihn Enuti. »Ich war beim Kleinen Salzberg.«

»Ich habe es befürchtet, seit du mir nach deiner Rückkehr davon erzählt hast.«

»Es ist alles so, wie ich es erwartet habe. Eine Handvoll Leute schwemmt das Salz aus. Mit ein wenig Glück und Fleiß kann ich dort in kurzer Zeit ein Bergwerk aufbauen.«

»Ein Bergwerk?« Enuti fuhr auf. »Es ist verrückt genug, zu glauben, den Kleinen Salzberg den Leuten wegnehmen zu können, die dort leben. Aber ein Bergwerk ... Du weißt, dass es verboten ist!«

»Ach was!«, rief Tolan aufgebracht. »Es ist kein Verbot. Es ist eine Gewohnheit! Und nicht einmal unklug. Nur hier, am wahren Salzberg, darf ein Bergwerk sein, ich weiß, ich habe es oft gehört. Aber wer sagt, dass es stimmt?« Tolan stand auf und stellte sich mit verschränkten Armen vor seinen Onkel. »Hiram würde sagen, es ist der Wille der Göttin. Doch was, wenn er sich täuscht?«

Enuti sagte nichts dazu. Die Entschlossenheit im Gesicht seines Neffen verschlug ihm die Sprache.

Tolan setzte sich wieder hin. »Ich werde meine Pläne nicht aufgeben. Und am Ende werdet ihr mir alle dankbar sein, weil ich Bohuts Gier nach Salz befriedigen und ihn von euch ablenken kann.«

»›Von euch‹? Du sprichst, als würdest du nicht mehr zu uns gehören!«, rief Enuti aufgebracht. »Und versuch nicht, deine Gier nach einem eigenen Bergwerk, in dem du tun und lassen kannst, was du willst, damit zu rechtfertigen, dass du uns wegen Bohut einen Gefallen tust!

Lieber kämpfe ich gegen ihn und seine Söhne, als dich in dein Unglück rennen zu lassen! Ein neues Bergwerk!« Enuti spuckte auf den Boden und stand auf. »So etwas Dummes habe ich lange nicht gehört!«

»Warum regst du dich auf? Ihr habt nie wirklich zugehört, wenn ich Verbesserungen vorgeschlagen habe. Wir könnten mehr und schneller Salz fördern und uns damit Männer sichern, die für uns gegen Bohut kämpfen, wenn er sich entschließen sollte, seinen Krieg hierherzutragen. Aber ihr wollt ja nicht hören. Sina nicht und du offenbar auch nicht.« Tolans Gesicht zeigte Enttäuschung.

»Hast du wirklich geglaubt, ich würde deine Idee gutheißen?«, fragte Enuti erstaunt. Er bemühte sich, seine Stimme ruhig klingen zu lassen. Vielleicht, wenn Tolan das Gefühl hatte, ernst genommen zu werden …

»Natürlich! Du bist mein Onkel! Du hast mich all die Jahre glauben lassen, dass du denkst wie ich.«

Enuti seufzte. Er begriff, dass es längst zu spät war, dass er viel früher damit hätte beginnen sollen, Tolan klarzumachen, wie die Dinge nun einmal standen. Unverrückbar und auf gewisse Weise auch heilig. »Ich bin nicht wie Hiram«, sagte Enuti mit gerunzelter Stirn, »aber heute Abend werde ich ein Gebet sprechen. Ich werde die Göttin bitten, dich zur Vernunft zu bringen. Lass den Kleinen Salzberg in Ruhe und tu hier deine Pflicht.« Er warf Tolan den Bierschlauch entgegen und wandte sich ab.

Er war bereits ein paar Schritte gegangen, als er das Geräusch eines Hockers hörte, der gegen die Schuppenwand geschleudert wurde.

»Meine Mutter ist fuchsteufelswild«, sagte Renis. Sie sah Arnu zu, der auf ihrer Bettkante saß und ein Loch in seinem Umhang flickte.

»Weshalb?«, fragte er, ohne aufzublicken.

»Seit Tolan zurück ist, redet er unentwegt auf sie ein. Das geht schon tagelang so.«

»Das Bergwerk?«, fragte Arnu.

»Natürlich. Es ist immer das Gleiche! Er will sie dazu überreden, die Leute öfter und länger im Berg arbeiten zu lassen. Wegen Bohut, der vielleicht seine Macht bis hierher ausdehnen will.« Renis verzog den Mund.

Arnu biss den Faden durch und legte den Umhang beiseite. »Tolan glaubt, mit dem überschüssigen Salz fremde Krieger bezahlen zu können. Zu eurem Schutz.«

»Ihr habt also miteinander gesprochen! Hat er dir gesagt, wo er war?« Der Vorwurf in Renis' Stimme war nicht zu überhören.

Arnu beschloss, so zu tun, als hätte er es nicht gemerkt. Mit Renis zu streiten, war ganz und gar nicht das, was er für diesen Nachmittag im Sinn hatte. »Nein, das hat er nicht. Ich bin ganz froh darüber. Er hätte mir sicher das Versprechen abgenommen, zu schweigen, und ich würde dich ungern anlügen.« Er warf den Umhang auf den Hocker und sah Renis erwartungsvoll lächelnd an.

Sie setzte sich neben Arnu auf ihr Bett und küsste ihn. »Könntest du mich anlügen? Vielleicht lügst du jetzt in diesem Moment!«

Arnu zog sie an sich. Eine Weile sprachen sie nicht. Dann löste er sich von ihr. »Machst du dir Sorgen wegen Bohut?«

»Nein«, sagte Renis mit Bestimmtheit. »Das Hochtal ist ein heiliger Ort. Das respektieren auch Männer wie

Bohut. Für Tolan ist er nur ein guter Vorwand, um endlich seinen Willen durchzusetzen.«

»Aber es wird ihm wohl nicht gelingen«, murmelte Arnu.

Renis nickte zustimmend. »Sina ist weniger denn je bereit, ihn anzuhören. Ich glaube, deshalb reist sie auch früher ab als geplant.«

»Wir haben versprochen, ihr bei den Vorbereitungen zu helfen. Wann wollen wir das tun?«

»Jetzt gleich, sie will morgen sehr früh aufbrechen. Sieh mich nicht so entsetzt an!« Renis lachte laut. »Es wird nicht lange dauern. Wir müssen genügend zu essen für ein paar Tage einpacken, für Sina und drei Männer. Um alles andere hat Enuti sich gekümmert.«

»Gut«, sagte Arnu, stand auf, zog Renis hoch und in seine Arme. »Wir packen Essen für Sina ein und ein wenig für uns selbst, damit füttere ich dich später im Gästehaus.«

Sie drückte sich fest an ihn und legte ihre Arme um seinen Hals. »Diese Einladung nehme ich gerne an.«

7. Kapitel

Sina biss in einen der Kekse, die Renis für sie eingepackt hatte, und lächelte beim Gedanken an ihre Tochter. Wie verliebt sie war! Arnu war ein freundlicher Mann, und hübsch war er auch. Sina wunderte sich, dass Renis Zeit gefunden hatte, für sie zu backen. Sie war sehr dankbar dafür. Seit gestern früh waren sie unterwegs. Die Nacht am Fluss, der die beiden Seen verband, war unbequem gewesen, und für eine warme Mahlzeit hatten sie und ihre Begleiter sich keine Zeit genommen. Jetzt freute sie sich auf die Fraueninsel und die Bequemlichkeiten, die sie versprach.

Sina zog den Mantel noch enger und versuchte, es sich im Boot gemütlicher zu machen. Mit dem Wind trieben sie auf den See hinaus. Es würde anstrengend werden, bei der Heimreise gegen die Strömung zu paddeln. Vor ihnen tauchte die Halbinsel auf, die vom Westufer in den See ragte. Darauf lagen die beiden kleinen, steilen Hügel. Auf einem von ihnen, auf dem es nichts außer niedrigen Sträuchern und dicken Grasbüscheln gab, die der Wind zu Boden drückte, würde Sina heute Abend gemeinsam mit den Frauen das Ritual feiern. Auf dem anderen Hügel, weithin sichtbar, stand das Frauenhaus. Sina streckte ihre Hand ins Wasser und ließ die Kälte ihren Arm hinaufkriechen.

Beim Gedanken an die Frauen, die hier lebten, musste

sie erneut lächeln. Sie kam gerne hierher, schon seit ihrer Kindheit. Damals hatte Ran sie oft hergebracht, und auch die Großmutter hatte sie häufig begleitet. Sie erinnerte sich an das kleine Mädchen, das sie damals gewesen war, voller Erwartung auf die klugen und strengen Frauen, die an diesem Ort ihr Leben dem Dienst an den Göttern geweiht hatten. Einige Jahre lang hatte Sina gehofft, eines Tages hier leben zu können, aber es war anders gekommen. Hiram war in ihr Leben getreten, und sie war seine Frau und später Bergherrin geworden. Sie hatte das nie bereut, doch manchmal stellte sie sich vor, was gewesen wäre, wenn sie ihr Leben nicht am Salzberg, sondern an diesem See verbracht hätte. Wenn sie nicht nur alle paar Monde, sondern ständig hier wäre, als eine der Frauen, die eine innige Verbindung zu den Göttern hielten und die Boote mit dem Salz segneten, damit sie nicht sanken und ihre Fracht sicher an ihre Ziele brachten. Vielleicht wäre vieles in ihrem Leben friedlicher verlaufen, aber weder Tolan noch Renis wären auf die Welt gekommen. Undenkbar, ein Leben ohne ihre Kinder. Sina zog die eiskalte Hand aus dem Wasser und wischte sie an ihrem Mantel trocken.

Das Boot ließ die Halbinsel hinter sich und steuerte auf den Steg an der windabgewandten Seite zu. Von dort führte ein enger Pfad um die Halbinsel und den steilen Berg herum, auf dem die Frauen lebten. Die kleineren Gebäude, die dicht am großen Frauenhaus standen, waren nun besser zu erkennen.

Hier war es merklich wärmer, und Sina nahm ihre Kapuze ab. Wie erwartet begrüßten sie mehrere Frauen am Ufer. Die Einfahrt des Bootes in den See war nicht unbemerkt geblieben, dafür hatten die Späher am südlichen Ende des Sees gesorgt. Sie hielten Tag und Nacht Ausschau. In den letzten Jahren waren nur wenige Überfälle vorgekommen, aber immer wieder versuchten Menschen, die Frauen am See um ihre Salzvorräte und andere Schätze zu bringen. Es gelang selten jemandem, denn die Frauen waren imstande, sich zu verteidigen.

»Im Namen der Göttin, ich grüße euch!«, rief Sina, als sie dem Steg ganz nahe waren.

»Im Namen der Göttin, seid willkommen!«, antwortete eine der Frauen am Ufer. Wie ihre jüngeren Begleiterinnen war sie in einen grauen Wollmantel gekleidet. Auf dem Kopf trug sie eine eng anliegende Fellkappe.

Noch bevor das Boot vertäut war, sprang Sina auf den Steg und nahm den Becher entgegen, den die Frau ihr hinhielt.

»Gutes Bier«, bemerkte Sina lächelnd.

»Es ist schön, dass du hier bist, Sina. Dir muss kalt sein, der Wind ist stark. Komm ans Feuer.«

»Ich danke dir, Barba. Geht es dir gut? Du wirkst wohlauf.«

»Die Göttin scheint beschlossen zu haben, mir weitere Jahre zu schenken. Der Husten ist mit dem Frühjahr verschwunden.«

»Ich war froh, als der Bote kam und davon berichtet hat. Du bist viel zu jung, um ans Sterben zu denken!« Sina reichte den halb leeren Becher zurück.

Barba lächelte und nahm einen Schluck. »Du willst nicht daran denken, wie alt ich bin, weil du nur wenig jünger bist.«

Sina lachte laut auf und zog Barba am Ärmel. »Komm, seit du mir das Feuer versprochen hast, spüre ich die Kälte umso mehr. Ich muss mich aufwärmen, bevor wir wieder hinausgehen.«

»Die anderen werden alles vorbereiten. Wir haben genügend Zeit. Ich will dir außerdem etwas zeigen, es ist nur ein kleiner Umweg.«

Sina folgte Barba, die sie auf dem schmalen Pfad in die kleine Senke zwischen den beiden Hügeln führte. Dort standen einige Gebäude, deren Holz ganz frisch aussah und ebenso roch.

»Ihr habt viel geschafft, seit ich das letzte Mal hier war«, bemerkte Sina bewundernd. »Hattet ihr Hilfe?«

Barba nickte. »Dieses Jahr kamen mehr junge Frauen als in den Jahren davor. So viele Familien schicken uns ihre Töchter! Aber diesmal haben sie uns auch Arbeiter geschickt. Also haben sie nicht nur die neuen Speicher für uns gebaut, sondern auch ihre eigenen Häuser. Vor allem vom Fluss sind sie gekommen, deshalb nehme ich an, Dinat hat ein wenig nachgeholfen.«

»Wer ist Dinat?«

»Der neue Anführer der Flussmänner. Sein Onkel lebt noch, aber er ist alt geworden und will seine letzten Jahre daheim am Großen Fluss verbringen, nicht hier am See. Er hat uns viele Jahre gut gedient. Solange er verantwortlich war, haben wir nur ein einziges Salzboot verloren. Es gab nie Probleme mit dem Fleisch, und auch das Getreide aus der nördlichen Ebene kam immer rechtzeitig. Deshalb habe ich ihm auch Geschenke für seine junge Herrin mitgegeben.« Barba ging weiter den Pfad entlang, der zwischen den neuen Häusern zum Frauenhügel hinaufführte. »Dinat hat seine Männer gut im Griff. Für das Umladen auf die kleinen Boote am Nordende des Sees brauchen sie jetzt weniger Zeit. Er wird dich mit einigen von seinen Leuten nach Hause begleiten.«

»Was erzählt Dinat von seiner neuen Herrin?«, fragte Sina.

»Sie ist jung, aber beliebt und klug, sagt er. Als ganz junges Mädchen war sie bei uns, weil sie ihre Weihe unbedingt hier am See halten wollte, nicht bei den Schwestern am Fluss.«

»Es freut mich zu hören, dass ihr der Bund wichtig ist. Ich werde ihr auch Geschenke schicken. Vielleicht besucht sie beim nächsten Bergfest den Salzberg, dann kann ich sie kennenlernen.«

Nun wurde der Pfad steiler, und sie schwiegen eine Weile. Erst als sie oben angelangt und wieder zu Atem gekommen waren, ergriff Barba erneut das Wort. »Lass uns im Frauenhaus am Feuer sitzen und etwas essen. Nach dem Ritual sind wir in meiner Hütte ungestört, und dann müssen wir uns unterhalten.« Sie wartete keine Antwort ab, sondern ging rasch auf das große Frauenhaus zu.

Sina blickte ihr einen Moment lang nach. Es war nicht Barbas Art, geheimnisvolle Ankündigungen zu machen. Wenn sie es doch tat, gab es Grund zur Sorge.

Barba öffnete die hohe Tür des Frauenhauses. Es sah Sinas Halle zum Verwechseln ähnlich. Hohe geschnitzte Säulen trugen das mächtige Dach, und die Wände waren dunkel vom Alter. Überall standen Tische und Bänke, an denen grau gekleidete Frauen saßen. Der Dampf des Abendessens stieg aus den Töpfen an den Feuern auf. Es roch verlockend, und Sina fragte sich hungrig, was wohl gekocht worden war. Auf dem Weg zu Barbas Tisch nahm Sina ihren Umhang ab und begrüßte einzelne Frauen, die sich ihr zuwandten. Mit einem glücklichen Seufzer ließ sie sich Barba gegenüber auf einer Bank nieder. Ein sehr junges Mädchen brachte zwei Schalen. Es gab eine dicke Suppe aus Linsen und Zwiebeln und dazu kräftiges dunkles Brot. Sina griff dankbar zu.

Die Wärme im Raum und das fröhliche Geschnatter der Mädchen taten gut. Es war schön, für kurze Zeit Teil dieser Gemeinschaft zu sein. So viele junge Frauen! Sie wollten lernen, wie man die Götter um Rat bitten konnte. Einige blieben ihr Leben lang hier, aber die meisten kehrten irgendwann zurück zu ihren Dörfern und Familien.

Die warme Suppe schmeckte hervorragend. Sina spürte, wir ihre Wangen heiß wurden, während sie sich langsam aufwärmte. Nach und nach standen die Frauen auf und verließen das Haus.

»Lass sie vorausgehen, Sina, wir haben Zeit. Möchtest du noch ein wenig Suppe?«, fragte Barba.

Sina schüttelte den Kopf. »Ich danke dir, aber ich bin satt. Lass mich dir berichten, welche Schwurleute in diesem Jahr gekommen sind. Ich kann ruhiger zum Ritual gehen, wenn ich dir alles Nötige erzählt habe. Der Kämpfer …«, sie stockte.

Barba griff nach ihrer Hand. »Nicht, Sina, nicht jetzt. Davon sprechen wir später. Zähl mir alle Schwurleute auf und wie viel Salz wir ihnen bringen sollen. Danach gehen wir zu den Frauen.«

Die Sonne war noch nicht ganz hinter den Bergen im Süden untergegangen. Ihr Licht schien rötlich und wärmte nur wenig. Die Feuer hingegen, die rund um den Kreis der Frauen brannten, hielten die abendliche Kälte ab.

Die tief stehende Sonne blendete Sina. Sie konnte die Frauen, die ihr gegenüberstanden, nicht gut erkennen. Barba war eine von ihnen. Ihre Gestalt hob sich von den anderen ab, die in dunkle Umhänge gehüllt waren. Barba trug das rote Gewand der Herrin der Fraueninsel. Es war vor langer Zeit genäht und über und über mit bunten Borten verziert worden. Prachtvoller Schmuck steckte an ihren Schultern, von dem zahllose Ketten über ihre Brust hingen, die im flackernden Licht des Feuers glänzten. Generationen vor ihr hatten diesen Schmuck getragen.

Die Frauen warteten schweigend. Erst als die Sonne in ihrem Rücken ganz verschwunden war, gab eine von ihnen Barba ein Zeichen. Sie streckte die Arme aus. Nach und nach ergriffen alle Frauen die Hände ihrer Nachbarinnen. Neben Sina standen zwei der jüngsten. Barba hatte sie absichtlich neben die Bergherrin platziert, um ihnen die Scheu vor ihr zu nehmen. Beide zitterten ein wenig. Ob vor Ehrfurcht oder Kälte, war schwer zu deuten. Sina drückte sanft die kalten Hände.

Barba begann zu singen, ein uraltes Lied über die Göttin und ihre Kinder, die Seen und die Berge. Als sie fertig war, sangen alle es noch einmal gemeinsam. Ihre Stimmen trugen weit. Sina hatte lange nicht gewusst, dass sich die Menschen, die rund um diesen See lebten, an Abenden wie diesem am Wasser versammelten, in der Hoffnung, die Frauen von der Insel zu hören. Seither sang sie lauter und hoffte, der Wind würde ihre Stimme ans andere Ufer tragen oder sogar bis ans Nordende des Sees.

Das Lied war zu Ende. Die Frauen überkreuzten ihre Arme vor der Brust.

»Göttin, Geister, Ahnen, schaut zu uns«, rief Barba. »Wir bitten euch, kommt und schenkt uns euren Rat.«

»Schenkt uns euren Rat«, wiederholten die Frauen leise.

Barba ging in die Mitte des Kreises, nahm eine Schale vom Boden auf und reichte sie Sina, die einen Schluck Wein daraus trank und die Schale zurückgab. Reihum tranken die schweigenden Frauen. Zum Schluss trat Barba aus dem Kreis der Frauen und ging zum Rand des Hügels. Mit einer weit ausholenden Bewegung schleuderte sie die leere Schale hinaus in den See. Erst als das leise Platschen zu hören war, kehrte sie in den Kreis zurück.

Aus den Falten ihres Gewandes holte sie zwei Stöcke hervor und schlug sie sanft gegeneinander. Sina klatschte im Rhythmus der Stöcke in die Hände. Die anderen Frauen begannen sich zu bewegen, drehten sich um sich selbst oder gingen im Kreis herum. Die Bewegungen der Frauen wurden schneller, Arme wurden in die Höhe gerissen, hie und da war ein Schrei zu hören. Nur Barba und Sina standen schweigend an ihrem Platz, die eine mit ihren Stöcken, die andere klatschend.

Während sie sich bewegten, sprachen ihre Ahnen oder die Göttin zu den Frauen. Nicht immer waren die Botschaften für sie selbst. Manchmal trat eine der Frauen auf eine andere zu, um ihr etwas ins Ohr zu flüstern. Dann tanzten sie weiter.

Die ganze Zeit über hielt Barba den Rhythmus aufrecht, und Sina folgte ihr. Es war schwer, sich nicht dem Drang hinzugeben, selbst zu tanzen. Aber dafür gab es andere Gelegenheiten. In dieser Nacht mussten sie den Frauen dienen, die ihre Aufgaben erfüllten.

Der Wind wurde stärker. Die Wellen am See waren deutlicher zu hören und auch die Boote, die gegen die Stege schlugen. Es wurde Zeit, wieder Ruhe einkehren zu lassen.

Sina wandte sich Barba zu und hob leicht die Hände. Ihre Freundin nickte. Sina hörte zu klatschen auf, Barba schlug die Stöcke noch einige letzte Male. Langsam kehrten die Frauen auf ihre Plätze im Kreis zurück. Oben auf dem Hügel war es dunkel, denn die Glut der heruntergebrannten Feuer gab kaum Licht.

Barba wartete, bis es still war.

»Göttin, Geister, Ahnen, wir danken euch!«, rief sie in die Dunkelheit.

»Wir danken euch!«

Einen Moment hielt Barba noch inne, bevor sie weitersprach. »Sina, Bergherrin, wir danken dir, dass du zu uns gekommen bist und für diese Nacht deinen Platz in unserer Gemeinschaft eingenommen hast. Möge die Göttin dich jeden Tag segnen und uns durch dich mit Salz beschenken.«

Das Ritual war beendet.

»Facht die Feuer an«, befahl Barba, »und verteilt den Wein.«

Das war die Aufgabe der jungen Mädchen. Der Kreis löste sich auf. Bald standen die Frauen in Gruppen beisammen und unterhielten sich. Es gab viel Gelächter, denn mit dem Wein wurde nicht gespart. Es war die letzte Gelegenheit vor dem Winter, und obwohl es kalt war, würden die Frauen lange auf dem Hügel bleiben.

»Komm, lassen wir sie alleine«, sagte Barba und winkte Sina zu. »Ich bin zu alt, um hier im Wind zu stehen.«

Barba öffnete die Tür zu ihrer Hütte. Sie war sehr klein, aber aus dicken Stämmen erbaut, die Wind und Kälte abhielten. Drinnen war es warm und bequem. Auf dem Fußboden lagen dicke Felle und Wollteppiche. Sina zog ihre Stiefel aus und ließ sich erleichtert in einen der beiden weich gepolsterten Sessel fallen. Mit einem Seufzer streckte sie ihre kalten Füße zum Feuer.

»Es ist schon spät, Sina«, sagte Barba und reichte ihrer Freundin einen Becher Wein. »Lass uns die Zeit gut nutzen. Sag mir, was genau passiert ist beim Bergfest. Ich habe viel darüber gehört, aber nicht immer war es die gleiche Geschichte.«

Sina ließ sich Zeit. Es fiel ihr immer noch schwer, über diesen schrecklichen Moment zu sprechen, als der Kämpfer zu Boden gestürzt und plötzlich überall Blut gewesen war. »Es war entsetzlich, Barba. Er hat ihn mit voller Kraft am Kopf getroffen, ihn gefällt wie einen Baum. Ich glaube, der, der getroffen wurde, ist ausgerutscht, aber ich bin nicht sicher. Die Lederstreifen haben sich gelöst, deshalb war da nichts mehr, das den Schlag hätte dämpfen können. Und dann floss das Blut …«

Barba seufzte. »Es ist furchtbar. So etwas ist noch nie passiert.«

Sina nickte und starrte in die Flammen.

»Was sagt Hiram? Und Cona? Niemand konnte mir etwas darüber berichten.«

»Weil sie nichts erfahren haben«, sagte Sina. »Sie waren noch in derselben Nacht im Berg, aber es schien, als hätte die Göttin ihr Antlitz abgewandt.«

Barba schloss einen Moment die Augen und flüsterte ein rasches Gebet. »Sag so etwas nicht, Sina. Nur weil wir sie nicht hören, heißt das nicht, dass sie sich abgewandt hat.«

»Ich weiß, Barba, ich weiß!«, rief Sina aufgebracht. »Aber wir müssen erfahren, was dieses Unglück bedeutet! Hiram war seither noch öfter im Berg, doch ob die Göttin zu ihm gesprochen hat, weiß ich nicht, er hat mir jedenfalls nichts erzählt. Was sollen wir nur tun?«

Barba zuckte mit den Schultern. »Vielleicht sagt uns die Göttin nichts, weil es nichts gibt, das wir tun können. Wie geht es Renis?«, fragte Barba.

Sina lächelte. Sie wusste, Barba liebte ihre Tochter und bedauerte es jedes Mal, wenn Sina ohne sie zur Fraueninsel kam. »Sie ist verliebt. Tolan hat einen Freund mitgebracht aus dem Süden. Und wie es scheint, haben sie sich sehr gerne.«

»Deshalb wollte sie wohl auch zu Hause bleiben, nehme ich an.« Barba schmunzelte.

Sina nickte und wurde wieder ernst. »Aber es gibt einen weiteren Grund. Sie hat es nicht ausgesprochen, doch ich denke, sie fühlt sich schuldig. In der Nacht nach dem Unfall hatte Hiram sie gebeten, ihn und Cona in den Berg zu begleiten. Sie wollte nicht. Sie dachte, wenn Cona ohnehin dabei ist …«

»Ist Hiram böse auf sie?«

»Nein! Er könnte ihr nie böse sein. Aber sie hat ein schlechtes Gewissen, weil sie diese Pflicht nicht erfüllt hat. Vielleicht fürchtet sie nicht nur Hirams Enttäuschung, sondern auch die der Göttin.«

Barba sah Sina traurig an. »Arme Renis. Sie ist so pflichtbewusst.«

Ganz anders als Tolan, dachte Sina unwillkürlich und verzog das Gesicht. »Tolan hat sich nicht verändert, während er weg war«, sagte sie leise. »Im Gegenteil.«

»Wollte er wirklich am Tag nach dem Bergfest arbeiten?«, fragte Barba ungläubig.

Sina nickte traurig. »Er hat bis heute nicht verstanden, wieso das nicht sein durfte. Warum muss er immer alles infrage stellen, was wir tun? Wenn sich das nicht ändert, wird er nicht zum Bergherrn gewählt, wenn ich alt bin, da bin ich sicher. Er hat kein Gefühl für die Menschen. Nicht einmal für die Bergleute. Es ist ihm egal, wie es ihnen geht. Er versteht nicht, dass er für sie da sein muss, nicht umgekehrt.«

»Sogar Enuti hat das irgendwann verstanden«, bemerkte Barba.

»Trotzdem scheint er der Einzige zu sein, dem Tolan sich anvertraut. Mehr noch als seinem Freund. Ich fürchte, er plant etwas. Etwas, das er keinem von uns sagt.«

Barba lehnte sich vor und sah Sina direkt in die Augen. »Dann ist wohl jetzt der richtige Augenblick, um dir von meinem Traum zu erzählen.«

»Du hast eine Botschaft erhalten?«, stieß Sina hervor. Die Götter sprachen zu Barba oft in ihren Träumen, und ihre Nachrichten mussten ernst genommen werden.

»Es war Tolan. Er hatte die Gestalt eines Raben«, sagte Barba leise. »Er flog über die Berge davon in einen dunklen Himmel. Was ihm entgegenkam, zerstörte er, und die

Dunkelheit breitete sich aus. Dann verschwand er, und ich konnte ihn nicht mehr sehen. Als hätte die Dunkelheit ihn verschluckt. Oder er sich selbst.«

Sina sah sie entsetzt an.

Ein Gewitter braute sich zusammen. Die Flussmänner und ihre eigenen Begleiter hatten sie gewarnt. Trotzdem hatte Sina noch in der Nacht befohlen, alles für die Abreise vorzubereiten. Barbas Traum hatte sie tief beunruhigt. Sie musste Tolan aufhalten! Es hatte keinen Sinn, einen Boten zu schicken. Besser war es, selbst zurückzureisen, so schnell es ging. Sie zweifelte, ob er auf sie hören würde, aber sie musste es versuchen.

Unruhig ging sie am Steg auf und ab und beobachtete, wie die Boote fertig gemacht wurden. »Wir sind bereit, Sina«, rief einer der Männer, die seit dem Morgengrauen die Boote beladen hatten. Sie lagen tief im Wasser, denn besonders die Getreidesäcke waren schwer.

Kurz darauf stießen die Boote vom Ufer ab. Sina saß im Bug des vordersten Bootes, das von Dinat, dem Anführer der Flussmänner, gesteuert wurde. In einem anderen Boot fuhren einige von Barbas Mädchen mit, die den Winter am Salzberg verbringen sollten. Müde und etwas ängstlich hockten sie auf den Sitzbrettern. Niemand hatte ihnen erklärt, weshalb die Abreise zwei Tage früher als geplant stattfinden musste. Sinas Männer steuerten das Boot. Die anderen drei Boote trugen neben der Ladung einige Flussmänner, die vor dem Winter wieder zu Barba zurückkehren würden.

»Mit etwas Glück schaffen wir es bis zum Südufer, bevor das Gewitter hereinbricht«, sagte Dinat und trieb das Boot mit kräftigen Paddelschlägen zügig voran. Er klang nicht sehr überzeugt.

Sina konnte nicht aufhören, den Himmel zu beobachten. Noch überblickte sie den gesamten See und erkannte deutlich die Mündung des Flusses. Aber der Himmel verdüsterte sich mehr und mehr.

Bald hatten sie die Fraueninsel weit hinter sich gelassen. Der Wind blies Sina die Gischt ins Gesicht, und immer wieder wischte sie sich die Tropfen aus den Augen. Die Gipfel der Berge am anderen Ufer waren bereits nicht mehr zu sehen. Sie drehte sich zu den anderen Booten um und blickte in besorgte Gesichter.

Wie hatte sie so dumm sein können, unbedingt losfahren zu wollen! Sie hätte wegen ihrer eigenen Unruhe nicht so viele Menschen gefährden dürfen und außerdem noch die Ladung. Sollten sie umkehren? Aber dafür war es zu spät.

Göttin, ich werde dir ein Opfer darbringen, wenn du uns sicher zum Südufer leitest.

Ein Donnergrollen durchbrach ihre Gedanken. Dinat strengte sich mehr an, und das Boot bewegte sich etwas schneller durch das Wasser, das bis jetzt noch ruhig gewesen war. Nun peitschte der aufkommende Wind die Wellen immer stärker auf. Es dauerte nicht lange, und der Himmel wurde dunkelgrau und hie und da silbrig, wo die ersten Blitze ihn aufrissen. Das Donnern folgte in kürzer werdenden Abständen, und der Wind frischte auf. Die Boote begannen gefährlich zu wanken. Die Menschen klammerten sich an den niedrigen Bordwänden fest.

»Ich sehe, es war die falsche Entscheidung, loszufahren«, rief Sina über ihre Schulter Dinat zu. »Sollen wir versuchen, hier das Ufer zu erreichen? Was meinst du, Flussmann?«

»Nein«, rief er zurück, und seiner Stimme war die Anstrengung anzuhören. »Das hat keinen Zweck. Wir können genauso gut versuchen, den Fluss zu erreichen. Die Entfernung ist nicht größer.«

Sina nickte und griff nach einem Paddel. Ihr Blick war auf die Stelle geheftet, wo eine Lücke im Auholz am südlichen Ende des Sees die Flussmündung anzeigte. Sie lag weit vor ihnen. Langsam verschwand sie im düsteren Licht, das wie eine Dämmerung wirkte, obwohl es noch früh am Tag war.

Der Wind begann zu heulen. Eine Welle schlug seitlich gegen das Boot, sodass Sina beinahe das Paddel aus den Händen gerissen wurde. Verzweifelt tauchte sie es wieder und wieder ins Wasser. Sie konnte nicht mehr gut sehen, wegen des Seewassers, das ihr ständig in die Augen spritzte, und ihres eigenen Schweißes.

Eines der anderen Boote lag jetzt dicht neben ihnen. Sina erkannte schemenhaft die Gestalten der Mädchen und der drei Männer, die paddelten. Eine hohe Welle brachte die Boote erneut ins Wanken, und eines der Mädchen fiel ins Wasser. Beim Versuch der Männer, es wieder herauszuziehen, kenterte das Boot beinahe, und Sina wollte aufspringen. Dinat hinderte sie mit einem scharfen Ruf daran. Mit entsetzt aufgerissenen Augen verfolgte Sina die Szene, die sich im See abspielte. Die Männer im Boot, aus dem das Mädchen gefallen war, versuchten verzweifelt, im windgepeitschten Wasser zu wenden. Zwischen den Wellen tauchte immer wieder der Kopf des Mädchens auf. Sie konnte schwimmen, und offensichtlich war sie so klug gewesen, ihren Umhang zu lösen.

Aber sie wird es nicht schaffen, auch ihr Kleid auszuziehen, dachte Sina. Wenn wir sie nicht herausholen, wird der vollgesogene Stoff sie nach unten ziehen! Der Gedanke war unerträglich. »Wir müssen ihr helfen!«, schrie sie.

»Wir können nicht!«, schrie Dinat zurück. »Halt dich fest, Sina!«

»Sie wird sonst ertrinken!« Sina musste ihn dazu bringen, ihren Befehlen zu gehorchen. Aber er gab ihr keine Antwort. Ein heftiger Windstoß ließ eine riesige Welle über dem Boot niedergehen. Das kalte Wasser und der Schreck nahmen Sina die Luft.

Aus dem Wind war ein Sturm geworden. Sina schloss die Augen. Das Donnern dröhnte in ihren Ohren. Alle paar Atemzüge wurde kaltes Wasser über sie geschleudert. Sie klammerte sich mit aller Kraft fest.

»Vorsicht«, schrie Dinat hinter ihr.

Im nächsten Moment gab es einen lauten Knall, das Boot wurde heftig erschüttert, und Sina hörte Holz splittern. Wellen von einer Größe, wie sie sie noch nie gesehen hatte, bäumten sich überall rund um sie auf. Für einen kurzen Augenblick kämpfte sie um ihr Gleichgewicht, aber das Boot schwankte inzwischen so heftig, dass sie den Halt verlor. Mit der nächsten Welle wurde sie ins Wasser geschleudert. Sie ging sofort unter. Verzweifelt versuchte sie, an die Oberfläche zu kommen. Der Rock und das Überkleid wickelten sich schwer um ihre Beine, die sie nicht bewegen konnte. Panik erfasste sie. Nur noch kurze Zeit, und sie würde einatmen müssen. Sie wusste, was dann geschehen würde.

Sina strampelte um ihr Leben, und endlich durchbrach sie die Wasseroberfläche. Der Wind und sein unbändiges Heulen trafen sie mit voller Wucht. Sie spürte, wie ihre Kräfte sie verließen. Das Wasser war eiskalt, und der Wind schien ihr noch mehr von ihrer Kraft zu rauben. Sina versuchte zu schwimmen, so wie es ihr als kleines Kind beigebracht worden war. Immer wieder verlor sie wertvolle Kraft, wenn sie die Röcke hochschob und die Beine freistrampelte. Ihre Bewegungen wurden langsamer und steifer, ihr Gesicht geriet unter Wasser und sie kämpfte, bis sie hustend wieder auftauchte.

Auf einmal war ein Mann vor ihr. Er packte sie an den Schultern und drehte sie auf den Rücken. Zuerst wehrte sie sich, weil sie nicht verstand, was er wollte.

Er schrie sie an: »Halt still!«

Es war Dinat. Er presste sie an sich und hielt sie fest. Sie konnte seine Beine spüren, die sich im Gegensatz zu ihren in einem langsamen Rhythmus bewegten. Er schwamm für sie beide. Sie half ihm am besten, wenn sie sich möglichst wenig rührte. Das fiel ihr nicht schwer. Ihre Glieder fühlten sich an wie Steine, die nicht mehr zu ihrem Körper gehörten.

Benommen nahm sie wahr, wie Dinat sie zum Ufer zog. Sie blickte in den finsteren grauen Himmel, über den die Sturmwolken zogen. Regen prasselte auf ihr Gesicht und machte ihr das Atmen schwer. Als sie den Schotter des Seeufers unter sich fühlte, verlor sie das Bewusstsein.

Ihre erste Empfindung war die Kälte. Ihre Füße spürte sie nicht, ihre Finger schmerzten, ihr ganzer Körper schien wie aus Eis. Sie versuchte die Beine anzuziehen, was ihr erst nach mehreren Versuchen gelang. Mühsam setzte sie sich auf. Es war stockfinster, nur der Halbmond gab etwas Licht. Sina verzog den Mund. Wegen eines halben Tages, den sie nicht hatte abwarten wollen, waren Menschen ertrunken.

Ich bin wohl nur am Leben geblieben, um meine Dummheit bereuen zu können, für den Rest meines Lebens.

Sie sah sich um. Dinat lag neben ihr im Schotter. Er war bewusstlos. Sie kroch auf ihn zu, so schnell ihr kraftloser Körper es zuließ. Er atmete. Sie konnte fühlen, wie sich sein Brustkorb hob und senkte.

»Danke, Göttin«, flüsterte sie.

Sie musste ihn wecken, möglichst schnell. Wenn einem so kalt war, durfte man nicht schlafen. Nicht auf den Bergen im Schnee und nicht in nassen Kleidern am windigen Seeufer. Sina schüttelte Dinat, rief ihm zu, er solle aufwachen.

Endlich bewegte er sich. Er gab sogar einen Laut von sich. Sina rüttelte ihn heftiger. Jetzt kam er zu sich.

»Wach auf, Dinat!«, rief sie. »Wir müssen uns einen Unterschlupf suchen und die nassen Kleider ausziehen!«

Er schlug die Augen auf und versuchte sich aufzurichten. Sie half ihm, so gut sie konnte. Gemeinsam schafften sie es, aufzustehen.

»Wir sind nicht ertrunken. Der Göttin sei Dank.« Seine Stimme war heiser. »Du hast recht, wir brauchen einen geschützten Platz für die restliche Nacht, sonst erfrieren wir.« Er griff nach ihrer Hand.

Langsam stolperten sie das flache Ufer hinauf.

»In welche Richtung sollen wir gehen?«, fragte Sina.

»Dort drüben sind die Bäume näher am Ufer und stehen dichter. Im Unterholz können wir uns einrollen wie die Tiere.« Er zerrte sie zu einer Stelle unter einer großen, gekrümmten Baumwurzel.

Sina war vollkommen erschöpft und wollte sich nur noch hinlegen.

»Nein.« Dinat hielt sie zurück. »Wir müssen unser Lager mit Laub und Moos auspolstern. Hier unter den Bäumen ist es fast trocken, vor allem nahe bei den Stämmen. Und du musst dich ausziehen, bevor du einschläfst«, fügte er hinzu. Er sprach wie mit einem Kind.

»Gut«, murmelte sie.

Gemeinsam schaufelten sie mit bloßen Händen Laub in die Kuhle unter der Baumwurzel.

»Es wird nicht sehr bequem sein, aber es muss reichen«, sagte er und begann sich auszuziehen.

Sina starrte ihn an. Sie war zu müde, um sich zu bewegen. Sie zitterte, die Zähne klapperten. Dinat legte seine Kleider über die Wurzel und wandte sich ihr zu. Vorsichtig schob er den Saum ihres nassen Kleides nach oben und zog es über ihren klammen Körper. Sie hob die Arme, er zerrte herum, ihre Haare verfingen sich, aber letzten Endes stand sie nackt und erbärmlich frierend im eisigen Wald. Dinat deutete unter die Wurzel. Sina ließ sich auf den Laubhaufen fallen. Sie spürte, wie er Blätter und Moosteile über ihrem Körper verteilte, bevor er sich selbst eingrub und sich von hinten dicht an sie drängte. Während sie sich wunderte, warum sein Körper sich trotz der Kälte wärmer als ihr eigener anfühlte, schlief sie ein.

Das Geräusch von raschelndem Laub weckte sie. Dinat war aufgestanden, kehrte nun aber an seinen Platz zurück. Wieder drängte er sich von hinten an sie. Die Wärme war ihr hochwillkommen. Der windgeschützte Platz hatte sie vor dem Erfrieren bewahrt, aber ihr war immer noch furchtbar kalt. Sie hörte Vögel, und es war nicht mehr völlig dunkel. Sina hatte keine Kraft, die Augen offen zu halten, und hoffte, wieder einschlafen zu können.

»Bist du wach?«, flüsterte der Flussmann hinter ihr. Seine Stimme so nahe zu hören, erschreckte sie. Sie musste gezuckt haben, denn er murmelte ihr etwas zu, aber sie verstand nicht, was er sagte. Jetzt drückte er sich fester an sie, und sie spürte etwas Hartes in ihrem Rücken. Sie riss die Augen auf und wollte sich von ihm losreißen, doch er hielt sie fest.

»Hab keine Angst. Ich tue nichts, was du nicht willst«, flüsterte er. Er hielt sein Wort und bewegte sich nicht mehr. Er lag einfach da.

Sina schloss die Augen. Sie spürte, wie sich ganz langsam Wärme in ihrem Körper ausbreitete. Irgendwann griff sie nach seiner Hand, die auf ihrer Schulter lag, und drückte sie. Er stöhnte auf und presste sich an sie.

Danach war ihr warm bis in die Zehenspitzen. Diesmal schlief sie mit dem Kopf auf seinem Unterarm ein.

Als sie das nächste Mal erwachte, stand die Sonne hoch am Himmel, und die Vögel in den Bäumen über ihnen sangen laut. Sinas Körper schmerzte überall. Trotzdem fühlte sie sich wohl. Ihr war immer noch warm. Sie drehte sich um und lächelte Dinat an, der dicht neben ihr lag. Er grinste und streichelte ihre Wange. Sie zog ihn an sich. Eine Weile wollte sie nur seine Berührungen fühlen. Als er sich auf sie legte, betrachtete sie ihn genauer. Er war nicht mehr jung, aber das war sie schließlich auch nicht. Die Falten in seinem Gesicht standen ihm gut, fand sie. Seine Haut war dunkel, so wie seine Augen.

»Ich fühle mich, als wäre ich wieder ein junger Mann«, flüsterte er.

Sina schloss genussvoll die Augen.

Als sie wieder zu Atem gekommen war, schob sie ihn sanft zur Seite und stand auf. In ihren feuchten Mantel gewickelt ging sie hinunter zum See, um sich zu waschen.

Das Wasser war eine glatte Fläche. Wie so oft nach einem Sturm deutete nichts darauf hin, wie stark er vor kurzer Zeit gewütet hatte. Welche Kraft der Wind und die Wellen hatten! Hiram sprach oft davon. Hiram. Sie hatte bereits beschlossen, ihm nichts von Dinat zu erzählen. Es hatte keinen Sinn, ihm diesen Schmerz zuzufügen. Sie ballte die Fäuste. Was geschehen ist, ist geschehen. Niemand weiß davon, und ich muss nicht darüber sprechen. Andere Dinge sind wichtiger. Wir müssen nach Hause, möglichst schnell.

Als sie zurück zu Dinat kam, brannte ein kleines Feuer. Dinat war nackt und versuchte, seine und Sinas Kleider so nahe wie möglich an die Flammen zu hängen. Er nahm ihr den Umhang ab und schob sie dicht ans Feuer.

»Wir können nicht aufbrechen, solange unsere Kleider so nass sind. Bis zum Abend wären wir todkrank.«

Sina nickte ihm wortlos zu. Er hatte recht.

»Bleib hier und achte auf die Kleider. Ich versuche, einen Fisch zu fangen.« Dinat lächelte ihr aufmunternd zu und ging.

Während sie damit beschäftigt war, die Umhänge abwechselnd an die Flammen zu halten, ohne sie zu verbrennen, dachte sie über Barbas Worte nach. Ihr Traum war keine Warnung vor etwas gewesen, das sie oder irgendjemand sonst hätte verhindern können. Sie hatte eine deutliche Botschaft erhalten. Tolan würde nicht mehr da sein, wenn sie zum Salzberg zurückkehrte.

Wenn ich in Ruhe darüber nachgedacht hätte, wäre mir das klar geworden, überlegte Sina. Dann hätte ich nicht versucht, ihn davon abzuhalten, sondern mich mit Barbas Hilfe darauf vorbereitet, was mich zu Hause erwartet. Ich hätte nicht versucht, einem Unwetter zu trotzen und damit ein Unglück heraufbeschworen. Göttin, ich bitte dich, lass nicht Barbas Mädchen und all die Männer für meinen Unverstand büßen!

Dinat rief nach ihr. Er hatte tatsächlich einen Fisch gefangen und ihn auf einen Stock gespießt. Während er sich aufwärmte, briet Sina den Fisch.

»Hast du irgendetwas gesehen?«, fragte sie.

Dinat schüttelte den Kopf. »Der See ist still. Es wurde auch nichts angespült. Zumindest nicht hier. Ich bin sicher, sie haben es geschafft. Wir waren alle schon sehr nahe am Ufer.« Er sah sie an. »Du musst daran glauben.«

Sina schluckte und blickte zu Boden.

»Es ist nicht deine Schuld«, sagte Dinat leise.

»Natürlich ist es meine Schuld!«, rief Sina. »Es war meine Entscheidung, abzufahren, obwohl ich gewarnt wurde. Ich wollte Zeit gewinnen, um schneller nach

Hause zu kommen. Hätte ich gewartet, wären wir längst auf dem Weg zu unserem See. Und niemand wäre umgekommen.«

Dinat erwiderte nichts. Er griff nach dem Fisch. »Er ist fertig.«

»Wir brechen auf, sobald wir gegessen haben«, sagte sie.

8. Kapitel

»Ich weiss, was du planst, Tolan, und es gefällt mir nicht«, rief Arnu seinem Freund entgegen. Seit Tagen versuchte er, einen ruhigen Moment zu finden, um mit ihm zu reden. Tolan ging ihm aus dem Weg. Sogar Renis hatte gefragt, ob es Streit zwischen ihnen gegeben hatte, so offensichtlich war Tolans Verhalten.

An diesem Morgen hatte er Renis' Bett in der Dunkelheit verlassen, um seinen Freund zu suchen. Tolan war häufig zu einer kleinen, windschiefen Hütte oberhalb des Eingangs ins Bergwerk hochgestiegen, und dort, eingehüllt in einen warmen Umhang, wartete Arnu nun. Es war noch dunkel, aber Tolan war nicht zu übersehen, als er endlich mit einem großen Bündel auf dem Rücken den Hang heraufkam.

»Meine Güte, was für ein Schreck, und das am frühen Morgen«, knurrte er. »Solltest du nicht den Hintern meiner Schwester wärmen?«

Wut stieg in Arnu auf. Tolan würde nicht so sprechen, wenn er sich nicht ertappt fühlte. »Was treibst du hier, Tolan?«

»Das geht dich nichts an. Noch nicht.«

»Ich verstehe dich nicht! Du streitest mit deiner Familie. Du sprichst heimlich mit Männern, die nicht besonders hoch angesehen sind. Du schleppst jede Nacht irgendetwas hierher. Und du erzählst mir nichts von deinen Plänen, so wie du es sonst immer getan hast. Ich finde, jetzt wäre ein guter Zeitpunkt, das zu ändern.« Arnu bemühte sich um eine ruhige Stimme. Die Angelegenheit würde ohnehin im Streit enden.

»Für einen Fremden schnüffelst du erstaunlich viel in meinen Angelegenheiten herum.«

»Ich schnüffle nicht. Ich sehe, was direkt vor meiner Nase passiert. Wir sind Freunde!«

Tolan hatte das Bündel vor der Tür der Hütte abgelegt. Er lehnte sich mit dem Rücken an die Wand und verschränkte die Arme. Lange Zeit schwieg er und sah über Arnus Kopf hinweg in die Dämmerung. Dann zuckte er mit den Schultern, öffnete die Tür und schleppte das Bündel hinein. »Du kannst beweisen, ob du wirklich mein Freund bist, wenn wir aufbrechen!«, rief er hinaus.

Arnu seufzte. »Dazu müsste ich wissen, wohin du gehen und was du dort tun willst.«

Tolan verließ die Hütte und verschloss die Tür. »Komm mit. Ich zeige es dir.« Ohne auf eine Antwort zu warten, ging er los und überließ es Arnu, ihm zu folgen.

Nach wenigen Schritten tauchte vor ihnen der Eingang des Bergwerks auf. Tolan stürmte hinein.

»Was machst du da?«, rief Arnu ihm nach. »Du musst die Worte sprechen! An die Göttin! Ich habe sie mir nicht gemerkt!«

Tolan lachte höhnisch. »Vergiss es. Komm einfach.«

»Das kannst du nicht ernst meinen!«, rief Arnu. »Hast du mir nicht gesagt, dass die Göttin um Erlaubnis gefragt werden muss?«

»Hast du Angst, sie könnte dir den Himmel auf den Kopf werfen? Keine Sorge, Fremden tut sie nichts, die sind ihr egal.« Tolans Kichern klang durch den Stollen. Weit vorne wurde ein Licht entzündet. »Komm endlich, sonst verirrst du dich noch, wenn du nicht dicht bei mir bleibst.«

Arnu holte tief Luft und legte die Hand auf den blanken Stein. »Verzeih, Göttin, ich kenne die richtigen Worte nicht, aber ich bitte dich, erlaube uns, deinen Berg zu betreten.« Dann folgte er Tolan den Stollen hinab. »Kannst du mir wenigstens erklären, warum dir der Zorn der Berggöttin völlig gleichgültig ist?«

»Arnu, bitte, sei nicht so ein Schwachkopf«, sagte Tolan. »Hier ist niemand. Außer dem Berg. In diesem Berg ist Salz, und wir wissen, wie man es herausholt. So einfach ist das. Es war immer schon so einfach.« Wieder das höhnische Lachen. »Wobei, einfach ist es eben nicht. Man muss natürlich wissen, was man tut. Wie man die Stollen offen hält und abstützt und die Hallen so anlegt, dass sie nicht einstürzen. Wie man Licht macht. Dafür sorgt, dass es keine schlechte Luft gibt. Wie man das Salz bricht und trägt. Alle Frauen und Männer hier wissen das, und deshalb haben wir Salz. Deshalb haben alle Menschen in diesem Land Salz. Da ist keine Göttin, die etwas damit zu tun hätte. Jedenfalls ist sie mir noch nie begegnet.«

Tolans Worte hallten laut, so wie ihre Schritte auf dem kalten Boden. Arnu wagte nicht, etwas zu erwidern. Rund um sich spürte er die gewaltige Macht des Berges, sein enormes Gewicht, das über ihnen lastete. Wie konnte Tolan so etwas von sich geben, hier im Berg, wo ein Wimpernschlag der Göttin ausreichte, um sie beide zu vernichten und das Bergwerk zu zerstören?

»Bitte sprich nicht so, Tolan«, flehte Arnu. »Vielleicht spürst du sie nicht so stark wie andere, aber glaub mir, du brauchst den Schutz deiner Göttin. Zeig mir, was du mir zeigen willst, doch sprich nicht so.« Arnu hörte die Angst in seiner eigenen Stimme.

»Wie du willst, Feigling. Jetzt beeil dich, ich habe heute noch anderes zu tun.«

Schweigend gingen sie weiter. Arnu widerstand dem ständigen Impuls, kehrtzumachen und wieder nach oben zu laufen, hinaus aus dem Berg. Jeden Moment rechnete er mit einem gewaltigen Krachen. Die Geräusche im Berg erschienen ihm wie ein zorniges Flüstern. Er murmelte leise Beschwörungsformeln in seiner eigenen Sprache, in der Hoffnung, von der fremden Göttin dieses Berges trotzdem verstanden zu werden. Draußen würde er Tolan noch einmal zur Rede stellen, aber für den Moment war er froh, wenn sein Freund den Mund hielt.

»Jetzt erkläre ich dir, worum es geht.«

Arnu hatte nicht bemerkt, dass sie bereits am Eingang zur großen Abbauhalle standen. Tolan ging herum und zündete Lichter an, bis Teile der Halle aus der Dunkelheit hervortraten.

»Schau her«, rief er und hob etwas vom Boden auf. »Siehst du das?«

Arnu kam näher. »Ein Pickel«, bemerkte er.

»Sehr aufmerksam. Ein Pickel. Woraus besteht dieser Pickel?«

»Aus Holz und Metall.« Er behandelt mich wie ein Kind, dachte Arnu.

»Richtig. Woraus bestehen die Pickel bei dir zu Hause? Hm?«

Arnu sah ihn verwirrt an. »Was meinst du?«

»Was ist daran so schwierig?«, rief Tolan ungeduldig. »Woraus machen die Leute deines Vaters die Pickel?«

»Aus Holz und Metall! So wie hier auch!«

»Eben nicht!«, rief Tolan. »Was ist das hier?« Aufgebracht hielt er Arnu die Pickelspitze dicht vor die Nase. »Ich werde es dir sagen. Das hier ist Bronze! Die Pickelspitzen deines Vaters sind aus Eisen! Und die aus Eisen sind besser! So einfach ist das.«

»Ach so, darauf willst du hinaus«, sagte Arnu lächelnd. Seit er ihn kannte, redete Tolan immer wieder von Pickeln, aber Arnu hatte nie verstanden, warum sie seinem Freund so wichtig waren. So schlecht konnten die Werkzeuge aus Bronze schließlich nicht sein. Immerhin erfüllten sie seit Langem ihren Zweck, sonst würde niemand hier Salz haben. Ich habe ihm nie genau zugehört, dachte Arnu, und das hat er wohl gespürt. Aber musste er mich unbedingt in den Berg scheuchen, um mir das zu erklären?

»Ja, darauf will ich hinaus!« Tolan schrie fast.

Das Echo in der Halle ließ Arnu zusammenzucken, und sein Lächeln erstarb.

»Eiserne Pickel müssten es sein. Auch hier. Das sagt auch mein Onkel. Aber Hiram ist stur und erlaubt es nicht!«

»Warum nicht?«, fragte Arnu betont ruhig.

»Weil die Göttin es nicht will!«, zischte Tolan und schleuderte den Pickel zu Boden. Er griff nach einem der Lichter und begann, in der Halle auf und ab zu laufen. »Und es gibt viele weitere Dinge, die von der Göttin verboten werden. Sie erlaubt es nicht, jeden Tag mit allen Bergleuten hier zu arbeiten anstatt nur jeden zweiten. Oder an den Festtagen zu arbeiten. Oder zu arbeiten, wenn jemand begraben wird. Meine Güte, es stirbt andauernd irgendjemand in diesem Tal! Weißt du, wie viele Tage dadurch verloren gehen?« Tolan trat wütend gegen einen Korb, der auf dem Boden lag. »Dabei müsste man keinen einzigen Tag verlieren! Verstehst du, keinen einzigen! Hier drinnen ist es immer gleich kalt, immer gleich dunkel, alles ist immer gleich, ganz egal, wie das Wetter draußen ist, ob Sommer oder Winter ist, Arbeitstag oder Festtag, ob jemand stirbt oder alle am Leben sind. Dem Berg ist das egal! Und wenn man hier arbeitet, kann man alles andere vergessen!«

Tolan hörte plötzlich auf, hin und her zu gehen, und kam auf Arnu zu. Als er dicht vor ihm stand, lächelte er schief. »Aber ich habe eine Lösung gefunden. Für mich und für das Salz. Dieser Berg gehört Sina, Hiram, den Bergleuten, Cona, den Flussmännern, Wenne und all den anderen. Sollen sie hier weiterarbeiten, wie es schon unsere Ahnen getan haben, quälend langsam. Und sollen sie alle Rituale durchführen, die sie für wichtig halten. Ich habe aufgegeben, ihnen zu erklären, wie viel besser es wäre, es auf meine Weise zu machen. Stattdessen werde ich von hier fortgehen. Denn es gibt auch anderswo Salz. Das hier ist nicht der einzige Salzberg.« Tolan sah ihn triumphierend an.

Arnu nickte. Er wollte hinaus aus der bedrückenden Dunkelheit, aber er wollte auch wissen, was genau Tolan vorhatte. »Und wo ist dieser andere Salzberg?«, fragte er leise.

Tolans Grinsen wurde noch breiter. »Keine drei Tage von hier entfernt, im Westen. Und ich werde ihn mir nehmen. Den Kleinen Salzberg. Vor dem nächsten Vollmond gehört er mir.« Tolan schnaubte zufrieden und marschierte auf den Ausgang zu, ohne sich um die Lichter in der Halle zu kümmern.

Arnu stolperte hinter ihm her. »Was meinst du damit, du wirst ihn dir nehmen?«

Tolan antwortete nicht, sondern stapfte den Stollen entlang nach oben.

»Tolan, antworte mir!«, rief Arnu. Aber sein Freund schwieg beharrlich, bis sie den hellen Punkt weit vorne, der das Ende des Stollens anzeigte, erkennen konnten. Da erst blieb er stehen und drehte sich um.

»So, Arnu, kleiner Feigling, ab hier musst du dich nicht mehr fürchten, den Weg nicht zu finden, selbst wenn die Göttin mich jetzt niederstrecken würde. Du bist nicht dumm. Du weißt genau, was ich meine, wenn ich sage, ich werde mir den Kleinen Salzberg nehmen. Dort sind andere Leute, die Salz machen, auf noch dämlichere Weise als meine Leute. Aber sie sind wenige, und nicht bewaffnet.« Tolan sah ihn erwartungsvoll an.

Arnu tat ihm den Gefallen und sprach es aus. »Du willst ihnen mit Gewalt nehmen, was dir nicht gehört.«

»Schau nicht so vorwurfsvoll drein! Dein Vater hat sich auch allerlei mit Gewalt genommen, was ihm vorher nicht gehört hat. Nein, unterbrich mich nicht. Du musst dich nicht verteidigen. Ich bin nicht derjenige, der das verurteilt. Und du solltest das auch nicht tun. Denn du wirst mitkommen. Und den Mund halten bis zur Abreise morgen.« Er löschte sein Licht, drehte sich um und ging weiter.

»Ich werde den Mund nicht halten!«, rief Arnu hinter ihm her. »Dein Vater muss wissen, was du vorhast! Und

Sina! Es wird nicht ohne Folgen für sie bleiben, wenn ihr Sohn andere beraubt!«

Tolan wirbelte herum und lief ein paar Schritte zu Arnu zurück. Er packte ihn am Umhang und funkelte ihn an. »Wenn du ein Wort sagst, werde ich Renis erzählen, dass du gar nicht frei bist, um dich mit ihr ins Bett legen zu können!«, zischte er.

Arnu riss sich los und stieß Tolan mit einem heftigen Stoß auf die Brust zurück. »Was für ein Blödsinn! Ich bin frei! Und was hat das alles überhaupt mit Renis zu tun?«

»Nichts. Aber du wirst schön brav still sein, sonst erfährt sie alles über deine hübsche Rothaarige, die zu Hause darauf wartet, deine Frau zu werden. Dann ist es vorbei mit deiner Liebe in der Fremde!«

Arnu ballte die Fäuste. »Das hast du völlig missverstanden. Das war ein Ritual zur Verbindung unserer Familien, kein Versprechen, sie zur Frau zu nehmen!«

»Aber den Becher habt ihr geleert. Ich war schließlich selbst dabei. Ich müsste nicht einmal lügen, wenn ich das meiner Schwester erzählen würde«, rief Tolan. »So sehr unterscheiden sich unsere Sitten nicht von den euren! Renis würde erkennen, was das bedeutet. Sie ist vielleicht verliebt in dich, mein Freund, und deshalb ein wenig blind, aber dumm ist sie noch lange nicht!« Er ging ein paar Schritte weiter und drehte sich dann noch einmal um. »Also halt einfach den Mund. Bereite dich lieber auf die Abreise vor. Ich fordere jetzt deinen Schwur ein. Du bist an mich gebunden, und ich will deine Hilfe. Wenn du vor unserer Abreise plauderst … Nun ja, das haben wir geklärt.«

Arnu starrte ihn fassungslos an. »Du forderst für diese Sache meinen Schwur ein? Du bist …«

»Sag nichts. Wir wollen doch Freunde bleiben, nicht wahr?«

Der Ausdruck in Tolans Gesicht war fremd, eigenartig. Arnu hatte geglaubt, seinen Freund zu kennen, aber nun …

Tolan wartete nicht auf eine Antwort, und Arnu hätte nicht gewusst, was er sagen sollte.

Er blieb noch einige Zeit allein im Stollen stehen, als Tolan längst verschwunden war, tief erschüttert von dessen Worten. Der Schwur … Es war eine unbedeutende Kleinigkeit gewesen!

Sie hatten zu viel getrunken, in einer der Schenken, die von Arnus Vater errichtet worden waren. Eines Nachts hatte es Streit mit zwei Männern aus einem der umliegenden Dörfer gegeben. Zuerst waren nur böse Worte gefallen, doch dann hatten sie sich geprügelt. Irgendwann hatte einer der Männer ein Messer gezogen und war auf Arnu losgegangen. Er war viel zu betrunken gewesen, um sich richtig wehren zu können, aber Tolan hatte sich auf den Angreifer gestürzt, ihn zu Boden geworfen und ihm sein eigenes Messer in den Arm gerammt. Daraufhin waren die beiden Männer davongelaufen. Am nächsten Tag hatte Arnus Vater den Freund seines Sohnes, dessen Leben er gerettet hatte, reich beschenkt. Ganz benommen von der Aufregung und wohl noch nicht ganz nüchtern hatte Arnu damals vor seiner ganzen Familie geschworen, Tolan diese Schuld abzuzahlen, auf jede Weise, die Tolan von ihm verlangen würde. Er hatte geglaubt, seinen Freund in dessen Heimat zu begleiten, würde diese Schuld auf gewisse Weise tilgen.

Aber offensichtlich hatte er sich getäuscht.

Arnu fand Renis in ihrem Garten. Mit einem Spaten in der Hand saß sie auf der Bank und betrachtete die Erde.

»So früh schon faul?« Arnu lächelte sie an und setzte sich zu ihr.

»Immerhin habe ich bereits gearbeitet, was du wohl nicht von dir behaupten kannst.«

»Das stimmt«, murmelte er, zog sie an sich und küsste sie.

»So früh schon aufdringlich?«, flüsterte sie in sein Ohr und presste sich fester an ihn. »Möchtest du hier verführt werden, unter dem Apfelbaum?« Sie streichelte seinen Rücken und ließ ihre Hände nach unten wandern.

Wenn sie so weitermachte, würde er in wenigen Momenten Schwierigkeiten mit dem Denken haben, das wusste er aus Erfahrung. »Hier, mitten im Garten? Das würdest du wagen?«, keuchte er.

»Es ist mein Garten, hier kann ich machen, was ich will«, sagte sie. »Aber es schadet nicht, wenn wir uns zurückhalten, du hast recht.« Renis löste sich langsam von ihm. »Wollen wir zum Turm gehen?«

»Du willst nach Sinas Boot Ausschau halten?«

Renis nickte und stand auf. Hand in Hand verließen sie den Garten, gingen um die Halle herum und am Gästehaus vorbei. Die wenigen Menschen, die ihnen begegneten, winkten kurz oder begrüßten die beiden mit einem Lächeln. Schweigend marschierten sie das Tal hinunter.

»Nächstes Jahr werde ich meine Mutter wieder zur Fraueninsel begleiten«, sagte Renis, als sie das Dorf hinter sich gelassen hatten. »Es ist ein schöner Ort, und die Frauen sind sehr freundlich.«

»Ich würde die Insel gerne sehen. Und den See. Und die Ebenen dahinter, den Fluss …« Arnu verstummte.

»Du kannst uns begleiten. Wenn du dann noch hier bist …«, sagte sie langsam, ohne ihn anzusehen.

Arnu spürte einen heftigen Druck in seiner Brust. Er blieb stehen, griff nach ihren Schultern und drehte sie zu sich herum. »Möchtest du denn, dass ich nächstes Jahr noch hier bin?«

Sie kniff die Augen zusammen und legte den Kopf schief. »Bleib hier und finde es heraus.«

Arnu zog sie an sich. »Ich möchte bleiben, bei dir, und nächstes Jahr mit dir nach Norden reisen. Und ich wünsche mir, dass du das auch möchtest. Tust du das?«

Ihr Kopf an seiner Schulter nickte und ihre Arme legten sich fest um seine Hüften. Ich werde zerbrechen, wenn ich dich verlassen muss, dachte Arnu. Er fühlte Tränen und kämpfte mit aller Kraft dagegen an. Er durfte sich nichts anmerken lassen!

»Ich habe etwas für dich«, flüsterte er. Aus einem Beutel am Gürtel holte er einen Gegenstand hervor und legte ihn in ihre Hand. Es war ein kleiner flacher Anhänger aus Blech. An einem Ende befand sich ein kleines Loch. Darin war ein Ring eingehängt. Im Metall waren zwei Figuren zu erkennen, eine Frau und ein Mann, in allen Details. Arnu hatte die Linien sorgfältig in das Blech getrieben.

Renis starrte es verwundert an. »Das hast du gemacht?«

»Traust du mir das nicht zu, Frau?«, fragte er mit gespielter Entrüstung. »Ich habe es zu Hause gelernt. Euer Schmied hat mir sein Werkzeug geliehen.«

»Es ist wunderschön«, flüsterte Renis und hielt es vor ihre Augen, um es aus der Nähe zu betrachten. »Sind das wir?«

»Ich habe jedenfalls an uns gedacht, als ich die beiden gemacht habe.« Arnu schluckte. Sein Entschluss geriet ins Wanken. Sollte er ihr die Wahrheit sagen? Er brauchte nur den Mund aufzumachen, jetzt gleich, und mit ein paar schnellen Worten alles zu erzählen. Aber der Moment verging.

»Es ist wunderschön«, wiederholte sie. »Ich werde mir ein Band machen und es um den Hals tragen.« Sie verstaute das Schmuckstück sorgfältig in ihrem Beutel. Dann nahm sie Arnus Hand. »Bist du dir sicher? Du musst mir noch nichts schenken. Wir können uns Zeit lassen.«

Also hatte sie die Bedeutung seines Geschenks richtig verstanden. Er hoffte, dass sie das nicht vergaß, wenn er das Tal verließ. »Ich bin mir sicher«, sagte er und sah sie fragend an.

Sie lächelte und küsste ihn.

Göttin, ich danke dir, dachte Sina, als sie drei Tage nach dem Unwetter am Nordufer des Salzsees niederkniete. Sie konnte ihr Glück noch immer nicht fassen. Niemand war durch ihre Schuld gestorben, kein Einziger von ihren Männern war verloren gegangen. Sogar das Mädchen, das ins Wasser gefallen war, hatte gerettet werden können. Dinats Boot war als einziges gekentert. Die anderen Boote hatten es samt ihrer Ladung sicher bis zur Flussmündung geschafft und dort das Ende des Sturms abgewartet. Eine Weile hatten die Flussmänner und Barbas Mädchen nach Sina und Dinat gesucht, aber nur die verlassene Feuerstelle entdeckt, die ihnen Hoffnung gegeben hatte, die beiden könnten am Leben sein. Dann war beschlossen worden, das Boot mit den Mädchen zurück zu Barba zu schicken, um ihr zu berichten, was geschehen war. Sinas Männer hatten sich auf den Weg den kleinen Fluss entlang zu ihrem heimatlichen See gemacht und hier am Nordufer gewartet, in der Hoffnung, die Bergherrin zu treffen.

Erst heute Morgen war Sina mit Dinat am See angekommen, in einem kleinen Boot, das ihnen ein alter Mann geborgt hatte. Den hatten sie glücklicherweise getroffen, nachdem sie einen halben Tag in ihren feuchten Kleidern am Fluss entlangmarschiert waren. Der Weg flussaufwärts hierher zum See war beschwerlich gewesen, und mehr als einmal hatte Sina die Kraft in ihren Armen verlassen, sodass Dinat alleine hatte paddeln müssen.

Sina tauchte ihre wunden Hände ins Wasser und weinte vor Erleichterung.

Ich verstehe nicht, warum all das geschehen musste, Göttin, aber ich weiß, du bist bei mir. Ich danke dir, dass niemand meinetwegen gestorben ist und die Mädchen sicher zu Barba zurückkehren konnten. Tolan wird fort sein, wenn ich heimkehre, das weiß ich jetzt. Daran hätte niemand etwas ändern können. Großer Geist des Sees, ich bitte dich, bring uns sicher nach Hause.

Der Himmel war klar, keine einzige Wolke war zu sehen. Der Weg über den See nach Hause würde nicht lange dauern.

»Du musst aufbrechen, Sina.« Dinat stand neben ihr. Sie hatte ihn nicht kommen hören. Als sie versuchte aufzustehen, gaben ihre Beine nach, aber er hielt sie rasch fest und zog sie hoch.

Sina spürte seinen Widerwillen, sie wieder loszulassen, und sie entzog sich ihm nicht. »Du hast mir das Leben gerettet«, flüsterte sie, »und mich sicher hierhergebracht.« Es fiel ihr schwer, Abschied zu nehmen.

»Es ist meine Aufgabe, für dich da zu sein, Sina, Bergherrin«, antwortete er leise und lächelte. Dann führte er sie zu dem Boot, in dem ihre Männer warteten.

Sie stieg ein und hockte sich auf einen der Getreidesäcke, die dicht an dicht zwischen den Sitzbänken lagen. Die Männer machten das Boot los und begannen zu paddeln. Als die Wellen an der Bordwand hochschlugen, hielt Sina sich unwillkürlich fest und schaute besorgt in den Himmel. Doch der war immer noch blau und klar. Ich werde wohl nie wieder entspannt in einem Boot sitzen können, dachte sie.

Sie drehte sich um und blickte über ihre Schulter zurück zum Ufer. Die Lagerhäuser, in denen ihre Männer die restliche Ladung untergebracht hatten, wirkten durch die Entfernung bereits ganz klein. Trotzdem erkannte sie deutlich den Steg und Dinat, der dort stand und auf den See hinaussah, ihr nach.

9. Kapitel

»Sie hat mehr als ihre Pflicht erfüllt, während du weg warst«, sagte Hiram.

Sina war erschöpft und hätte gerne geschlafen, aber sie wollte sich nicht gleich nach ihrer Rückkehr zurückziehen, nicht ohne wenigstens mit Hiram gegessen zu haben.

Es ging um Renis. Die unglücklich und einsam jeden Tag nach dem verschwundenen Arnu Ausschau hielt. Den ganzen Weg das Hochtal hinauf hatten die Leute, denen Sina begegnet war, davon berichtet. Tolan war weg. Ohne ein Wort und mitten in der Nacht hatte er seine Heimat verlassen. Niemand schien zu befürchten, dass ihm etwas zugestoßen sein könnte. Er war aus freien Stücken gegangen, davon war selbst Hiram überzeugt. Sinas Bericht über Barbas Traum bestätigte, was er bereits geahnt hatte.

»Tolan und Arnu sind erst einige Tage weg, aber seither war Renis fast jeden Tag im Berg, oft lange Zeit. Natürlich freue ich mich, wenn sie das tut. Aber wir wissen beide, warum sie lieber alleine ist.« Hiram seufzte. »Sie tut mir leid. Ich hätte Arnu für ehrenhafter gehalten.«

Sina zuckte zusammen. Ehrenhaftigkeit. Es war schwer, in Hirams Gegenwart nicht an Dinat zu denken. Doch sie sehnte sich auch nach der Nähe ihres Mannes und griff nach seiner Hand, die auf dem Tisch lag. »Bist du dir ganz sicher, dass Arnu nicht zurückkehrt? Hat er sie wirklich verlassen?«, fragte Sina.

»Ich weiß es nicht. Auch nicht, ob er Tolan begleitet hat. Wohin auch immer unser Sohn gegangen ist.« Hiram lächelte sie traurig an und legte seine andere Hand auf ihre. »Aber ich bitte dich, rede mit unserer Tochter. Vielleicht gelingt es dir, sie auf andere Gedanken zu bringen.«

»Ich werde es versuchen. Habt ihr miteinander gesprochen, über die Nacht, als sie nicht mit dir in den Berg gehen wollte?«

»Was meinst du? Ich verstehe nicht.«

»Sie hat sich Vorwürfe gemacht, weil sie dir deine Bitte abgeschlagen hat. Vielleicht versucht sie, es jetzt wiedergutzumachen, jetzt, wo Arnu weg ist.«

Hiram zog erstaunt die Augenbrauen hoch. »Daran habe ich nicht gedacht. Ich bin ihr doch gar nicht böse deswegen! Die Göttin hat ohnehin geschwiegen in dieser Nacht!«

»Ich weiß«, sagte Sina, »aber vielleicht fürchtet Renis, dass ihre Abwesenheit der Grund dafür war.«

Hiram seufzte. »So kleinlich ist die Göttin nicht. Weshalb auch immer Renis in den letzten Tagen so oft im Berg ist, aus schlechtem Gewissen oder wegen Arnu, wir müssen ihr helfen.«

Arnu, dachte Renis. Sie stand am Ufer des Sees und wartete auf den Fischer, um einen Teil seines Fangs hinauf ins Dorf zu tragen. Er war weit draußen und hatte noch nicht die Absicht, seine Arbeit zu beenden. Sie war zu früh aufgebrochen und würde lange auf ihn warten müssen. Aber sie hatte nicht länger im Backhaus, in der Halle oder in ihrem Zimmer bleiben wollen, nicht an all den Orten, an denen sie so viel Zeit mit Arnu verbracht hatte.

Wie lange war es tatsächlich gewesen? Wie oft hatte der Mond gewechselt, seit Arnu und Tolan angekommen waren?

Renis setzte sich auf ihren zusammengefalteten Umhang und hob ein paar kleine Steine auf. Langsam, einen nach dem anderen, warf sie die Steine ins Wasser. Sie empfand eine solche Sehnsucht und gleichzeitig Verachtung für sich selbst, weil sie nicht aufhören konnte, an ihn zu denken und sich vorzustellen, wie es sich angefühlt hatte, ihn zu umarmen und zu küssen. Aber noch mehr verachtete sie ihn, weil er schuld an ihren Gefühlen war. Er hatte sie allein gelassen. Er hatte ihr ein Geschenk gemacht und ihr damit ein Versprechen gegeben. Und gleich darauf hatte er es gebrochen. Das Geschenk hatte bedeutet, dass er bei ihr bleiben würde. Dass er sie genug liebte, um nicht fortzugehen. Vielleicht wäre er irgendwann in seine Heimat aufgebrochen, vielleicht hätte er sie mitgenommen, vielleicht wäre er in einigen Jahren verschwunden. Aber sie hatte sich darauf verlassen, den nächsten Winter nicht allein verbringen zu müssen. Seit Arnu ihr den Anhänger in die Hand gedrückt hatte, war sie sicher gewesen, jede einzelne der langen, kalten Winternächte neben ihm zu liegen.

Aber nun fror sie einsam in ihrem Bett, obwohl der Winter noch gar nicht begonnen hatte. Die Kälte kam aus ihr selbst, aus dieser Verzweiflung, die sie nicht abschütteln konnte. Sie war vor Arnu schon verliebt und einige

Male sehr traurig gewesen, als es vorbei war. Doch niemals auf diese Weise. Sie kannte Frauen und Männer, die von dieser Art der Traurigkeit erzählten, sie selbst jedoch war bisher davon verschont geblieben. Bis jetzt. Bis Arnu gekommen und wieder gegangen war.

Diese Traurigkeit raubt mir die Kraft. Ich bin es leid, jeden Abend in sein Hemd zu heulen.

Entschlossen stand sie auf, schlüpfte aus ihren Schuhen und watete einige Schritte ins Wasser. Die Kälte nahm ihr den Atem, ihre Füße wurden sofort taub. Sie zog das schmale gewebte Band, an dem Arnus Anhänger hing, über den Kopf, hielt es mit der ausgestreckten Hand weit von sich und schloss die Augen.

»Seegeist«, flüsterte sie, »nimm diese Gabe an, ich bitte dich. Schenk mir Frieden und Zufriedenheit, ich bitte dich. Nimm den Schmerz, ich bitte dich. Nimm diese Gabe an, ich bitte dich.« Sie warf die Kette weit von sich. Erst als sie ein leises Platschen hörte, öffnete sie die Augen. »Seegeist, ich danke dir.«

Renis ging zurück ans Ufer und trocknete ihre kalten Füße am Gras und an ihrem Umhang. Der Fischer rief nach ihr. Sie hatte nicht bemerkt, wie er ans Ufer gerudert war. Rasch lief sie zum Steg, an dessen Ende er sein Boot festgemacht hatte, und ergriff den schweren Beutel, den er ihr entgegenhielt.

»Die besten Fische für die Bergherrin, wie immer.« Er lächelte sie freundlich an.

Renis erwiderte sein Lächeln. Sie kannte ihn schon ihr ganzes Leben. In diesem Moment spürte sie ein zaghaft fröhliches Flattern in ihrer Brust. »Und ich danke dir, wie immer. Möge der Seegeist über dich wachen.«

Während sie den Steg entlang ans Ufer und den Weg zurück Richtung Steilhang ging, gab sie dem neuen Gefühl Zeit, an Kraft zu gewinnen. Irgendetwas in ihr kehrte zurück. Sie wagte nicht, es Glück zu nennen, aber ein wenig Zufriedenheit und Zuversicht waren dabei, sich in ihr einzunisten.

Hier war ihre Heimat. Hier lebte ihre Familie. Hier war das Salz. Die Berggöttin. Die Menschen, die ebenso wie sie Tag für Tag arbeiteten und für ihre Familien und Freunde sorgten.

Auf halbem Weg nach oben ins Hochtal legte sie den schweren Beutel mit den Fischen auf den Boden und drehte sich um. Unter ihr lag die riesige Wasserfläche des Sees, eingebettet zwischen den vertrauten Bergen. Der Seegeist hatte ihre Bitte erhört und begonnen, den Schmerz von ihr zu nehmen. Es würde dauern, das wusste Renis, aber vielleicht wurde sie nun nicht mehr von früh bis spät von Gedanken an Arnu heimgesucht.

Sie verneigte sich kurz und machte sich dann auf den Weg hinauf zu ihrer Familie.

Obwohl die Tage merklich kürzer wurden, war das Wetter immer noch ungewöhnlich gut. Sina verbrachte viel Zeit mit ihrer Tochter. Meist gab es ohnehin viel Arbeit, die sie gemeinsam verrichteten, aber manchmal gingen sie auch einfach hinunter zum See, um zu angeln und sich zu unterhalten. Sina berichtete häufig von dem Unwetter und wie sie es geschafft hatte, nach Hause zu kommen. Von Dinat erzählte sie, was allgemein bekannt war, dass er der neue Anführer der Flussmänner auf Barbas Insel sei und ihr das Leben gerettet habe. Von der Nacht unter der Baumwurzel und dem Morgen danach musste Renis nichts wissen.

Bei Regen leisteten die beiden Ran Gesellschaft, die auch an trüben Tagen webte, an denen das Tageslicht nur schwach ins Innere ihres Hauses drang. Renis wärmte Tee auf dem kleinen Feuer, ab und zu auch Met. Dann schimpfte Ran, weil sie nach dem zweiten Becher Fehler zu machen begann und alles wieder auftrennen musste. An solchen Tagen wirkte Renis fast glücklich. Trotzdem sah Sina die Schatten unter den Augen ihrer Tochter. Es würde wohl den ganzen Winter dauern, ehe Renis zu ihrer alten Fröhlichkeit zurückfand.

Sina dachte auch an Dinat, seine Hände, seinen schweren Körper. Es war eine schöne Erinnerung, von der sie niemandem erzählte und die sie dennoch gerne durchlebte. Aber sie vermisste ihn nicht mit solcher Heftigkeit, wie Renis den Mann aus dem Süden zu vermissen schien.

Wenn sie nur wüsste, wo ihr Sohn war!

Manchmal fühlte sich Sina, als würde sie den Atem anhalten, auf etwas warten, das unweigerlich geschehen würde und weitaus mehr Bedeutung hatte als ihr Leben hier im Hochtal. Sie kümmerte sich wie immer um das Bergwerk, sprach mit Enuti über die notwendigen Fahrten, um noch mehr Salz in die Lager im ganzen Land zu bringen. Bier wurde gebraut und Vorräte wurden eingelagert, Kranke versorgt, späte Gäste empfangen. Unter ihrer Aufsicht bereiteten sich die Menschen auf den Winter vor, so wie jedes Jahr. Und doch war alles anders. Tolan war nicht mehr der Sohn, der auf einer Reise in den Süden unterwegs war und jeden Moment heimkehren konnte, sondern der Abtrünnige, der seine Familie verlassen hatte.

Ich weiß nicht, wo du bist, Tolan. Aber ich weiß, dass dein Verschwinden nichts Gutes bedeutet. Ebenso wenig wie der Tod des Kämpfers.

Alles hing zusammen, auf eine Weise, die Sina nicht ergründen konnte. Bisweilen beobachtete sie, wie Hiram gedankenverloren in die Ferne starrte. Dann fragte sie sich, ob er etwas wusste oder ahnte. Wo Tolan war. Oder Arnu. Warum der Kämpfer während des Bergfestes gestorben war. Sie fragte ihren Mann nie danach. Wenn er etwas wusste, das er ihr nicht sagen konnte, würde sie ihn dadurch zu einer Lüge zwingen.

Göttin, gib mir Geduld und die Kraft, jeden Tag weiterzumachen. So wie Mimma, wenn sie webt und webt.

Am Nachthimmel leuchtete der Halbmond. Arnu starrte ihn seit geraumer Zeit an, obwohl er ihn nur verschwommen sehen konnte. Es waren seine ersten Tränen, seit er den Salzberg und Renis verlassen hatte. Aber nun konnte er nicht mehr aufhören. Sein Gesicht war nass, sein Hemd ganz feucht und kalt. Hier wehte ständig der Wind. Er wusste nicht, ob ihm jemals richtig warm gewesen war, seit sie angekommen waren.

Dieser verfluchte Berg!

Verzeih, unbekannter Geist des Berges, dachte Arnu.

Es war seine eigene Dummheit, seine eigene Schuld, die ihn in diese Situation gebracht hatte.

Der Berg war nun in Tolans Hand, und Arnu hatte ihm dabei geholfen. Es war lächerlich einfach gewesen, den Menschen ihre Macht aufzuzwingen. Sogar vor ihm und seinem Schwert hatten die Leute sich gefürchtet, als er herangaloppiert war. Seine Brüder hätten ihn ausgelacht, wenn sie ihn gesehen hätten, aber das hier waren friedliche Leute, die in ihrem ganzen Leben noch keinen Krieger gesehen hatten. Die letzten großen Kriege waren lange vorbei, Bohut weit weg. Was sollte es auf diesem kargen Berg zu holen geben außer ein wenig Salz, das mühsam aus dem Wasser der Quelle gekocht wurde?

Bisher war niemand auf die Idee gekommen, gegen die uralten Gesetze zu verstoßen und diesen Berg aufzubrechen. Arnu wusste nicht, woher Tolan die Männer geholt hatte, die sie begleitet hatten und die nun die Aufsicht über die Arbeit führten, zu der sie die Bewohner zwangen. Er hatte sie erstmals gesehen, als sie sich auf halbem Weg zwischen dem Hochtal und dem Kleinen Salzberg getroffen hatten. Offenbar waren nur Fremde bereit gewesen, Tolan zu unterstützen.

Zumindest wusste Arnu, womit sein Freund sie bezahlte. Tolan hatte genügend Reichtümer aus dem Süden mitgebracht. Und Männer, denen wenig heilig war, waren billig zu haben. Es hatte sie kaum etwas gekostet, dieses Wagnis einzugehen, und nun waren sie die Herren über diesen Berg, nur Tolan verpflichtet, mit Aussicht auf einen Anteil an dem wertvollen Salz.

Arnu zitterte. Es war unheimlich, wie viel Arbeit bereits erledigt worden war, obwohl der Mond erst einmal gewechselt hatte, seit sie hier waren. Die Arbeiten am Bergwerk waren in vollem Gange. Tolans neues Haus, in dem er mit einer der hiesigen Frauen wohnte, war fertig. Arnu zog es vor, in einer der aufgegebenen Hütten zu schlafen. Immer wieder verließen Einheimische den Berg, um anderswo neu anzufangen. Trotzdem fehlte es Tolan nicht an Arbeitskräften. Einzelne Männer und Frauen, aber auch ganze Familien tauchten auf und boten Tolan an, unter seiner Führung zu arbeiten. Sie stellten keine Fragen, sondern hofften auf ein besseres Leben, das ihnen das Salz versprach.

Arnu verachtete sie alle, aber noch mehr verachtete er sich selbst. Er hätte sich wehren müssen, sich weigern sollen, Teil von diesem Irrsinn zu werden. Durch den Schwur, den er Tolan gegeben hatte, war er in seiner Schuld gestanden. Doch diese Schuld einzulösen, indem er eine weitere Schuld auf sich lud, war dumm gewesen. Die Götter hätten ihm verziehen, wenn er sich geweigert hätte. Aber dazu war er zu feige gewesen. Was er den Menschen hier angetan hatte, konnte er nicht wiedergutmachen. Am schlimmsten jedoch war, Renis verloren zu haben. Er sollte diesen Ort schnellstmöglich verlassen und einen Weg in die Heimat finden.

Aber diese Entscheidung schob Arnu jeden Tag hinaus, immer und immer wieder. Er sprach fast nicht mehr mit Tolan und beteiligte sich nicht an den Gesprächen, in denen die nächsten Arbeitsschritte geplant wurden. Und so reihte sich ein Tag der Untätigkeit an den anderen.

Ein scharfer Windstoß ließ ihn schwanken. Zornig wischte er sich die Tränen aus dem Gesicht und stapfte zurück zu seiner kalten Unterkunft, in der ein leeres Bett auf ihn wartete.

10. Kapitel

Renis stand im Backhaus, als das Horn ertönte. Trotz des Schrecks, der ihr in die Glieder fuhr, beendete sie entschlossen ihre Arbeit. Zu oft war sie nach draußen gelaufen und hatte Ausschau gehalten in der Hoffnung, Arnu könnte zurückgekommen sein. Oder wenigstens Tolan, den sie fragen könnte, wo sein Freund war.

Als sie in die Halle trat, saß Sina bereits auf ihrem Stuhl. Hiram und Ran waren da und einige Leute aus dem Dorf. Enuti kam gerade herein, als der fremde Mann, der vor Sina stand, das Wort ergriff.

»Euer Sohn hat den Kleinen Salzberg in seine Gewalt gebracht.«

In der Halle begannen aufgeregte Gespräche.

Eine Frau rief: »Du lügst!«

Sina brachte sie mit einer energischen Handbewegung zum Schweigen. Auf ihrer Stirn standen zwei tiefe Falten, und ihr Mund war schmal und hart. »Erzähl uns, was passiert ist, ich bitte dich«, presste sie heiser hervor.

»Kurz nach dem vorletzten Vollmond kam er mit ein paar Männern angeritten. Sie waren gut bewaffnet. Es ist kein Blut geflossen, weil wir uns sofort ergeben haben. Er wollte uns nicht vertreiben. Er sagte einfach, dass er jetzt Herr auf diesem Berg sei und wir damit beginnen sollten, Stollen für ihn in den Berg zu treiben. Aber das ist verboten, Herrin!«

Sina nickte. »Ich weiß, dass das verboten ist. Was ist dann geschehen?«

Der Mann zuckte mit den Schultern, als wäre alles, was danach passiert war, nicht mehr von Bedeutung. Er schien tief erschüttert von diesem Frevel in seiner Heimat. Trotzdem bemühte er sich, der Bergherrin zu antworten. »Tolan hat sich ein Haus gebaut, und seine Männer haben uns für die Arbeit eingeteilt. Es werde uns an nichts mehr fehlen, sagten sie, wenn erst das Salz gefördert werde. Aber es hat uns auch davor an nichts gefehlt!«

Eine Weile war es still. Renis sah zu Sina, die ihren Blick auffing.

Ihre Mutter nickte ihr kurz zu und wandte sich an den Fremden. »Wer ist bei ihm? Wer hat Tolan begleitet?«

»Sein Freund Arnu, aber der beteiligt sich seit dem Überfall an nichts mehr und bleibt lieber für sich. Und ein paar bewaffnete Männer, die nach Tolan das Sagen haben. Ich konnte nicht herausfinden, woher sie stammen. Sie sprechen nicht mit uns, wenn es nicht um dic Arbeit geht.«

»Es tut auch nichts zur Sache, woher sie kommen. Sie haben die Gesetze gebrochen. So wie unser Sohn«, sagte Sina und sah Hiram an. Dann stand sie auf. »Ich danke dir, dass du gekommen bist, um uns zu berichten, was vorgefallen ist. Iss heute Abend mit uns und bleib als Gast, solange du möchtest. Wir haben Arbeit für dich und deine Familie, wenn du das willst. Es ist später noch Zeit, darüber zu reden.« Sina stieg vom Podest herunter. »Hiram, Enuti, wir müssen die Dinge besprechen. Jetzt.« Sie winkte auch Renis heran.

Gemeinsam verließen sie die Halle durch den vorderen Eingang.

»Wir gehen in unser Haus. Es ist ebenso eine Familienangelegenheit«, stellte Sina fest und marschierte weiter.

»In meinem Zimmer ist Platz für uns alle«, sagte Renis.

Sina erwiderte nichts. Auch Hiram und Enuti blieben stumm. Schweigend gingen sie das kurze Stück zum Haus.

Tolan, du bist vollkommen verrückt geworden, dachte Renis und lief voraus, um ihrer Familie die Türen zu öffnen.

In ihrem Zimmer setzten die Männer sich auf die Hocker, Renis und Sina waren zu aufgebracht, um still zu sitzen.

»Tolan muss aufgehalten werden!«, rief Sina. »Dieser Unsinn muss sofort beendet werden! Wie kann er es wagen, so etwas zu tun?«

Enuti warf die Hände in die Luft. »Du weißt schon lange, dass er unzufrieden ist, Sina!«

»Und das gibt ihm das Recht, die heiligsten Gesetze zu missachten? Menschen zu bestehlen und gegen das ausdrückliche Gebot zu handeln, an einem anderen Ort als hier Salz zu brechen?«

»Richte deinen Zorn nicht auf mich, Schwester! Ich billige sein Tun nicht, aber ich wundere mich nicht so sehr wie du.«

»Hast du gewusst, was er vorhat?«, fragte Renis leise.

Enuti verzog den Mund. »Gewusst, nun ja … vermutet.«

»Und du hast nichts gesagt?«, schrie Sina ihn an. »Dein Neffe plant einen Überfall, und du sagst kein Wort?«

Enuti sprang auf. »Woher hätte ich wissen sollen, dass er diesen Wahnsinn in die Tat umsetzt? Außerdem hat er mich schwören lassen, kein Wort zu sagen. Ich habe die Göttin angefleht, ihn zur Vernunft zu bringen!«

Sina lachte höhnisch. »Du bist nicht viel besser als Tolan, wenn es um Gebete geht. Ganz offensichtlich hat sie dir nicht zugehört!«

»Ich bitte euch, sprecht nicht so über die Göttin«, sagte Hiram, der als Einziger noch saß. Er fuhr sich mit den Händen über sein Gesicht. »Sina, du weißt, Enuti trifft keine Schuld. Du wirst ihm bei seiner Unternehmung nicht geholfen haben, Enuti, nicht wahr?«

»Natürlich nicht! Ich war keinen einzigen Tag weg, wie hätte ich ihm da helfen sollen?«

»Es gibt viele Arten, wie man jemandem helfen kann«, schnaubte Sina.

»Mutter, Tolan ist ganz alleine imstande, so etwas zu tun«, sagte Renis.

»Nun ja, ganz alleine war er nicht«, murmelte Enuti. »Entschuldige, Renis.«

Sie zuckte mit den Schultern und wandte sich ab, um Feuer zu machen.

Arnu! Wie konntest du das tun!

»Es ist ohnehin nutzlos, darüber zu streiten, wer von uns Schuld hat, dass dies geschehen konnte«, sagte Sina. »Wichtig ist, was als Nächstes geschehen soll. Wir müssen zu Tolan reisen und ihn dazu bringen, heimzukehren.« Sina sah auffordernd in die Runde.

Doch Hiram schüttelte den Kopf. »Nein, das tun wir nicht.« Seine Stimme war leise, aber nicht weniger scharf als die seiner Frau.

»Was meinst du damit?« Sina ging einen Schritt auf ihn zu.

»Ohne Gewalt würde es nicht gelingen, wir jedoch kämpfen nicht mit Waffen.«

»Das ist deine Erklärung? Weil wir nicht mit Waffen kämpfen?« Sina war fassungslos. »Wir sprechen von unserem Sohn! Denkst du nicht, wir könnten ihn mit Worten umstimmen, wenn wir zu ihm gehen?«

»So wie wir ihn umstimmen konnten, von seinen Ideen für die Arbeit hier im Berg abzulassen, Sina?« Hiram lächelte traurig. »Ich mache mir ebenso große Sorgen wie du, aber Tolan hat vor langer Zeit aufgehört, sich von uns etwas sagen zu lassen. Also bliebe uns nur der Kampf, um das zu beenden, was er begonnen hat.«

»Dann lassen wir Krieger kommen! Wir sind nicht bettelarm, wir können uns das leisten!«

»Nein, auf gar keinen Fall, Sina!«, rief Hiram entsetzt. »Dann sind wir nicht besser als Tolan.«

»Nicht besser als Tolan ...«, flüsterte Sina und sah ihn angewidert an. »Du bist verrückt, alter Mann. Du lässt zu, wenn dein Sohn sich auf eine Weise ins Unrecht setzt, die er nie wieder gutmachen kann. Und du bist nicht bereit, irgendetwas dagegen zu tun.« Sie riss die Tür auf und lief hinaus. Kurz darauf knallte die Haustür.

Langsam, als würde es ihn all seine Kraft kosten, stand Hiram auf. »Ich gehe in den Berg.« Auch er verließ den Raum.

»Was für ein Albtraum«, knurrte Enuti. »Ich hätte nicht gedacht, dass Tolan wirklich zu so etwas fähig ist.«

»Ich weiß nicht, Onkel«, sagte Renis. »Vielleicht waren wir alle blind, absichtlich. Ich war es mit Sicherheit, vor allem in letzter Zeit ...«

Enuti lächelte sie freundlich an. »Dafür hattest du

einen guten Grund. Es tut mir leid. Wir haben uns alle in Arnu getäuscht.« Er stand auf. Sein Gesicht verfinsterte sich wieder. »Trotzdem wiegt das bei Tolan schwerer. Ihn kennen wir länger. Wir hätten es wissen müssen.« Dann ging auch er.

Hiram verließ das Haus und lief den Weg entlang zurück zur Halle und am Vorratshaus vorbei in den kleinen Garten. Dort lehnte er sich an den Apfelbaum und blickte mit Tränen in den Augen hinauf zum Berg.

Er hatte nicht vor, in dieser Nacht in den Berg zu gehen. Es war nicht notwendig, die Göttin aufzusuchen und ihr Fragen zu stellen. Er hatte bereits eine Antwort erhalten. Der Bote war das Zeichen, auf das er gewartet hatte. Jetzt ergaben die Bilder, die die Göttin ihm zugesandt hatte, einen Sinn. Er war sich ganz sicher. Tolans Frevel würde die Dinge in Bewegung setzen, so wie die Göttin es ihm gezeigt hatte. Es würde genau so geschehen, unaufhaltsam. Obwohl er wusste und gerade weil er wusste, welche Dinge sich ereignen würden, konnte er sie nicht verhindern. Aber durch die Gnade der Göttin und ihr Vertrauen zu ihm würde er die Möglichkeit haben, das Schlimmste von den Menschen im Hochtal abzuwenden. Er konnte seine Familie beschützen, durfte aber Sina nicht sagen, was er vorhatte. Das fiel ihm nicht leicht, doch wenn er nicht schwieg, brach er den Pakt mit der Göttin und brachte seine Familie und Freunde, alle, die ihm vertrauten und die er liebte, in Gefahr.

Hiram fühlte tiefe Dankbarkeit und Ehrfurcht. Er wusste, was er zu tun hatte. Nun war der Zeitpunkt gekommen, sich vorzubereiten. Morgen würde er Renis die ersten Anweisungen geben. Auf seine Tochter konnte er sich verlassen. Sie würde alles genau so ausführen, wie er es ihr befahl, und vor allem würde sie schweigen, ebenso wie er selbst.

Langsam wischte er sich die Tränen aus dem Gesicht und atmete einige Male tief durch. Er beschloss, in die Halle zurückzukehren, um nach dem Boten zu sehen. Sina war zu aufgebracht, um sich um ihn zu kümmern, und er wusste nicht, ob Renis das Haus noch einmal verlassen würde. Vielleicht hatte der Mann sich bereits entschieden, ob er bleiben wollte, außerdem hatte er sicher noch mehr zu erzählen. Wenigstens ein Mitglied der Familie sollte ihm Gesellschaft leisten und ihm zuhören.

Renis saß bei Ran in der Webhütte. Sie dachte über die seltsamen Aufträge nach, die Hiram ihr heute Morgen gegeben hatte und über die sie nicht sprechen durfte. Es fiel ihr schwer, nicht einmal ihre Großmutter einzuweihen, doch Hiram hatte ihr mit unmissverständlichen Worten klargemacht, dass er das Vertrauen der Göttin verlieren würde, wenn sie es nicht schaffte, zu schweigen. Das wog schwerer, als selbst bei der Göttin in Ungnade zu fallen. Diesmal würde sie ihn nicht im Stich lassen, hatte Renis sich geschworen, als sie um die Tagesmitte zum See marschiert war und Hirams Botschaft weitergegeben hatte. Nach ihrer Rückkehr wollte sie nichts anderes tun, als den Rest des Tages in Rans Werkstatt zu verbringen. Dort gab es immer etwas, womit sie ihre Hände beschäftigen konnte. Selbst wenn sie und Ran schwiegen, kamen ihre Gedanken zur Ruhe. Die Stille in Rans Hütte war tröstlich.

Umso mehr erschrak Renis, als Sina hereinstürmte und mit schriller Stimme rief: »Ich reise morgen ab!« Sie stemmte die Hände in die Hüften.

Renis starrte sie wortlos an.

»Du bist doch noch nicht lange zurück von der Fraueninsel«, sagte Ran ruhig und ohne ihre Arbeit am Webstuhl zu unterbrechen.

»Mimma, ich reise zu Tolan! Hat Renis dir nicht erzählt, was wir gestern erfahren haben?«

»Doch, jedes Wort, wie sich das gehört. Aber sie hat auch davon erzählt, dass Hiram dagegen ist, das zu tun. Und seine Einwände sind klug, wenn du mich fragst.« Rans Hände ließen das Webschiff durch die Fäden gleiten, hin und her, im ewig gleichen Rhythmus.

»Sei mir nicht böse, Mutter, aber ich frage dich nicht. Ich habe meine Entscheidung getroffen. Ich reite zu Tolan. Und zwar als seine Mutter, nicht als Bergherrin, wenn es das für euch leichter macht.«

»Es geht nicht darum, es für uns leichter zu machen, Sina. Es geht darum, das Richtige zu tun. Was willst du ihm sagen?«

Sina ließ sich neben Renis nieder und nahm ihre Hand, ohne den Blick von Ran abzuwenden, die mit dem Rücken zu ihnen saß. »Er ist mein Kind, Mimma, mein Sohn!«

Ran hielt inne, drehte sich langsam um und sah Sina aufmerksam an. Dann nickte sie. »Du bist seine Mutter«, sagte sie nur und wandte sich wieder ihrem Webstuhl zu.

Renis sog scharf die Luft ein. »Du gibst ihr deinen Segen für diese Reise, Mimma?«, fragte sie erstaunt.

Ran lächelte. »Sie ist mein Kind.«

11. Kapitel

Die Häuser waren nicht viel mehr als Hütten. Bereits unten in dem breiten Tal hatte die Gegend trist gewirkt, was nicht nur am grauen Himmel, der Kälte und dem Nieselregen lag. Schaudernd betrachtete Sina die windschiefen Gebäude mit den eingefallenen Dächern und die schlecht gebauten Unterstände für magere Kühe, zwischen denen Kinder in dünnen Umhängen und mit nackten Füßen herumliefen. Nicht einmal die Aussätzigen am See wohnten so ärmlich. Überall waren Schlamm und Mist, Zeichen des Bergbaus und der fortwährenden Arbeit, die offenbar niemandem Zeit ließ, aufzuräumen. Zu Hause hätten weder Sina noch Hiram solche Schlamperei geduldet. Bergbau machte Dreck, das ließ sich nicht vermeiden, doch man konnte dafür sorgen, ihn nicht in die Häuser zu tragen.

»Aber das hier sind keine Häuser«, murmelte Sina und zügelte ihr Pferd.

»Was hast du gesagt, Sina?«, rief Balan, einer ihrer beiden Begleiter, unter seiner Kapuze hervor. Seit zwei Tagen hatten sie, Balan und Kal, ihr zweiter Begleiter, kaum ein Wort miteinander gewechselt. Jeder war ausschließlich damit beschäftigt gewesen, einigermaßen warm und trocken zu bleiben. Der erste Tag ihrer Reise war angenehm gewesen, aber als in der zweiten Nacht der Regen gekommen war und seither nicht mehr hatte aufhören wollen, hatten Mensch und Tier nur noch die Köpfe hängen lassen. Oft hatte sich zum Regen noch Nebel gesellt, sodass der Ritt nicht nur kalt und anstrengend, sondern größtenteils auch langweilig gewesen war.

Angesichts des tristen Bildes, das sich ihnen bot, sprach Sina aus, was alle dachten. »Ich hoffe, hier gibt es irgendwo ein dichtes Dach und ein warmes Feuer. Von etwas zu essen ganz zu schweigen.«

Sina versuchte zu erraten, in welchem der Gebäude sich ihr Sohn aufhalten mochte. Vielleicht war er zu dieser Tageszeit im Berg. Sie schnalzte mit der Zunge, und ihr Pferd setzte sich in Bewegung. Langsam ritten sie durch die kleine Siedlung am Fuße des Berghanges. Außer den Kindern war niemand zu sehen. Aber es mussten Leute hier sein, denn aus manchen Gebäuden drang Rauch, und langsam wurde der Geruch nach Essen stärker. Sinas Magen knurrte. Sie würde diesem Geruch folgen. Wer auch immer hier kochte, musste wissen, wo Tolan war.

Am Ende der Siedlung hielt Sina vor einem Haus, das neu gebaut aussah. Aus dem Dach kräuselte sich ein feiner Rauchfaden empor. Sie stieg vom Pferd, reichte Balan die Zügel und marschierte zum Eingang. Die Tür klemmte, aber nach einigem Druck gab sie nach. Dem Duft nach zu urteilen wurde Fleisch zubereitet. Hier wohnten keine armen Leute.

Sina sog tief den Geruch ein und rief: »Mein Name ist Sina, ich bin Tolans Mutter. Ist jemand da?«

Alles blieb still. Hinter ihr traten Balan und Kal ins

Haus. »Geh nicht alleine weiter«, sagte Kal, der misstrauischer war als sein Bruder.

»Hier ist niemand«, sagte Sina. »Und um sich zu verstecken, ist das Haus zu klein. Wir warten. Irgendwann kommt jemand, der nach dem Essen sieht.«

Die Männer nickten und schlossen die Tür.

Sina blickte sich um. Ihre Augen hatten sich an das Halbdunkel gewöhnt. Sie hatte das richtige Haus gewählt. Im Schein des Herdfeuers erkannte sie einen Umgang und zwei Gürtel, die sie gemeinsam mit ihrer Mutter für Tolan gefertigt hatte. Sogar ein Paar alte Stiefel von Hiram standen in einer Ecke. Jetzt sah sie auch ein Lager ganz hinten im Haus. Ob Tolan alleine hier wohnte?

»Setzen wir uns«, murmelte Sina und wählte einen niedrigen Hocker am Feuer. Die Männer blieben in der Nähe der Tür.

Lange Zeit saßen sie nur da und waren dankbar für die Wärme im Haus. Ein paarmal stand Sina auf und rührte im Topf auf dem Feuer. Es war tatsächlich Fleisch darin, und Bohnen.

Es wurde bereits dunkel, als jemand kam. Die Tür öffnete sich, doch niemand betrat das Haus. Die Person blieb schweigend an der Schwelle stehen.

Sina ging zur Tür. »Verzeih unser Eindringen. Wir haben eine weite Reise hinter uns. Mein Name ist Sina, ich bin Tolans Mutter, und das sind Balan und Kal. Wer bist du?«

Der Person in der Tür schien es die Sprache verschlagen zu haben. Erst als auch Balan aufstand, kam sie in Bewegung. Eine Frau trat in den Raum, ließ die Tür hinter sich jedoch offen.

»Ich bin Mikka. Das hier ist mein Haus.«

Und du bist Tolans Frau, dachte Sina.

Mikka sah aus wie alle Frauen, die seit Tolans erster Liebe seine Gefährtinnen gewesen waren. Sie war von mittlerer Größe, hatte große Brüste und einen hübschen Mund. Ihrem Blick nach zu urteilen war ihr Wesen alles andere als sanftmütig.

Sina bemühte sich zu lächeln. »Sei gegrüßt, Mikka. Wo ist mein Sohn?«

Mikka antwortete nicht, durchquerte den Raum und warf einen Blick in den Kochtopf und auf den Holzstapel. Sie nickte. »Du hast dich um den Eintopf gekümmert, aber nichts davon gegessen«, stellte sie fest und nahm ihren Umhang ab. Darunter trug sie ein einfaches dunkelrotes Kleid ohne Gürtel.

Sina erwiderte schweigend ihren Blick.

Mikka nickte erneut. Sie schien zu einer Entscheidung gelangt zu sein. »Bitte setz dich wieder. Tolan wird sich freuen, dich zu sehen. Ich muss hinaus, das Brot holen.« Ohne auf eine Antwort zu warten, verließ sie das Haus, den Umhang über dem Arm.

Kal stand auf und überprüfte, ob die Tür sich öffnen ließ, was ihm ein amüsiertes Schnauben von Balan eintrug.

»Kein Mensch baut bei seinem Haus einen Riegel ein, mit dem die Tür sich von außen verschließen lässt, Kal.«

»Lass ihn«, sagte Sina, »wir kennen diese Leute nicht.«

Sie schrak von lautem Poltern hoch.

Ich bin eingeschlafen, dachte Sina und war über sich selbst empört. Balan begrüßte jemanden, und sie hatte einen Moment Zeit, zu sich zu kommen. Langsam stand sie auf, um nicht schwindelig zu werden. Da war Tolan, endlich. Er sprach ein paar Worte mit den Männern, dann trat er auf sie zu. Vor ihm her lief wedelnd sein Hund.

»Mutter, Sina, was für eine Überraschung!«

Er schien sich zu freuen, sie zu sehen, aber da war noch etwas anderes, Angst, und auch Wut. Manches war ihr plötzlich fremd an diesem jungen Mann, den sie so gut zu kennen glaubte. Den sie liebte. Sie breitete ihre Arme aus, und er ließ sich umarmen.

»Tolan, es tut gut, dich zu sehen«, flüsterte sie.

Er drückte sie kurz, dann ließ er sie los. »Setz dich, Mutter, iss. Ihr auch, Balan, Kal. Mikka sagt, ihr habt nichts angerührt.« Er holte für jeden eine Schale und füllte großzügig Eintopf hinein.

Sina hätte gerne Brot gehabt, aber sie wollte nicht danach fragen. Tolan servierte auch dünnes Bier. Alle aßen und tranken schweigend, wofür Sina dankbar war. Es schmeckte gut, doch vor Müdigkeit brauchte sie all ihre Kraft zum Kauen und Schlucken. Sie konnte nicht lange geschlafen haben.

Als sie fertig war, fiel ihr fast die Schale aus der Hand. »Tolan, verzeih, ich bin sehr müde«, sagte sie leise.

»Ich sehe es. Komm mit.«

Er konnte fürsorglich sein, ihr Sohn, wenn er wollte. Er half ihr vom Hocker hoch und führte sie zu dem Lager hinten im Raum. Sie fragte nicht, wo er und Mikka schlafen würden, wenn sie nun dieses Bett bekam. Sie war dankbar für warmes Stroh und Decken.

Die Männer unterhielten sich leise am Feuer, aber Sina war einerlei, worüber sie sprachen. Ihre Stimmen verschwammen im Hintergrund, und sie schlief sofort ein.

Sina träumte selten, aber in dieser Nacht war das anders. Mehrmals schreckte sie in der Dunkelheit hoch mit unklaren Bildern vor Augen, verängstigt, und einmal sogar mit tränennassem Gesicht. Als sie endgültig erwachte, konnte sie nichts zuordnen und sich bald nicht mehr erinnern. Deshalb hasste sie es, zu träumen. Meist blieb alles unklar, und selten waren es schöne Dinge, von denen sie träumte. Besser war es, traumlos zu schlafen und am Morgen richtig wach zu sein. Jetzt hingegen fühlte sie sich genauso müde wie am Abend zuvor.

Schwerfällig richtete sie sich auf dem ungewohnten Lager auf. Außer ihr war niemand im Haus. Es war auch kein Geräusch zu hören, weder von Menschen noch von Tieren. Das war nicht nur ungewohnt, sondern auch seltsam. Vollkommene Stille erlebte Sina selten, wenn, dann mitten in der Nacht oder im Berg. In einer Siedlung war im Freien und selbst in einem Haus immer jemand zu hören. Leute riefen einander etwas zu, Hunde bellten, die Ziegen machten Lärm, oder jemand fluchte leise bei der Arbeit vor sich hin. Hier, im fremden Haus ihres Sohnes, fühlte sich die Stille unangenehm an. Sie musste Balan und Kal suchen. Oder am besten Tolan. Aber zuerst wollte sie den Schmutz der Reise loswerden.

An der Feuerstelle stand eine große Schale Wasser, in der sie zumindest ihr Gesicht waschen konnte. Alles Übrige musste woanders erledigt werden. Immerhin konnte sie frische Kleidung anziehen, denn die Männer hatten die Packsäcke nach dem Essen ins Haus gebracht. Vielleicht würde sie Mikka bitten, ihr Reisekleid zu waschen. Als Frau ihres Sohnes konnte sie ihr diesen Gefallen wohl erweisen. Oder sie hatte jemanden, den sie ihrerseits darum bitten konnte. Sina wusste so gut wie nichts über diesen Ort oder über Mikka, abgesehen davon, dass sie offensichtlich das Bett mit Tolan teilte. Hoffentlich galten die Regeln der Gastfreundschaft hier genauso wie überall sonst.

Ich bin zwei Tagesreisen von zu Hause entfernt, nicht in einem fremden Land!

Als sie das Haus verließ, war niemand zu sehen. Sina wusste nicht, wo sie mit der Suche nach Tolan beginnen sollte, also beschloss sie, durch die Siedlung zu spazieren. Irgendjemand musste auftauchen, den sie fragen konnte. Doch der Erste, den sie traf, war Balan. Sie war zwar erleichtert, ein bekanntes Gesicht zu sehen, aber auf ihre Frage, wo Tolan sei, zuckte er mit den Schultern.

»Ich komme mit dir, um ihn zu suchen, Sina.« Anscheinend wollte er sie an diesem fremden Ort nicht alleine lassen.

Sina war es nicht gewohnt, jemanden zu ihrem Schutz bei sich zu haben. Nicht einmal auf Reisen hatten die Männer diese Aufgabe. Doch hier konnten die Dinge anders liegen, das sah sie ein. Niemandem zu begegnen war auf seltsame Weise bedrohlicher, als offen feindseligen Menschen gegenüberzustehen.

Glücklicherweise mussten sie nicht weit gehen, als Tolan um eine Ecke bog und ihnen lächelnd entgegenkam.

»Mutter, du bist wach. Komm, gehen wir zurück zum Haus. Ich habe etwas zu essen für dich geholt.«

»Nein, lass uns gleich miteinander reden. Essen können wir später.«

Tolan neigte den Kopf. »Wie du willst. Aber nicht hier. Dort drüben.« Er deutete auf eine Wiese hinter einem Stall.

Sie nickte und ging neben Tolan her. Sein Hund sprang an ihr hoch und verlangte nach ihrer Aufmerksamkeit. Sein fröhliches Wesen tat gut, und sie streichelte seinen weichen Kopf. Als er zu übermütig wurde, rief Tolan ihn mit scharfer Stimme an seine Seite. Sina warf Balan, der ihnen mit einigem Abstand folgte, einen Blick zu. Sie war froh, ihn so nahe zu wissen.

Nach wenigen Schritten hatten sie die Wiese erreicht. Sie wollte schnell zur Sache kommen.

»Warum bist du fortgegangen, Tolan? Ich brauche dich zu Hause, das weißt du genau.«

Er zuckte mit den Schultern und verzog spöttisch den Mund. »Brauchen? Ach, Mutter, du brauchst niemanden. Die Arbeit läuft fast von alleine, und wenn es Schwierigkeiten gibt, dann löst du sie. Sie kommen nicht zu mir, wenn sie nicht mehr weiterwissen. Sie kommen zu dir.«

»Das ist der Grund? Weil sie ihre Sorgen bei mir abladen und nicht bei dir?« Sina holte tief Luft, um ihren Ärger zu unterdrücken. »Tolan, ich bin die Bergherrin. Ich bin nicht alt genug, um meine Aufgabe endgültig abzugeben. Aber du bist derjenige, der sich vor vielen Jahren entschieden hat, das Salz mit eigenen Händen abzubauen. Du wolltest nicht Hirams Weg einschlagen …«

»Weil Renis in seine Fußstapfen treten wird!«, rief Tolan. Er wollte weiterreden, aber Sina schnitt ihm das Wort ab.

»Halt mich nicht für dumm! Du hattest deine Wahl getroffen, lange bevor Renis alt genug war, um darüber nachzudenken, welchen Weg sie gehen will! Hör auf, so zu tun, als hätte dich jemand gezwungen! Wenn du die alten Regeln befolgst, wird niemand etwas dagegen haben, wenn du eines Tages Bergherr wirst. Aber hier bist du auf dem falschen Berg, mein Lieber!« Es war nicht zu fassen! Am liebsten hätte sie ihren Sohn gepackt und die Vernunft in ihn hineingeschüttelt. Göttin, gib mir Ruhe, bat sie und presste die Lippen aufeinander.

Tolan hatte sich abgewandt und sah zu den Bergspitzen hinauf. »Du hast recht«, murmelte er leise und zu Sinas Überraschung. »Es hat niemand etwas dagegen, wenn ich dir eines Tages nachfolge.«

»Dann kommst du mit mir zurück?«

Langsam drehte ihr Sohn sich zu ihr um. Sein Blick war schwer zu deuten, aber etwas darin machte Sina plötzlich Angst. Tolan hatte schon viele Gefühle in ihr ausgelöst, doch noch nie Angst. Die Kälte und der eisige Wind fühlten sich auf einmal schlimmer an als vor einem Moment. Sina widerstand dem Impuls, sich fester in ihren Umhang zu wickeln. Stattdessen richtete sie sich auf und schaute Tolan fest in die Augen.

Der starrte trotzig zurück, ehe er weitersprach. »Es gibt ein paar Wünsche, die ich habe. Wichtige Wünsche. Du wirst mir helfen müssen, sie zu erfüllen, wenn ich zurückkommen soll.« Tolan verzog den Mund zu einem seltsamen Grinsen. »Wirst du das tun?«

»Dazu müsste ich diese Wünsche kennen. Du willst vieles verändern am Salzberg, und du weißt genau, wo die Grenze ist. Als du vor Jahren geschworen hast, die Gesetze der Göttin zu befolgen, hast du diese Grenze anerkannt. Tust du das immer noch?« Sina spürte, wie sie zu zittern begann. Die Kälte war unerträglich. Sie kam aus ihrem Inneren und aus dem Boden, auf dem sie stand. Sie spürte sie durch die Sohlen ihrer Schuhe.

Tolans Grinsen wurde bösartig. »Die Gesetze der Göttin … pah! Seid ihr euch so sicher, wie sie lauten?«

Sina sog die Luft ein. Er würde zu weit gehen mit seinen nächsten Worten, daran bestand kein Zweifel. Tolan machte einen Schritt auf sie zu, und es kostete sie all ihre Kraft, um nicht zurückzuweichen. Er musste sehen, wie sie zitterte, aber sie konnte es nicht mehr unterdrücken.

»Du und Hiram, Renis und alle anderen, ihr sprecht von der Göttin, als würde sie neben uns stehen und mit uns reden und ihre Befehle gut hörbar erteilen. Aber zu mir hat sie nichts gesagt. Also kann ich selbst entscheiden, was ich tue, ob ich diese angeblichen Gesetze befolge oder nicht.«

Sein Blick war eiskalt, aber Sina glaubte, auch ein wenig Erleichterung darin zu sehen. Er musste lange darauf gewartet haben, ihr das zu sagen. Sie konnte seine Wut spüren. Hatte er sich ausgeschlossen gefühlt? Kam daher seine Wut? Jeder fühlte die Anwesenheit der Göttin, vor allem die Mitglieder ihrer Familie. Und zu Tolan sollte sie noch nie gesprochen haben? Göttin, warum hast du meinen Sohn ausgeschlossen? Sina merkte, wie sich ihre Augen mit Tränen füllten. Sie wollte ihre Arme ausstrecken und Tolan an sich ziehen, aber sie wagte es nicht. Er war bereits zu weit von ihr entfernt.

Zwei Atemzüge lang standen sie einander gegenüber, dann wandte Tolan sich wortlos ab und ging zurück in die Siedlung. Der Hund saß im Gras und sah Sina an, als wollte er sie auffordern, seinem Herrn zu folgen. Weil sie es nicht tat, erhob er sich und trottete gemächlich hinter Tolan her.

Sina blickte ihrem Sohn nach, bis er hinter einem der Häuser verschwunden war. Viel konnte sie nicht erkennen, denn die Tränen flossen nun ungehindert. Sie erschrak vom Geräusch ihres eigenen Schluchzens. Sie atmete tief die kalte Luft ein und wischte sich mit dem Ärmel über die Augen. Und plötzlich spürte sie Wärme unter ihren Füßen und hörte die vertraute Stimme.

Ich spreche zu allen. Aber manche verschließen ihre Ohren.

In Tolans Haus brannte das Feuer, als Sina zurückkehrte. Sie fühlte sich immer noch kalt, müde und vor allem völlig leer. Es war mitten am Tag, aber sie sehnte sich nach einer warmen Decke und ein wenig Schlaf neben der Feuerstelle. Vielleicht würde ihr das die Zuversicht zurückgeben oder zumindest die Kraft, in dem Gespräch mit Tolan, das unweigerlich folgen musste, die richtigen Worte zu finden. Sie musste ihn davon überzeugen, nach Hause zurückzukehren!

Aber ich habe es versucht und bin gescheitert. Da ist keine Hoffnung mehr.

Ihre Gedanken waren ein einziges Durcheinander. Sie schlug die Tür zu.

»Sei gegrüßt, Sina«, rief ihr jemand aus dem Halbdunkel des Hauses entgegen.

Im ersten Moment hatte sie ihn nicht erkannt. Arnu!

Er kam lächelnd auf sie zu und nahm ihr den feuchten Mantel ab. »Komm, setz dich, du siehst durchgefroren aus. Ich gebe dir etwas von dem gewürzten Wein.«

Wortlos ließ sie sich zu einem Sessel führen, der dicht am Feuer stand, und sich einen warmen Becher in die Hand drücken. Die Dämpfe und der Geruch der Gewürze trieben ihr wieder die Tränen in die Augen.

»Was ist geschehen?«, flüsterte Arnu mit besorgtem Blick.

»Ach, Arnu.« Sina trank einen Schluck von dem heißen Wein und schloss die Augen. Tolans Gesichtsausdruck ging ihr nicht aus dem Kopf. »Etwas wird geschehen, Arnu, etwas Schlimmes. Tolan verleugnet die Göttin, und ich habe es nicht erkannt. Ich hätte es sehen müssen …« Ihre Hand zitterte stark.

Arnu stellte ihren Becher, nachdem sie ihn geleert hatte, neben die Feuerstelle. Dann tat er, was er bisher nie gewagt hatte. Er nahm Sinas Hände in die seinen. »Willst du mir erzählen, was passiert ist?« Er rieb ihre Hände im Bemühen, sie zu wärmen.

Eine Weile ließ Sina es geschehen, dann entzog sie sich dem Griff. »Du bist fürsorglich«, stellte sie fest. Arnus Blick blieb freundlich und besorgt. Er war wirklich bereit, ihren Schmerz zu teilen. Aber wie viel konnte sie ihm sagen? Immerhin hatte er nicht nur ihre und Hirams Gastfreundschaft angenommen, um dann heimlich und über Nacht zu verschwinden. Vor allem hatte er ihrer Tochter das Herz gebrochen. Sie wusste nicht, ob er ihr ein Versprechen gegeben hatte oder nicht, doch das war auch einerlei. Sich nicht einmal zu verabschieden, nachdem Renis und er für alle sichtbar ein Paar gewesen waren! Das war schändlich.

Arnu senkte den Blick. Er schien zu erraten, worüber Sina nachdachte. Sie spürte, wie mit der sich ausbreitenden Wärme in ihrem Körper die Wut hochkroch. Dummer Tolan! Feiger Arnu! Möge die Göttin euch niederstrecken!

Sofort nahm Sina den stummen Fluch zurück. Bitte nicht, Göttin, verzeih mir, ich bin nicht bei Sinnen. Arnu ist frei, er kann tun, was er will, und Renis wusste das. Dinat und ich haben einander auch nichts versprochen und sind wieder heimgekehrt, jeder für sich.

Sie durfte sich nicht von ihrer Wut ablenken lassen. Hier saß Arnu vor ihr, und vielleicht war er der Einzige, der Tolan zur Vernunft bringen konnte. Sie musste ein ruhiges Gespräch mit ihm führen.

»Was will mein Sohn an diesem Ort? Warum setzt er sich über unsere Gesetze hinweg und sucht hier nach Salz?«

Arnu sah sie an. Da war etwas in seinem Blick, das Sina noch nie an ihm gesehen hatte. Traurigkeit, Zorn, möglicherweise auch Furcht.

»Ich kenne seine Pläne nicht. Wir sprechen nicht mehr viel miteinander. Vielleicht weiß außer ihm niemand, was er vorhat.«

»Warum hast du es nicht verhindert, dieses Unrecht?«

Arnu schüttelte traurig den Kopf. »Ich stand in seiner Schuld.«

»In seiner Schuld?«, fragte Sina. »Nein, lass, es geht mich nichts an.« Sie sah ihn voller Verachtung an. Dann lehnte sie sich vor und packte ihn an seinem Mantel. »Du musst mir etwas versprechen. Bei der Gastfreundschaft, die wir dir gewährt haben, musst du es mir versprechen! Sorg dafür, dass Tolan die Göttin ehrt, wenn er in seinen Berg geht. Lass nicht zu, dass er das Salz einfach so nimmt! Hörst du, Arnu?«

»Ich höre dir zu, Sina, Bergherrin.« Er sah ihr ernst in die Augen und versuchte nicht, sich aus ihrem Griff zu befreien. »Aber ich kann dir nur versprechen, es zu versuchen. Tolan hört nicht auf mich.«

Sina seufzte und ließ ihn los.

»Sag Renis von mir …«

Sina brachte ihn mit einem kalten Blick zum Schweigen. Sie hatte genug davon, mit jungen Männern zu reden, die nicht wussten, was sich gehörte. »Ich danke dir für den Wein, Arnu«, sagte sie kühl.

Schweigend stand er auf und ging ein paar Schritte. Dann hielt er inne und drehte sich zu ihr um. Er schien etwas sagen zu wollen, doch letztendlich verneigte er sich nur kurz und verließ rasch das Haus.

Sina saß am Feuer und starrte in die Flammen. Ihrem Körper wurde warm, doch die Kälte in ihrem Inneren wich nicht. Irgendwann kam Balan herein und fragte, ob er etwas für sie tun könne. Sie schüttelte den Kopf, bedeutete ihm aber, sich zu ihr zu setzen. Später trat auch Kal dazu und nahm ohne ein Wort auf einer Bank in der Nähe der Tür Platz. Die beiden Männer nickten ein, während draußen der Tag verging.

Als es dunkel wurde, stand Sina auf und schüttelte Balan. »Such mir Mikka, ich bitte dich«, sagte sie leise.

Balan nickte und verließ das Haus. Kal folgte ihm. Er wollte nach den Pferden sehen.

Es dauerte eine Weile, ehe sich die Tür wieder öffnete. Mikka kam herein und überließ es Balan, die Tür von außen zu schließen.

»Danke, dass du gekommen bist, Mikka«, sagte Sina.

Mikka sah sie kalt an. »Natürlich. Du bist mein Gast. Benötigst du etwas?«

Sie mag mich nicht, aber sie hat Angst vor mir, dachte Sina. »Es ist alles gut, ich brauche nichts. Darf ich dich in deinem eigenen Haus einladen, dich zu setzen?«

Mikka verzog den Mund und ließ sich auf einem Hocker nieder. »Was willst du?«

Sina nahm ebenfalls Platz und musterte Tolans Frau. »Hat Tolan dir erzählt, woher er kommt und wer er ist? Was er zurückgelassen hat?«

Mikka lachte. »Natürlich. Und andere haben seine Worte bestätigt.«

Sie hat sich erkundigt, dachte Sina. Dumm ist sie jedenfalls nicht.

»Hör zu, Sina, Bergherrin. Mein Vater war der Anführer der Leute hier. Uns ging es gut, aber wir waren weder reich noch bedeutsam. Dann ist Tolan gekommen. Nun haben wir ein klares Ziel.«

»Reich und bedeutsam zu werden?«

»Hältst du das für ein schlechtes Ziel?«

Sina zuckte mit den Schultern. »Es kommt darauf an, ob jemand dafür bezahlen muss.«

»Auch ihr habt großen Nutzen davon, ihr auf eurem

Salzberg! Bohut ist mächtig und wird mit jedem Tag mächtiger. Aber er hat kein Salz. Was ist dir lieber, Sina? Dass er sich das Salz mit Gewalt von deinem Berg holt oder mit Tolan seine Geschäfte macht?«

Sina nickte. »Tolan hat dich überzeugt von seinem Traum, das sehe ich. Doch warum sollte Bohut nicht auch von euch mit Gewalt nehmen, was nicht sein ist? Unser Salz ist heilig, das weiß Bohut. Deshalb bekommt er es umsonst.«

Mikka runzelte die Stirn. »Umsonst? Er muss vor dir knien, um es zu erhalten.«

»Das glaubst du? Am Salzberg kniet niemand vor irgendwem, außer vor der Göttin.« Sina stand auf und schürte das Feuer. »Mikka, es ist ganz einfach. Bist du bereit, mit Tolan auf unseren Salzberg heimzukehren, um dort eines Tages die Frau des Bergherrn zu sein? Oder bleibst du lieber hier, auf diesem kalten Berg, ohne den Segen der Göttin und hoffst auf Salz, das niemand aus dem Berg schlagen dürfte?«

Mikka stand ebenfalls auf. »Tolan hat mir gesagt, dass du mich das fragen wirst. Deshalb weiß ich genau, was ich dir antworte. Natürlich bleibe ich hier, mit Tolan. Und den Segen deiner Göttin brauchen wir nicht.« Sie legte ihre Hand auf den Bauch.

Oh, dachte Sina.

»Leb wohl«, sagte Mikka und ging auf die Tür zu. Dort hielt sie inne und drehte sich um. »Ich denke nicht schlecht von dir, Sina, Bergherrin. Tolan spricht mit Respekt über dich, und den zolle ich dir. Aber deine Zeit ist vorüber. Unsere Zeit hingegen hat gerade erst begonnen.« Sie verließ das Haus und ließ die Tür offen stehen.

Balan steckte den Kopf herein und sah Sina fragend an.

»Wir brechen beim ersten Licht auf.«

Er nickte und schloss die Tür.

12. Kapitel

Im ersten Schnee des Jahres hatten sie gestern Tolans Berg verlassen und waren über matschige und manchmal steif gefrorene Wege geritten, ehe sie für eine Nacht bei Verwandten von Balan eingekehrt waren. Aber hier über dem Hochtal schien die Abendsonne.

Den ganzen Tag hatte Sina sich darauf gefreut, heimzukommen. Hier gab es so vieles, das auf sie wartete. Ihre Reise war gescheitert, und trotzdem fühlte sie große Dankbarkeit, während sie hinter Balan auf das Dorf und ihre Halle zuritt. Die Zukunft mochte vor ihr verborgen sein. Aber sie würde weiterhin einen Schritt nach dem anderen gehen.

Hiram stand vor der Halle, als sie ins Dorf ritt. Er half ihr vom Pferd und drückte sie an sich. »Es ist gut, dass du wieder da bist.«

Sina lächelte ihn an. »Tolan wollte nicht zurückkehren.«

»Ich weiß. Komm, iss etwas, und dann gehen wir schlafen. Renis hat gesehen, dass du gut angekommen bist. Ihr könnt morgen reden.« Er führte sie um die Halle herum zu ihrem Haus. Am Feuer teilten sie ihr Abendessen und redeten lange. Irgendwann legte Sina sich müde auf das

Bett. Sie spürte, wie Hiram sie zudeckte. Gleich darauf fiel sie in einen tiefen Schlaf.

Als Renis sie weckte, war Hiram schon aufgestanden. Sina streckte eine Hand nach ihrer Tochter aus, die neben ihrem Bett saß.

»Willkommen daheim, Mutter«, sagte Renis leise und drückte sanft Sinas Hand.

»Es tut gut, wieder hier zu sein.«

»Ich bin froh, dass du heil zurückgekommen bist. Soll ich dir zu essen bringen, oder möchtest du in die Halle gehen?«

Sina lächelte. »Ihr verwöhnt mich! Lass uns hinübergehen. Aber soll ich dir nicht zuerst erzählen, was geschehen ist?«

»Balan hat uns gestern schon berichtet. Und Hiram wusste bereits vor eurer Rückkehr, dass Tolan nicht auf dich hören würde«, sagte Renis leise und senkte den Blick.

Sina seufzte und richtete sich auf. »Das stimmt. Dennoch war es wichtig, zu ihm zu reisen. Ich hätte mich sonst immer gefragt, ob ich ihn nicht doch hätte zur Vernunft bringen können.«

Renis nickte. »Und Mikka? Die Frau, die er gefunden hat?«

»Sie ist ihm treu. Sie teilt seine Hoffnungen. Und sie ist die Herrin dort. Hier wäre sie nur Teil einer Familie, unserer Familie.«

Renis zog die Augenbrauen hoch. »Ich verstehe.«

Während Sina sich wusch und anzog, erzählte Renis von einigen Belanglosigkeiten, die während ihrer Abwesenheit im Hochtal geschehen waren. Sina war dankbar, denn dadurch konnte sie ein wenig hinauszögern, worüber gesprochen werden musste.

Erst als ihre Frisur in Ordnung gebracht war und sie den Gürtel um ihren Umhang gelegt hatte, unterbrach Sina ihre Tochter. »Ich habe Arnu getroffen.«

Renis verstummte. Sie zog die Schultern hoch, als würde sie plötzlich frieren.

Sinas Magen verkrampfte sich, und sie spürte, wie die Wut in ihr hochkroch. »Ich war sehr zornig auf ihn, weil er Tolan nicht von dem Überfall abgehalten hat. Wenn ich ihn richtig verstanden habe, ist er Tolan gefolgt, weil er in seiner Schuld steht.«

»Das hätte er mir doch sagen können!«

Sina hörte die Erleichterung in der Stimme ihrer Tochter. »Ich weiß. Selbst wenn er sich geschämt hat, hätte er es dir sagen müssen. Auf irgendeine Weise.« Sina seufzte. »Als er mit mir über dich reden wollte, habe ich ihm nicht zugehört und ihn weggeschickt. Wahrscheinlich wollte er sich rechtfertigen, aber ich wollte seine Worte nicht hören. Das bereue ich jetzt. Du hättest wissen wollen, was er zu sagen hatte.«

Renis' Blick verfinsterte sich. »Wenn er mir etwas hätte sagen wollen, wäre ausreichend Gelegenheit dafür gewesen, als er noch hier war.« Sie stand auf und ging auf die Tür zu. »Danke, dass du es mir erzählt hast. Ich denke, ich weiß nun alles über Arnu, was ich wissen muss.« Einen Moment lang hielt sie inne, dann holte sie tief Luft und griff nach dem Türriegel. »Lass uns gehen. Heute wird nicht gearbeitet, und die Halle ist voll. Die Leute wollen hören, was du zu berichten hast.« Sie verließ den Raum, ohne sich nach ihrer Mutter umzusehen.

Sina setzte sich auf einen Hocker und schloss die Augen.

Göttin, schenk ihr Mut, ich bitte dich, und Zuversicht und die Gnade, Arnu mit der Zeit zu vergessen.

Dann ging sie in die Halle, um ihren Leuten zu sagen, dass Tolan nicht zurückkehren würde.

Einige Tage später fiel der erste Schnee im Hochtal. Die weiße Welt draußen würde sich nun lange nicht mehr verändern. Ab jetzt blieben viele Leute in ihren Häusern, alleine, wenn sie niemanden sehen wollten, oder sie besuchten einander, um an den Kochfeuern zu sitzen, zu arbeiten und zu plaudern. Die Bergleute würden wie auch im Sommer das Salz holen und hie und da zum See hinunterstapfen, wenn das Wetter es zuließ und der See nicht zugefroren war. Die Vorräte in den Häusern, die seit dem Sommer ins Hochtal getragen worden waren, würden nach und nach verspeist werden. Zuerst das eingepökelte Fleisch aus den nördlichen Ebenen, dann die Würste. Wenn die kälteste Zeit vorüber war, kurz vor dem Frühling, mussten die Menschen im Hochtal sich mit Linsen, Getreidebrei, Käse und Brot zufriedengeben. So würde dieser Winter vorübergehen wie unzählige Winter davor.

Zum letzten Vollmond vor dem Winterfest stiegen Sina und Hiram zum Stollen hinauf.

»Es ist lange her, seit du mich das letzte Mal begleitet hast.« Hiram lächelte ihr zu.

»Du hast recht. Es blieb nie Zeit.«

Den Rest des Weges gingen sie schweigend, Hand in Hand.

Am Eingang entzündete Hiram zwei Fackeln. Sina war nicht wie ihr Mann gern bei völliger Dunkelheit im Berg. Langsam gingen sie den dunklen Stollen entlang. Wie immer musste Sina an all die Menschen denken, die vor ihnen diesen Weg gegangen waren. Sie konnte wie die meisten Leute hier im Hochtal die Namen aller Bergherrinnen aufzählen, die vor ihr gewesen waren, bis zurück zur ersten, der die Göttin sich offenbart hatte. Trotzdem war irgendwann in Vergessenheit geraten, welche von ihnen die Botschaft erhalten hatte, an dieser Stelle im Berg nach Salz zu suchen. Außer diesem Eingang, hinter dem die Stollen sich verzweigten und in die großen Abbauhallen mündeten, kannte Sina nur einen weiteren, der nicht mehr instand gehalten wurde und sich langsam wieder schloss. Dort holte die Berggöttin sich zurück, was ihr gehörte. Sina griff sich an die Brust.

Erlaube uns noch eine Weile, hier zu arbeiten, Göttin, ich bitte dich.

Hiram blieb stehen. Sie hatten die Nische erreicht. Nebeneinander knieten sie auf dem feuchten Boden nieder und senkten die Köpfe. Nach einigen Atemzügen fing Hiram zu singen an. Sina summte mit, weil sie die Worte nicht gut kannte. Hirams Stimme war tief und weich. Er war ein geübter Sänger. Sina erinnerte sich daran, wo sie ihn zum ersten Mal singen gehört hatte. Beim Bergfest, einige Jahre bevor sie Bergherrin geworden war. Er hatte den Wettstreit nicht gewonnen, aber die Zuhörer hatten ihm dennoch zugejubelt, auch Sina. Er stammte vom See, in dem die Fraueninsel lag, deshalb hatte sie gewusst, wer er war, aber erst danach waren sie einander nähergekommen. Sina hörte ihm bis heute gerne zu, ganz gleich, ob er sang oder etwas erzählte. Sie dachte an Tolan und Renis, als sie noch klein waren und auf Hirams Schoß seinen Geschichten lauschten. Vielleicht würde Tolan sie an das Kind weitergeben, das Mikka trug.

Hirams Lied endete. »Göttin«, sagte er, »wir sind hier, um dir zu danken für das Gute, das in diesem Jahr geschehen ist, für das Salz, das du uns geschenkt hast, und für das Leben. Wir bitten dich, lass uns ertragen, was uns aufgebürdet wird, und einander helfen.«

»Wir bitten dich, Göttin«, sagte Sina. Sie entzündete ein kleines Licht und stellte es vor das Abbild der Göttin. Eine Weile würde es noch leuchten, wenn sie diesen Ort verlassen hätten.

Sie erhoben sich und gingen zum Ausgang. Draußen war es dunkel und kälter als im Berg.

Hiram legte seiner Frau den Arm um die Hüfte. »Komm, beeilen wir uns. Renis wird das Feuer in unserem Zimmer angezündet haben.«

»Langsam!«, lachte Sina. »Wir brechen uns alle Knochen, wenn wir den steilen Weg hinunterlaufen, als wären wir noch jung.«

Immer wieder rutschten sie aus und mussten sich gegenseitig stützen. Um Atem ringend kamen sie vor ihrem Haus an und stampften den Schnee von den Stiefeln. In ihrem Zimmer brannte tatsächlich ein kleines Feuer, und es war angenehm warm.

»Sieh nur, Hiram, sie hat uns Tee gebracht.«

»Wir können stolz sein auf unsere Tochter.« Er griff nach den Bechern und schenkte sie voll. »Auf eine Weise, die wir nicht verstehen können, müssten wir wohl auch auf unseren Sohn stolz sein.«

»Du hattest recht, was ihn angeht, und ich habe mich getäuscht. Meine Reise war sinnlos.«

»Nein, Sina, das war sie nicht. Renis hat dadurch etwas über Arnu erfahren, was sie vorher nicht wusste, und du hast Mikka kennengelernt. Wer weiß, ob wir je von ihr gehört hätten. Oder dem Kind.«

Sina sah ihn lange und liebevoll an. »Du bist klug, Hiram. Klüger als ich.«

Er lachte leise. »Ich bin nur älter. Ein alter Mann, während du noch jung bist.«

Sie stand auf und zog an seinem Arm.

Überrascht sah er sie an. Dann erhob auch er sich und umarmte sie.

Sein Geruch, so warm und vertraut. Sie drückte sich an ihn. »Es fühlt sich an, als wärst du noch jung genug«, sagte Sina und küsste ihn.

Am Tag vor dem Winterfest, als niemand im Hochtal mehr Gäste erwartete, erschallte das Horn. Renis stand ganz unten im Tal vor einem Haus, in dem ein paar junge Bergfrauen wohnten. Einer, die krank war, hatte sie Teekräuter gebracht. Sie beschloss, das letzte Stück hinunter zum Turm des Wächters zu gehen, um ihn zu fragen, wer seiner Meinung nach angekommen war.

»Wenn meine Augen mich nicht trügen, sind das Wennes Leute«, sagte er. »Vielleicht ist er es sogar selbst, der gerade aus dem Boot gestiegen ist. Sie haben Glück. Der See ist erst an wenigen Stellen zugefroren.«

Renis dankte ihm und stapfte durch den Schnee zum

Dorf hinauf, um ihrer Familie Bescheid zu geben und den Leuten, die heute für das Essen zuständig waren.

Es war tatsächlich Wenne, der einige Zeit später in Begleitung von zwei Männern und zwei Frauen an die Tür der Halle klopfte. Sina selbst öffnete und führte die Gäste zu den Bänken am Feuer, an dem Hiram und Renis warteten.

»Wenne, ich freue mich, dich zu sehen«, sagte Sina. »Aber was führt dich mitten im Winter so weit durch die Berge? Euer Weg muss sehr beschwerlich gewesen sein.«

Wenne nickte, setzte sich und nahm mit einem dankbaren Lächeln den dampfenden Becher entgegen, den Hiram ihm hinhielt. »Es war wirklich nicht leicht. Beinahe hätten wir es nicht geschafft. Der Göttin sei Dank, dass wir sicher bei euch angekommen sind.« Er trank ein paar Schlucke. Dann stand er wieder auf.

Sina sah ihn überrascht an. Sein Gesichtsausdruck war von einem Moment auf den anderen seltsam förmlich geworden. Sie verschränkte die Arme vor der Brust. »Sprich, Wenne.«

»Sina, Bergherrin, ich bitte dich für mich und meine Begleiter, nimm uns hier auf dem Salzberg auf. Wir kommen als Flüchtlinge und stellen uns unter deinen Schutz.«

»Bei der Göttin, was ist passiert?«, rief Renis, aber Hiram bedeutete ihr, zu warten.

Sina ging auf Wenne zu und legte ihm eine Hand auf die Brust. »Möge dir der Schutz der Göttin gewährt sein. Mein Schutz ist dir gewiss.« Sie sah ihm fest in die Augen.

Nach einer Weile lächelte er. Tränen liefen ihm übers Gesicht, die er hastig wegwischte.

»Trink von dem warmen Tee, Wenne, und dann erzähl uns, was geschehen ist.«

»Ach, Sina, die Welt verändert sich. Die Jungen fallen vom Glauben ab, und wir Alten bleiben zurück.« Es fiel ihm sichtlich schwer, weiterzusprechen, so wie es Renis schwerfiel, geduldig auf die nächsten Worte zu warten.

Wenne setzte sich. »Meine Söhne und Töchter sind mit Tolan ein Bündnis eingegangen, und mit Bohut. Sie haben den Bund mit euch aufgekündigt. Nächstes Jahr werden sie nicht zum Bergfest kommen. Ich konnte mich ihnen nicht entgegenstellen, aber ich konnte auch nicht bei ihnen bleiben. Deshalb habe ich meine Heimat und meine Familie verlassen.« Er seufzte. »Ihr müsst euch nicht bemühen. Ich werde euch nicht zur Last fallen. Ich habe genug, um für mich und meine Leute zu sorgen. Und wir können arbeiten, unter eurer Anleitung.«

Hiram hob die Hände. »Wenne, bitte denk nicht darüber nach. Ihr bleibt hier, solange ihr wollt, als unsere Gäste.«

»Ich danke dir. Wir werden sehen.«

»Sag mir, Wenne, welcher Art ist das Bündnis deiner Familie mit Tolan und Bohut?«, fragte Sina.

»Sie holen ihr Salz in Zukunft bei Tolan. Ebenso wie Bohut. Weil euer Sohn erst begonnen hat, das Salz zu fördern, und Verbündete braucht, hat er Bohuts Leuten und meiner Familie das Vorrecht eingeräumt, sich als Erste zu nehmen, was sie brauchen. Ich weiß nicht genau, was und wie viel sie ihm dafür geben, aber es war von Vieh die Rede, von Bernstein und von Eisen für die Pickel.«

»Eisen«, flüsterte Hiram entsetzt.

Wenne fuhr fort: »Zu diesem Bündnis gehört auch

Bohuts Versprechen, nicht in das Land meiner Familie einzufallen.«

Eine der Frauen, die neben Wenne saßen, lachte höhnisch auf.

Wenne nickte. »Bohut mag das ernst meinen, aber auf seine Söhne würde ich mich nicht verlassen.«

»Du traust Bohut mehr als seinen Söhnen?«, fragte Sina. »Seit Jahren müssen wir befürchten, dass er in unser Land eindringt.«

Wenne schüttelte den Kopf. »Bohut ist nicht mehr jung. Er ist vom alten Schlag, und er würde nie zulassen, dass dieser Ort durch seine Schuld besudelt wird, indem um das Salz gekämpft wird.«

»Bist du dir da sicher?«

»Ja, das bin ich. Ich habe ihn kennengelernt. Aber Bohut wird nicht ewig leben, und seine Söhne sehen die Dinge anders. Deshalb war es vorausschauend von Bohut, ihren Blick auf Tolans Berg zu lenken. Dort kaufen sie nun ihr Salz. Oder erkämpfen es sich irgendwann mit dem Schwert, was auf dasselbe hinausläuft.«

»Ich kann immer noch nicht verstehen, warum sie lieber für schlechtes Salz bei Tolan zahlen, anstatt es hier umsonst zu bekommen«, sagte Renis.

»Umsonst ist es nicht«, sagte Sina leise. »Es ist gebunden an die alten Regeln. Und ohne jede Möglichkeit, es selbst weiterzugeben. Dafür ist es zu wenig.«

»Deine Mutter hat recht, Renis. Wenn Tolan Erfolg hat, kann er Bohuts Leuten liefern, so viel er will. Solange sie ihm genug von dem geben, was er will.« Wenne schüttelte traurig den Kopf. »Nun wisst ihr, warum ich hierhergekommen bin.«

»Und du bist uns willkommen, das weißt du«, sagte Sina. »Jetzt lasst uns essen.«

Den Reisenden war ihre Müdigkeit anzusehen, deshalb führte Renis sie bald nach dem Essen zum Gästehaus. Draußen war es sternenklar und eiskalt. Im Schein der Fackel stapfte sie durch den knirschenden Schnee zu dem Haus, in dem Arnu so lange gewohnt hatte. Seither hatten nur wenige Besucher hier geschlafen, aber nun würde es für längere Zeit das Heim von Wenne und seinen Begleitern sein. Für diese erste Nacht hatten sie das Nötigste mitgebracht. Morgen würden sie den Großteil ihres Gepäcks aus dem Boot holen, mit dem sie über den See gekommen waren, und sich danach einzurichten beginnen.

Renis verabschiedete sich mit einer Umarmung von Wenne.

»Ich danke dir, mein Kind«, sagte er und wandte sich rasch ab.

Renis hatte die Tränen in seinen Augen gesehen. Wenne tat ihr leid. Sie hatte ihn schon immer gemocht. Trotz seiner Größe war er sanftmütig. Als sie noch klein war, hatte er immer ein freundliches Wort für sie und die anderen Kinder gehabt. Es musste schrecklich für ihn sein, auf diese Weise von seiner Familie getrennt zu werden. Nicht nur viele Tagesreisen lagen zwischen ihm und seinen Kindern und Enkelkindern. Renis konnte Wennes Schock mitfühlen, als er erkannt hatte, wie anders seine Familie über die Welt dachte. Und über diesen Ort hier.

Auf dem Weg zurück zur Halle blieb Renis kurz stehen und blickte sich um. Die vertrauten Berge hoben sich schwach vor dem dunklen Himmel ab, ebenso wie die Umrisse der Hausdächer rundherum. Bevor sie in die Wärme der Halle eintauchte, atmete sie tief durch. Morgen war das Winterfest. Trotz allem war das ein Grund zur Freude.

Am nächsten Morgen saß Sina mit ihrer Familie und ihren Gästen bei einem schnellen Mahl erneut in der Halle. In Kürze würde das Fest beginnen, und letzte Vorbereitungen mussten noch getroffen werden.

»Renis, bleib noch bei mir«, rief Sina ihrer Tochter zu, als die anderen bereits die Halle verließen. Sina wartete, bis sie alleine waren, bevor sie weitersprach. »Komm, setz dich. Wir haben noch ein wenig Zeit.« Sie lächelte ihre Tochter an.

Renis verzog den Mund zu einem Lächeln, aber es erreichte ihre Augen nicht.

Sina wünschte sich an den Kleinen Salzberg zurück, um Arnu ihre Wut darüber, wie sehr er ihre Tochter verletzt hatte, ins Gesicht zu schleudern. Wenigstens ist kein Kind entstanden, dachte sie. Dann hätte sie ihn niemals vergessen können. So aber bestand Hoffnung, immerhin war Renis sehr jung.

»Was willst du mir sagen, Mutter?«

»Tut mir leid, meine Gedanken sind abgeschweift. Renis, hör mir zu.« Sie holte tief Luft und sprach schnell weiter. »Arnu war ein hübscher Mann, mit dem du zweifellos eine schöne Zeit hattest. Eine sehr schöne«, fügte sie hinzu, als sie Renis' Blick sah. »Bitte versteh mich nicht falsch. Es ist keine Schande, sich in ihn verliebt zu haben! Und deshalb musst du dich auch nicht schämen, wenn du traurig bist, weil er gegangen ist. Aber es zerreißt mir das Herz, wie sehr es dich trifft, als hättest du alle Freude in deinem Leben verloren. Bitte, Renis, ich will dich ermutigen, das Fest zu nutzen, um dich umzusehen. Im Tal leben viele junge Männer, und sie werden heute alle dabei sein. Such dir einen aus, der dir gefällt, und sei es nur für eine Nacht.« Sina hielt den Atem an.

Doch ihre Tochter begann leise zu lachen. »Ich werde darüber nachdenken, versprochen.«

Sina war erleichtert. »Lach mich ruhig aus! Ich mache mir nur Sorgen um dich.«

»Ich lache dich nicht aus«, sagte Renis und drückte ihrer Mutter einen Kuss auf die Wange. »Wirklich, Sina, ich denke darüber nach. Um ehrlich zu sein, habe ich sogar schon darüber nachgedacht. Aber wenn ich bis heute Abend jemanden gefunden haben will, muss ich jetzt hinausgehen.« Sie zwinkerte ihrer Mutter zu und lief aus der Halle.

Sina blieb noch eine Weile auf ihrem Stuhl sitzen, ehe sie sich erhob, um ihren Mann zu suchen.

Der Festtag verlief so, wie Renis es erwartet hatte. Dick in Wollumhänge gepackte Kinder rannten aufgeregt und laut kreischend herum und tanzten um das große Feuer, das auf dem Platz neben dem Turm des Wächters brannte.

Lieder wurden gesungen, und ständig kreisten Becher mit warmem Met. Renis sah Wenne von einer Gruppe zur nächsten spazieren. Wahrscheinlich erzählte er seine Geschichte ein ums andere Mal. Immer wieder umarmten ihn die Menschen. Renis lächelte. Er war bereits Teil ihrer Gemeinschaft.

Als es zu dämmern begann, sprach Hiram ein Gebet an die Göttin und den Geist des Winters. Danach machten er und Sina sich Hand in Hand auf den Weg zurück zur Halle. Nach und nach folgten ihnen vor allem die Älteren, die sich auf das bevorstehende Festmahl freuten und nicht mehr draußen frieren wollten. Renis war nicht kalt, schon gar nicht in der Nähe des Feuers, das noch lange brennen würde.

»Renis, trink noch einen Becher mit uns«, rief eine Frau und winkte. Sie stand in einer Gruppe junger Männer und Frauen, die sichtlich vorhatten, noch länger hier draußen zu bleiben.

Renis ging zu ihnen, obwohl sie wenig Lust dazu verspürte. Aber sie wollte nicht unhöflich sein, und mit einigen der Frauen war sie seit Langem befreundet. Eine Weile plauderte sie mit ihnen, doch je schneller die Becher sich leerten, desto derber wurden die Scherze, und deshalb verabschiedete Renis sich, als es dunkel war. Alleine stieg sie langsam das Tal hinauf. Überall am Wegesrand steckten Fackeln im Schnee, damit niemand in dieser Nacht sich auf dem Weg nach oben ins Dorf verirrte.

Renis schmunzelte, als sie an das Gespräch dachte, das ihre Mutter heute Morgen mit ihr geführt hatte. Vielleicht hätte sie sich einen von den jungen Männern am Feuer auswählen und ihn fragen sollen, ob er heute in ihr Bett kommen wolle. Aber keiner hatte ihr gut genug gefallen. Sie hatte jeden Einzelnen mit Arnu verglichen. Wie lange das wohl so bleiben würde? In der nächsten Zeit, im tiefen Winter, würde sie ohnehin selten einem neuen Gesicht begegnen. Und wenn der Winter vorbei war, würde der Gedanke an Arnu hoffentlich nicht mehr schmerzen. Es war jetzt schon nicht mehr ganz so schlimm wie im Herbst, als ihre Mutter von Tolans Berg zurückgekehrt war. Während sie ging, spürte Renis, wie ein wenig Zuversicht zurückkehrte.

Irgendwann werde ich wieder glücklich sein.

13. Kapitel

ARNU STAND AM Ufer des Baches, der durch die kleine Siedlung floss. Das Wasser gurgelte an den Stellen, wo es von großen Steinen aufgehalten wurde, ehe es sich einen anderen Weg suchte und schnell weiterlief. Geschwindigkeit war wichtig an diesem Ort, den Arnu mit jedem Tag widerwärtiger fand. Sein Freund trieb die Arbeiter gnadenlos an, um das Salz schneller und noch schneller zu fördern. Alle waren erschöpft und missmutig, doch Tolan war zudem großspurig und misstrauisch geworden. Hinter Unfällen vermutete er böswillige Absichten, und den Abgesandten seiner Verbündeten traute er nicht.

Arnu trat einen Stein vom Bachbett ins Wasser und verzog den Mund. Er entstammte einer reichen und mächtigen Familie und wusste allzu gut, was notwendig war, um reich und mächtig zu bleiben. Nicht umsonst hatte er im letzten Jahr seine Heimat verlassen und war seinem Freund bereitwillig in den Norden gefolgt. Er hatte das alles hinter sich lassen wollen, die Intrigen, den ewigen Kampf, die Ungerechtigkeiten.

Und nun musste er zusehen, was Tolan hier tat. Er baute eine Welt auf, die der seiner Heimat im Süden sehr ähnlich war. Und er hatte ihm sogar noch dabei geholfen! Die Menschen, die für Tolan das Salz aus dem Berg holten, waren zwar nicht unfrei wie die Arbeiter in seinem Heimatland, aber trotzdem konnten sie nicht frei entscheiden. Sie besaßen nichts von alldem hier, kein Land, keine Häuser. Nicht einmal die Werkzeuge, die sie verwendeten, gehörten ihnen. Schon gar nicht gehörte ihnen das Salz. Doch wenn sie hierbleiben wollten, hatten sie keine Wahl.

Arnu stieß einen weiteren Stein in den Bach. Er hatte keine Lust mehr, sich das Elend anzusehen. Er musste eine Entscheidung fällen, das war ihm seit Langem klar. Im Grunde war sie längst gefallen, irgendwann in diesem grauenerregenden Winter, der kälter und trister gewesen war, als er es sich je vorgestellt hatte. Nun war der Winter fast vorbei, doch bisher hatte er nicht genug Mut gehabt, um sich Tolan zu stellen und ihm zu sagen, was er vorhatte.

Er wollte diesen Ort verlassen, so schnell er konnte. Dieser Tag war so gut wie jeder andere, um es endlich laut auszusprechen.

Arnu wandte sich vom Bach ab und ging rasch durch die Siedlung auf Tolans Haus zu. Es war noch früh am Tag. Tolan hatte seine tägliche Runde durch Bergwerk und Siedlung bestimmt noch nicht begonnen.

Arnu öffnete die Tür und trat in den dunklen Raum. Mikka war gerade dabei, die Fensterläden zu öffnen. Im hereindringenden Tageslicht war ihr runder Bauch gut zu erkennen.

»Arnu. Was willst du?« Es war Mikkas Art, so zu sprechen, das hatte Arnu gelernt. Die Menschen hier waren nicht unfreundlich, aber auch nicht besonders herzlich.

»Ich muss mit Tolan reden«, begann Arnu.

In diesem Moment ging die Tür hinter ihm auf und sein Freund stapfte herein. Sein Hund lief auf Arnu zu und leckte ihm die Hand.

»Ah, Arnu. Was gibt's?«, murmelte Tolan. Er pfiff den Hund zu sich.

Arnu zog die Augenbrauen hoch. »Ich bin gekommen, um dir zu sagen, dass ich heute aufbrechen werde. Ich werde deinen Berg verlassen und nicht zurückkehren. Mögen die Götter dir gnädig sein und deine Wünsche erfüllen.«

Tolan starrte ihn ungläubig an. »Was hast du vor?« Er schien nicht zu begreifen, was er gehört hatte.

»Ich gehe, Tolan.«

Der ungläubige Ausdruck auf Tolans Gesicht verschwand und machte Zorn Platz. »Du willst mich im Stich lassen, jetzt, wo wir jederzeit mit einem Angriff rechnen müssen?« Drohend trat er einen Schritt auf Arnu zu.

»Den Angriff bildest du dir ein«, entgegnete Arnu ruhig. »Warum vertraust du Balek nicht mehr? Er hat keinen Grund, dich anzugreifen! Du kannst deinen Teil der Vereinbarung einhalten. Es ist genug Salz da.«

»Woher willst du das wissen?«, fragte Tolan höhnisch. »Du hast überhaupt keine Ahnung, was hier passiert. Ich kann mich nicht erinnern, wann du dich das letzte Mal für die Arbeit interessiert hast.«

Arnu zuckte mit den Schultern. »Ich habe Augen im Kopf, und ich sehe, was rund um mich vorgeht. Aber es ist, wie du sagst. Es ist mir gleichgültig, wie viel Salz du aus dem Berg holst. Es geht mich nichts an.«

»Warum bist du dann noch hier?«, schrie Tolan.

Arnu runzelte die Stirn. »Weil du mich gezwungen hast«, sagte er langsam und leise. Dann ging er Richtung Tür. »Ich bin dir gefolgt, weil ich in deiner Schuld stand. Doch diese Schuld ist längst getilgt. Und nun ist es Zeit, heimzukehren.« Arnu wollte gehen, aber Tolan hielt ihn an der Schulter fest und zwang ihn, sich umzudrehen. Unwillkürlich spähte Arnu nach einem Messer, doch Tolan war unbewaffnet.

»Ich weiß, wohin du wirklich willst«, flüsterte Tolan, »und ich werde es nicht zulassen.«

Arnu riss sich los. »Willst du deine Männer auf mich hetzen? Ich glaube, sie sind dir zu kostbar. Du wirst nicht riskieren, einen von ihnen zu verlieren, nur um mich hierzubehalten. Wenn du dich so sehr vor Balek fürchtest, kannst du jeden Mann brauchen.«

Tolan trat einen Schritt zurück. »Du warst einmal mein Freund«, murmelte er, und nun klang er traurig.

»Ich könnte immer noch dein Freund sein, wenn du dich nicht so verändert hättest«, sagte Arnu. »Du wirst alleine zurechtkommen, da bin ich sicher.« Er nickte Mikka zu und verließ das Haus.

Renis' Hand, in der sie das Licht hielt, zitterte. Es war noch früh im Jahr und kalt, besonders wenn der Wind durch das Hochtal fegte. Sie ging ein paar Schritte in den Stollen hinein. Schlagartig wurde es wärmer. Kurz zögerte sie. Hiram wusste nicht, dass sie hier war, auch Sina nicht. Nur Ran hatte vielleicht eine Ahnung, wohin sie gegangen war.

Diesen Winter hatte Renis mehr Zeit mit ihrer Großmutter verbracht als je zuvor. Kein Tag war vergangen, an dem sie nicht wenigstens für kurze Zeit neben dem Webstuhl gesessen und mit Ran geplaudert hatte. Während der Wandbehang auf dem Webstuhl gewachsen war, hatte Ran wieder und wieder die alten Geschichten erzählt und Renis Lieder beigebracht, die sie selbst seit ihrer Kindheit kannte. Manchmal hatte Sina sich zu ihnen gesellt. Auch sie hatte im Winter weniger Pflichten, in dieser Zeit, in der alles langsamer ging als sonst.

Gestern hatte Ran ihre Enkelin gefragt, wie es um ihr Herz und ihre Gedanken zu Arnu stand. Die Frage hatte Renis völlig unvorbereitet getroffen. Sie war stumm mit ein paar Fäden in der Hand dagesessen und hatte ihre Großmutter angestarrt.

»Mein Kind«, hatte Ran gesagt, ohne den Blick von ihrer Arbeit zu heben, »mir scheint, eine Entscheidung ist nötig. Du weißt selbst am besten, wen du fragen kannst, wenn du dir nicht sicher bist, was du tun sollst.«

Deshalb stand Renis nun am Eingang zum Bergwerk. Sie gab sich einen Ruck. Sie war hier, um sich Rat zu holen.

Mit dem flackernden Licht in der Hand sprach sie das Gebet, dann ging sie rasch den Stollen entlang nach unten. Anfangs war es völlig still, aber je weiter sie in den Stollen vordrang, umso deutlicher hörte sie die dumpfen Schläge der Bergleute. Heute war ein Arbeitstag. Vielleicht würde sie auf die Männer und Frauen treffen, die immer wieder mit Salzblöcken beladen den langen Weg nach oben steigen mussten. Doch es begegnete ihr niemand, auch nicht beim Eingang zur Abbauhalle. Renis ging daran vorbei, tiefer nach unten in den Berg hinein. Ihr Ziel lag ein Stück weiter. Sie musste gut achtgeben, um den Eingang in die kleine Kammer nicht zu übersehen, eine schmale Lücke zwischen den mächtigen Stämmen, mit denen die Stollendecke gestützt wurde. Dahinter lag ein kleiner Raum. Vor langer Zeit hatte jemand gehofft, hier gutes Salz zu finden, dann jedoch aufgegeben. Niemand hatte sich um diesen Raum gekümmert, aber seltsamerweise war er vom Berg nicht mehr verschlossen worden. Als Renis klein war, hatte Hiram sie oft hierher mitgenommen.

»Vielleicht hat die Göttin uns in ihrem Innersten einen Platz geben wollen, an dem wir ihr ganz nah sein können. Alle Bewohner des Tales sind hier willkommen, und ganz besonders du, Tochter.«

Sie hatte Hirams Worte nie vergessen, und doch war sie in den letzten Jahren selten hier gewesen. Aber heute war es der richtige Ort.

Renis legte das Licht auf den kalten Boden und breitete die Decke aus, die sie mitgebracht hatte. Sie setzte sich hin, atmete tief ein und begann zu singen. Es war kein richtiges Lied. Aus ihrem Mund kamen Töne, die sich manchmal zu Worten formten.

Lange Zeit sang sie, bis sie das Gefühl hatte, nicht mehr sitzen zu können. Langsam ließ sie sich zur Seite fallen und rollte sich auf der Decke ein. Immer noch drangen Klänge aus ihr und füllten den kleinen Raum.

Ihr Geist tastete umher. Sie fühlte den Berg, der sie auf allen Seiten umgab. Sie sah sich liegen wie ein Insekt in einem Stück Bernstein, mitten im Fels, im dem das Salz floss. Drüben arbeiteten die Menschen emsig, um es herauszuholen.

Renis' Geist hob sich empor, verließ den Berg und blickte sich um. In alle Richtungen rann das Salz. Wie glitzernde Bäche verbanden die Salzspuren die Täler, Berge und Ebenen. Sie brachten Leben zu den Menschen, die geboren wurden und starben, aber das Salz floss weiter.

Mit einem Schlag war Renis zurück in der Kammer. Sie nahm ein Pochen wahr, langsam und rhythmisch. Bist du das, Göttin? Ist das dein Herz?

Schlaf, Kind.

Als sie erwachte, war es völlig dunkel. Obwohl sie schon lange hier liegen musste, war ihr nicht kalt. Langsam richtete sie sich auf. Ihr Atem klang laut in der Stille, die sie umgab.

Renis lächelte. Sie hatte sich nie gefürchtet im Berg. Sie kannte viele Bergleute, die jeden Tag froh waren, wenn sie endlich wieder den freien Himmel über sich sahen. Wenige fühlten sich wirklich wohl unter der Erde. Sie gehörte zu diesen Wenigen, wie auch ihr Vater. Er nannte den Berg manchmal »den Leib der Göttin«.

Dann sind wir ihre Kinder, dachte Renis und tastete nach ihrem Gürtel. Das Stückchen Glut, das sie im Horn mitgebracht hatte, war noch heiß. Vielleicht konnte sie ein Licht anzünden. Wenn nicht, würde sie den Weg hinaus auch in der Dunkelheit finden. Aber nach einer Weile flackerte eine kleine Flamme auf.

Renis stand auf. Ein leichter Schwindel erfasste sie. Einige Atemzüge später war er verflogen, und sie konnte sich nach der Decke bücken. Bevor sie die Kammer verließ, blickte sie sich um und murmelte ein kurzes Dankgebet. Sie fühlte, wie sie beobachtet wurde. Jemand wartete auf ihre Entscheidung. Einen Rat hatte sie bekommen, aber sie alleine musste entscheiden, was sie als Nächstes tat.

»Gut, ich werde gehen«, flüsterte sie.

Ein Windhauch zog an ihr vorbei wie ein Seufzer. Die kleine Flamme in ihrer Hand zuckte. Es war Zeit, den Berg zu verlassen.

Draußen begann gerade der Tag. Es war grau und dunstig. Die Nebelfetzen stiegen vom See auf und verhüllten die gegenüberliegenden Berge. In der Luft lag ein Geruch, der Wärme versprach. Der Winter zog sich langsam zurück.

14. Kapitel

»Du hast alles ausgeführt, worum ich dich gebeten habe?«, fragte Hiram leise.

»Natürlich, Vater. Und ich habe mit niemandem gesprochen. Außer mit den Männern in den Booten. Das konnte ich nicht vermeiden. Aber ich glaube ihnen, wenn sie mir sagen, dass niemand sie gesehen hat. Sie reden ohnehin nicht viel.«

Hiram nickte. »Du hast recht.« Er sah auf den See hinunter. »Sie sind verschwiegen, man kann sich auf sie verlassen.« Er wandte sich ihr zu. »Warst du bei Ran, um dich zu verabschieden?«

»Nein, noch nicht. Ich gehe gleich zu ihr. Danach reiten wir los. Es ist noch sehr früh, und wir schaffen es gewiss bis zum Haus von Balans Cousin.«

»Dann lass dich hier umarmen, Kind. Ich bin sicher, die Göttin begleitet dich.« Hiram zog Renis an sich. Er drückte sie kräftig, dann schob er sie von sich. »Beeil dich, die Tage sind noch kurz.«

Renis nickte stumm und ging. Ihre Kehle war eng. Tat sie das Richtige? Ihre Familie zu verlassen, und sei es auch nur für einige Tage, um einen Mann zu treffen, der sie vielleicht gar nicht sehen wollte? Aber nun war es zu spät, um ihre Pläne zu ändern. Entschlossen bog sie vom Weg ab und schlängelte sich zwischen den Gebäuden durch zur Werkstatt ihrer Großmutter.

Ran saß nicht an ihrem Webstuhl. Sie wartete vor dem Eingang. Als sie ihre Enkeltochter kommen sah, breitete sie die Arme aus.

Renis lief die letzten Schritte und fiel Ran um den Hals. Nun flossen doch die Tränen.

»Gut, gut, meine Kleine«, tröstete Ran sie leise. »Es ist gut, dass du gehst. Und du wirst bald zurückkommen, ich bin sicher.«

»Ich habe keine Angst vor der Reise«, sagte Renis und putzte sich die Nase.

»Ich weiß. Aber nur wenn du gehst, werden die Dinge klar werden. Das war auch bei Sina so. Mach dich auf den Weg, Balan wartet schon auf dich.«

Renis lächelte ihrer Großmutter zu und hob die Hand zum Abschied. Schnell lief sie durch das Dorf, vorbei an der Halle und weiter den Weg hinauf. Von Sina hatte sie sich bereits heute früh verabschiedet, als es noch dunkel gewesen war. Es gab nichts mehr zu tun. Sie musste aufbrechen.

Oberhalb des Dorfes stand Balan mit zwei Pferden. Er hatte sie erst gestern von einem der Höfe am Nordufer des Sees geholt. Er nickte ihr zu und reichte ihr die Zügel. »Das Wetter wird halten«, brummte er.

»Zum Glück hat es endlich zu regnen aufgehört.« Renis schwang sich auf ihr Pferd. Sie war keine sehr geübte Reiterin. Hier im Hochtal war es die Mühe meist nicht wert. Sie reiste ohnehin selten, und wenn, dann an Orte, wohin man mit dem Boot schneller gelangte. Aber sie wusste, dass Balan ein ruhiges Tier für sie ausgesucht hatte.

Der Weg führte weiter ins Hochtal hinauf, vorbei am Festplatz und am Stolleneingang, zum Fuß des mächtigen Felsens, der am Ende des Tals aufragte. Hoch oben bog der Weg ab und verlief durch dichte Wälder.

Sie waren noch nicht lange unterwegs, als ein ohrenbetäubender Knall die Stille zerriss. Beide Pferde zuckten erschrocken zusammen. Balans Tier bäumte sich auf, und er hatte Mühe, sich auf seinem Rücken zu halten. Renis zog die Zügel fest an, aber ihr Pferd schoss trotzdem wie von Sinnen weiter in den Wald hinein.

»Renis!«, schrie Balan irgendwo hinter ihr.

Endlich gelang es ihr, das ängstliche Pferd zu bändigen. Zitternd sprang sie von seinem Rücken und legte ihm beruhigend die Hand auf die Nase. Da, wieder ein Knall, gefolgt von einem seltsamen Rauschen.

Ihr Begleiter kam auf sie zu. »Was ist das, Balan?«, schrie sie und hielt ihr Pferd mit all ihrer Kraft fest.

Auch er war abgestiegen und führte sein nervös tänzelndes Pferd am Zügel. Sein Gesicht war grau vor Schreck. »Der Berg«, sagte er mit heiserer Stimme.

Renis sah ihn entsetzt an. »Was meinst du?«

»Er kommt herunter. Es ist schon einmal passiert. Vielleicht auch öfter. Kennst du nicht die Geschichten der Alten?« Balan blickte sich gehetzt um. »Lass uns weiterreiten, Renis!«

»Was? Wohin?« Einen Moment lang war Renis völlig verwirrt. Dann fiel ihr ein, was sie vorgehabt hatten. Sie holte tief Luft und ging ein paar Schritte auf Balan zu. »Wenn du recht hast, sollten wir zurückreiten! Und selbst wenn du nicht recht hast, müssen wir uns vergewissern, dass alle unten im Tal Bescheid wissen.«

»Aber Renis! Der Knall war so laut! Bestimmt haben sie ihn gehört und wissen, was er bedeutet!«

»Und was, wenn nicht?«, schrie Renis ihn an. »Was ist los mit dir? Wenn es so ist, wie die Alten erzählen, dann bleibt noch Zeit!« Ohne auf eine Antwort zu warten, führte sie ihr Pferd zu einem umgefallenen Baumstamm und kletterte auf seinen Rücken. »Mach, was du willst, Balan. Ich reite zurück und warne die Bergherrin«, schrie sie zornig.

»Die Bergherrin«, murmelte Balan und starrte auf den Boden. Dann schüttelte er ein paarmal den Kopf. »Natürlich.« Er sprang auf den Rücken seines Pferdes und trabte hinter Renis her zurück zum Weg.

Kurz darauf hatten sie den Wald hinter sich gelassen. Auf den ersten Blick sah alles unverändert aus. Langsam ritten sie das Tal hinunter, als würden sie dem Boden unter den Füßen ihrer Pferde nicht trauen. Immer wieder wanderten ihre Blicke besorgt über die Berghänge, die sie umgaben.

Sie hatten den Stolleneingang fast erreicht, da schrie Balan auf. Er hob den Arm und deutete auf den Berggipfel, der ihnen am nächsten lag. Von weiter oben war es schwer zu erkennen gewesen, aber nun sahen sie es ganz deutlich. An der Seite der Bergwand war ein Stück abgebrochen. An seiner Stelle leuchtete der darunterliegende Fels frisch und unberührt in der Sonne.

Als hätte jemand eine Scheibe von einem alten Käse abgeschnitten, dachte Renis entsetzt. Ein riesiges Waldstück hatte den Aufprall des Felsens gebremst und vorerst verhindert, dass er ins Tal stürzte.

»Es wird nicht halten«, flüsterte sie. Das Gewicht des

Felsens würde den ganzen Hang langsam und unerbittlich ins Tal schieben. Nun war sie es, die sich vor Schreck nicht rühren konnte. Wie durch einen Schleier hörte sie Balan rufen. In ihren Ohren rauschte es laut. Konnte auch er das hören?

Irgendwann griff Balan nach den Zügeln und zog ihr Pferd hinter sich her.

Der Erste, den sie im Dorf trafen, war Hiram. Balan rief ihm schon von Weitem zu, was sie gesehen hatten. Hiram schien nicht erschrocken, sondern nickte traurig. Während er seiner Tochter vom Pferd half, befahl er Balan, Sina zu holen.

Dann packte er Renis bei den Schultern und sah ihr fest in die Augen. »Wir wissen alle, was das bedeutet. Und nun weißt du auch, warum ich dich gebeten habe, die Lager am Ostufer zu füllen.«

»Du hast es kommen sehen?«, presste Renis hervor. Das musste ein Albtraum sein!

»Ja. Aber die Göttin hat mir die Zeit geschenkt, uns vorzubereiten. Renis!« Er schüttelte sie heftig. »Ich brauche dich jetzt! Sina braucht dich! Wir müssen alle füreinander da sein!«

»Natürlich, Vater«, stotterte Renis.

Sina kam aus der Halle gerannt. »Hiram!«, schrie sie. »Wie viel Zeit bleibt uns?«

»Ein Tag. Vielleicht zwei«, rief er ihr entgegen. Er wartete, bis sie näher gekommen war. »Wir müssen die Leute in Gruppen einteilen und jeder einen Anführer geben.«

Sina nickte, während sie ständig das Tal hinaufblickte. »Natürlich«, murmelte sie. »Balan soll die Alten fortbringen. Das muss als Erstes geschehen.«

»Ran«, rief Renis und spürte, wie ihre Sinne zurückkehrten. »Mutter, die Lager am Ostufer sind voll. Ich erkläre es dir später.«

Sina sah sie mit gerunzelter Stirn an und nickte dann knapp. »Gut, dass die meisten Tiere noch nicht zurückgekommen sind.« Sie drehte sich um und winkte Balan heran. »Hör mir gut zu. Du musst dir gut merken, was ich dir sage. Ich will, dass du Kal suchst. Er soll den Schmied in die Halle holen und eine Handvoll Frauen aus den großen Häusern, danach Wenne aus dem Gästehaus und zwei Leute von den Häusern unten im Dorf. Wenn du ihm das mitgeteilt hast, gehst du zu Ran und sagst ihr, sie soll einpacken, was sie nicht entbehren kann. Und ein paar ihrer schönsten Stoffe. Wir werden sie brauchen. Sie soll alles auf die Schwelle ihres Hauses legen und dann zum Turm hinuntergehen, um dort auf dich zu warten. Das sagst du auch den anderen Alten, jedem Einzelnen im ganzen Dorf. Anschließend hilfst du ihnen, damit sie schneller sind. Wenn alle am Turm versammelt sind, bringst du sie nach unten zum See und mit dem Boot ans Ostufer. Danach kehrst du zurück und holst diejenigen ab, die dann am Steg auf dich warten. Du musst auf dem Rückweg sein, bevor die Sonne am höchsten steht! Jetzt gehst du zuerst zu Kal, dann zu Ran. Verstanden, Balan?«

»Ja, Herrin!«, keuchte er und lief los.

»Sina, ich muss Enuti und die anderen Bergleute holen«, sagte Hiram.

Sina riss entsetzt die Augen auf und sah zu den Bergen hoch. Dann fasste sie sich und nickte. »Beeil dich!«

Hiram eilte los.

Renis schluckte. Jetzt war keine Zeit zum Weinen. »Was möchtest du, dass ich tue, Mutter?«

»Geh in unser Haus. Nimm Kleider und Stiefel. Und die Winterumhänge. Wenn du Zeit hast, pack meinen Schmuck ein, er ist wertvoll. Mach es wie Ran, leg alles auf die Schwelle. Dann komm in die Halle. Lauf!«

Auf dem Weg zum Haus begegneten Renis die ersten Leute, die zur Halle hinaufgerannt waren. Aufgeregt riefen sie ihr hinterher, aber sie achtete nicht auf sie. Sina musste ihnen alles erklären. Sie hatte genug damit zu tun, ihre eigene Angst zu unterdrücken.

Mit ungeschickt zitternden Händen öffnete sie die Haustür und stürmte in das Zimmer ihrer Eltern. Sie warf einen der Umhänge, die an den Haken hingen, auf den Boden und stapelte wahllos Kleidungsstücke darauf.

Stiefel, ich darf die Stiefel nicht vergessen.

Immer wieder sah sie aus dem Fenster, als würde sie erwarten, dass der Berg auf sie herabfiel. Nachdem das erste Bündel fertiggeknotet war, nahm sie ein dünnes Kopftuch ihrer Mutter und breitete es auf dem Bett aus. Aus einer Nische in der Wand holte sie die kleine Kiste, in der Sina den Schmuck verwahrte. Sie schüttete den Inhalt auf das Tuch. Bernsteinketten und Metallschließen verteilten sich über dem Stoff. Der Bernstein war leicht, aber er brauchte viel Platz. Rasch legte sie sich die Ketten eine nach der anderen um den Hals und stopfte sie unter ihr Hemd. Den Rest verknotete sie zu einem kleinen Bündel, das sie mit in ihr Zimmer nahm. Auch dort packte sie Kleidung und Schuhe ein, warf das kleine Bündel und ihren eigenen Schmuck dazu. In Enutis Zimmer fand sie eine kurze Axt und zwei Messer, die sie samt ihren Scheiden in einen von seinen Stiefeln steckte. Dann warf sie die drei großen Bündel vor die Haustür und lief zur Halle zurück.

Die großen Tore standen sperrangelweit offen. Niemand kümmerte sich darum, dass die Kälte eindrang. Ein Schluchzer drang aus ihrer Kehle. Würde die Halle zerstört werden? Da kam ihr Wenne mit tränenüberströmtem Gesicht entgegengelaufen.

»Wenne!«, rief sie. »Wir schaffen es mit der Hilfe der Göttin! Du musst deine Leute holen!«

»Ich weiß«, schluchzte er, »ich weiß.« Dann lief er weiter.

Renis stürmte in die Halle. Vorne warteten ein paar Leute. Sina stand oben auf dem Podest und rief die Leute einzeln zu sich. Jedem zählte sie genau auf, um wen er sich kümmern musste. Es durfte niemand vergessen werden. Heute noch mussten alle aus dem Hochtal hinunter zum See.

»Nehmt nur mit, was ihr selbst tragen könnt, und auch das nur, wenn ihr euch nicht um Kinder oder Tiere kümmern müsst. Alles andere legt auf die Schwelle. Wenn Zeit bleibt, bringen die Bergleute nach unten, so viel sie schaffen. Nun geht mit dem Segen der Göttin.«

Die Halle leerte sich rasch.

Renis lief zu ihrer Mutter, die ihr Gesicht mit den Händen bedeckt hatte. »Mutter«, sagte sie leise, »hab keine Angst.«

Sina ließ die Hände sinken und nickte. »Geh ins Backhaus und hole Brot, so viel du tragen kannst. Wenn du dein Bündel hast, gehst du damit hinunter zum See. Du bleibst keinen Augenblick länger als nötig hier oben.«

»Aber ich helfe dir!«, rief Renis, ließ sich jedoch zum Hinterausgang schieben.

»Du gehst jetzt! Sie brauchen unten jemanden, der ihnen sagt, was sie tun sollen.«

»Da ist Wenne! Und Balan, auf den hören alle!«

Sina packte Renis an den Schultern und blickte sie fest an. Es war genau wie vorhin mit Hiram. »Renis, meine Tochter, ich flehe dich an, nein, ich befehle dir als Bergherrin, dass du gehst, und zwar schnell. Ich kann mich nur dann um die Menschen hier kümmern, wenn ich weiß, dass du in Sicherheit bist.« Ihre Finger krallten sich in Renis' Schultern. »Bitte widersprich mir nicht«, fügte sie leise hinzu.

Renis schluckte. »Ich verspreche es. Was wirst du jetzt tun?«

Sina ließ sie los und lächelte schief. »Ich gehe ins Vorratshaus und packe die Würste ein. Solange Enuti und Hiram nicht da sind, mache ich mich nicht auf den Weg nach unten. Und jetzt lauf!«

Mit einem dicken Packen voller dunkler Brote, die lange halten würden, marschierte Renis das Tal hinunter. Überall waren aufgeregte Menschen. Aus einer Schürze, die sie im Backhaus rasch umgebunden hatte, verteilte sie im Vorbeigehen kleine Keksstücke an Kinder, denen man befohlen hatte, vor den Häusern zu warten. Renis ermahnte sie, auf ihre Eltern zu hören und sich nicht von der Stelle zu bewegen. Am liebsten hätte sie alle gleich mitgenommen, aber es würde nur Aufregung verursachen, wenn die Leute ihre Kinder suchten.

Göttin, schenke uns die Zeit, die wir brauchen.

Beim Turm des Wächters war niemand. Balan war also bereits mit den Alten auf dem Weg nach unten. Renis beschleunigte ihre Schritte und lief rasch den steilen Weg hinab. Vielleicht konnte sie Ran noch einholen. Und tatsächlich, kurz bevor der Weg endete, sah sie die alten Männer und Frauen, die hinter Balan her auf das Seeufer zustrebten.

»Mimma!«, schrie Renis.

Ihre Großmutter blieb stehen, während die anderen zu Balan ins Boot stiegen. »Renis! Fährst du mit uns?«

Renis warf ihr Bündel von den Schultern und umarmte Ran. »Nein, Sina hat gesagt, ich soll hierbleiben. Nimm etwas Brot mit. Die Lager drüben sind voll, aber Brot gibt es nicht.« Sie drückte Ran zwei Laibe in die Hand und warf den Leuten im Boot zwei weitere zu.

»Wir müssen fahren, Renis!«, sagte Balan.

Sie sah zu, wie Ran an Bord kletterte und sich hinhockte. »Seid vorsichtig!«, rief Renis, als Balan das Boot vom Ufer abstieß. »Sei vorsichtig, Ran«, flüsterte sie.

Das Boot wurde auf der riesigen Wasserfläche des Sees rasch immer kleiner. Obwohl der Wind kalt blies, war heute ein schöner Tag. Die Sonne schien und brachte das Wasser zum Glitzern.

Konnte es wahr sein, dass oben im Tal eine Katastrophe bevorstand, oder hatten sie und Balan sich alles nur eingebildet?

Wir sind verrückt! Gar nichts wird geschehen. Ich gehe zurück!

Sie verließ das Ufer und lief Richtung Steilhang.

Dort stand eine junge Frau mit einem kleinen Kind auf dem Arm und einem weiteren, das ihre Hand hielt. »Es hat begonnen, Renis«, sagte sie mit belegter Stimme. »Der Hang rutscht. Nicht besonders schnell. Aber nur die Göttin weiß, ob das so bleibt.«

»Hiram …«, keuchte Renis.

»Enuti habe ich gesehen. Wo Hiram ist, weiß ich nicht.« Sie sah sich um. »Die anderen Familien waren dicht hinter mir. Was sollen wir tun, Renis?« Die junge Frau blickte sie abwartend an.

Am liebsten hätte Renis sie angeschrien, sie solle sich irgendwo auf ihren Hintern setzen und sie in Ruhe lassen, aber sie konnte sich beherrschen. Sie schaute zum Ufer. Ein Boot lag vertäut im Wasser. Die anderen waren noch in den Schuppen. Es war zu gefährlich, sie herauszuholen, ohne zu überprüfen, in welchem Zustand sie nach dem langen Winter waren.

»Geh zum Ufer, zum Boot. Ich schicke die anderen zu euch. Kannst du paddeln?«

»Natürlich, jeder kann paddeln. Hilf mir, die Kleine in ihr Tuch zu binden, dann habe ich beide Hände frei. Den Großen muss jemand festhalten.«

Als sie fertig waren, kamen die Nächsten vom Hang herunter. Renis schickte zwei weitere Frauen mit ihren Kindern zum Boot und dann zwei junge Männer, denen sie einschärfte, gut auf die Kinder zu achten und nicht abzulegen, bevor das Boot voll besetzt war. »Wer von euch kommt danach zurück?«

Der Kräftigere hob die Hand, und sie nickte zufrieden.

Immer mehr Menschen gelangten vom Hochtal ans Ufer. Bald fuhr das Boot los.

Wenne kam zu Renis und schaute auf den See hinaus. »Wir brauchen mehr Boote«, sagte er.

»Ich weiß. Aber die meisten sind noch eingewintert. Ich wage es nicht, sie herauszuholen. Wenn eines sinkt …«

»Du hast recht, das ist zu gefährlich. Am Nordufer liegen weitere Boote.«

»Überall am See sind Boote. Aber Wenne, sie sind zu weit weg. Woher sollen die Menschen dort wissen, dass wir sie dringend brauchen?«

Ohne ein Wort stapfte er in Richtung der Bootshäuser davon. Renis blieb nicht viel Zeit, sich zu fragen, was er vorhatte. Ein paar Leute kamen auf sie zu und beschwerten sich, weil kein Boot da war, um sie über den See zu bringen. Eine Weile sprach Renis freundlich auf sie ein, aber als das Jammern nicht aufhörte, verlor sie die Geduld.

»Es bleibt euch nichts anderes übrig, als zu warten! Im Namen der Bergherrin, reißt euch zusammen!«

Das wirkte, und es wurde wieder still.

Langsam füllte sich das Ufer. Renis verteilte Brot, bis ihr Packen leer war. Warum kam Balan nicht zurück? Dann machte sie sich klar, dass sie sich erst vor Kurzem von Ran verabschiedet hatte. Immer wieder blickte sie nach oben. Was würde geschehen? Und wo waren Sina und Hiram?

»Seht, da ist Wenne, auf dem See!«, rief jemand.

Renis wirbelte herum. Ein kleiner Kahn, der nur Platz für einen einzigen Menschen bot, schwankte im Wasser. Mit kräftigen Bewegungen stieß Wenne ihn vorwärts, auf die Mitte des Sees zu. Gebannt sahen ihm die Menschen vom Ufer aus zu. Wollte er sich alleine ans andere Ufer retten? Oder sich ins Wasser stürzen, als Opfer an den Seegeist? Erst als er zu paddeln aufhörte und mit etwas zu hantieren begann, wurde ihr klar, was er vorhatte. Gleich darauf hatte Wenne die Fackel entzündet und schwenkte sie langsam vor und zurück, vor und zurück, ohne Unterlass.

»Er versucht, ein Signal zu geben«, murmelte Renis. Göttin, hilf uns!

Balan kam zurück, nahm ein paar Kinder und ihre Familien in sein Boot und machte sich wieder auf den Weg. Kurz darauf legte der junge Mann mit dem zweiten Boot am Steg an. Er war völlig erschöpft und musste abgelöst werden. Renis dankte ihm, weil er bereit war, wie alle anderen hier zu warten, bis er an die Reihe kam.

Endlich tauchten einige von den Männern und Frauen auf, die heute im Berg gearbeitet hatten. Sie waren schwer beladen mit dem Gepäck, das die Bewohner oben im Tal vor ihren Häusern abgelegt hatten.

Renis verbot allen, nach ihren Sachen zu suchen. »Erst wenn alle am Ostufer in Sicherheit sind, holen wir das Gepäck«, sagte sie mit fester Stimme und bat zwei Frauen, die Bündel zu bewachen.

Immer wieder begann jemand zu weinen und musste getröstet werden. Einer der Bergmänner fing zu singen an und ging zwischen den Wartenden hindurch, um sie zum Mitsingen zu bewegen. Eine Weile half das, um alle ein wenig abzulenken, aber bald breitete sich erneut ängstliches Flüstern aus.

Renis ging am Ufer auf und ab. Sie sprach leise Gebete an die Göttin, den Seegeist, die kleineren Geister oben im Tal und hier unten. Sie bat um Hilfe, um Geduld und darum, dass die Zeit reichen möge. Dass jemand an den anderen Ufern Wennes Signal wahrnahm. Unermüdlich schwenkte er seine Fackel. Die Flamme war nun deutlicher zu sehen, denn die Dämmerung hatte eingesetzt. Renis schluckte. Wenn es erst dunkel war, würde die Angst nur schwer zurückzuhalten sein.

Oh Sina, warum kommst du nicht?

Wieder kehrte das Boot zurück, das die jungen Männer steuerten. Wieder wechselten sie sich ab, um schneller zu sein. Auch Balans Boot fuhr heran, aber diesmal saß ein anderer Mann darin. Kaum hatten sie abgelegt, ertönte ein eigenartiges dumpfes Krachen hoch oben im Tal. Die Menschen schrien auf und zogen unwillkürlich die Köpfe ein. Ein Junge lief in den See, bevor ihn jemand aufhalten konnte. Renis schrie ihm nach, er solle sofort zurückkommen. Einen Moment lang fürchtete sie, er würde nicht gehorchen, aber als ihm das eiskalte Wasser bis zum Bauch stand, kehrte er schlotternd um.

Das Furcht einflößende Geräusch hatte ebenso schnell aufgehört, wie es begonnen hatte.

»Wir müssen hier weg, Renis«, rief Kal. »Mit den Booten dauert es zu lange. Wir haben zu wenige.«

Er hatte recht. Sie dachte schon die ganze Zeit über einen Ausweg nach. Eigentlich hatte sie auf Sina warten wollen … »Wir können ein Stück am Ufer entlang nach Süden gehen. Es ist eng dort, und die Boote können nicht gut anlegen. Aber vielleicht ist es dort sicherer, wenn …«, sie sprach es nicht aus.

»Tut, was Renis sagt!«, rief Kal und entzündete eine Fackel. »Wer kann, soll eines der Bündel tragen! Irgendeines. Wir brauchen Fackeln, damit die Ruderer uns sehen können! Soll ich vorangehen, Renis?«

Sie nickte ihm zu. Jemand reichte ihr eine Fackel. Sie steckte sie zwischen zwei Steine und wartete, bis alle sich hinter Kal eingereiht hatten und losmarschiert waren.

»Kommst du nicht mit?«, rief ein junges Mädchen.

»Ich komme nach, sobald Sina und Hiram hier sind!«

Wieder war sie alleine am Ufer. Erst jetzt merkte sie, wie sehr sie zitterte. Ihr ganzer Körper war kalt. Sie spürte, dass sie Hunger hatte, aber die Vorstellung, sich etwas in den Mund zu stecken und zu kauen, verursachte ihr Übelkeit. Jetzt, wo niemand mehr hier war, hatte sie nichts mehr zu tun. Sie setzte sich auf die Steine und schloss die Augen.

Göttin, warum tust du uns das an? Womit haben wir dich verärgert? Bin ich schuld? Weil ich Hiram den Gehorsam verweigert habe? Oder Tolan, weil er dich nie so geehrt hat, wie es sein sollte? Sind es Bohuts Söhne oder Wennes Familie oder wir alle zusammen, die dich so erzürnt haben? Oh Göttin, hilf mir.

Sogar im Sitzen wurde Renis mit geschlossenen Augen schwindelig. Sie schaute deshalb auf den dunklen See hinaus und stand dann auf. Lange ging sie vor der Fackel auf und ab. Es dauerte eine Weile, bis sie die Bewegung draußen auf dem Wasser wahrnahm. Da war etwas auf dem See, in der Nähe von Wennes Kahn! Der Wind trug Stimmen zu ihr her. Jetzt konnte sie neben Wennes Fackel noch mehr Lichter sehen. Da waren tatsächlich Boote!

Renis klatschte in die Hände, schrie vor Freude auf und winkte, hörte aber schnell wieder auf. Die Boote mussten weiter nach Süden, nicht hierher zu ihr! Wenne schien mit den Leuten dort draußen gesprochen zu haben. Vermutlich hatte er gesehen, wohin die Talbewohner gegangen waren. Denn die Lichter entfernten sich nun von ihm und zogen draußen auf dem See an Renis vorüber. Erleichtert griff sie nach ihrer Fackel und zog sie zwischen den Steinen heraus. Von hier konnte sie nicht sehen, wie groß die Boote waren. Sie musste außerdem wissen, wer ihnen zu Hilfe eilte, und durfte nicht länger auf Sina warten.

Renis erreichte die Gruppe um Kal, kurz nachdem eines der fremden Boote angelegt, ein paar der Leute aufgenommen und wieder abgelegt hatte.

Kal lief auf sie zu. »Es sind die Leute vom Nordufer! Sie haben Wennes Signal gesehen! Kannst du das glauben?«, rief er aufgeregt. »Sie haben ihre besten Ruderer und drei Boote geschickt, aber davor haben sie das Signal weitergegeben. Vielleicht kommen noch mehr!«

»Der Göttin sei Dank!«, stieß Renis hervor. »Da ist das nächste Boot. Steig ein, Kal, ich bleibe hier.«

Immer noch standen viel zu viele Menschen am Ufer, aber wenigstens waren keine kleinen Kinder mehr darunter. Die Nacht war zu kalt, um sie draußen zu verbringen.

»Zündet ein paar Feuer an, so gut es geht«, sagte Renis. Sie wanderte selbst mit ihrer Fackel herum, um Feuerholz zu suchen, doch immer wieder kehrte sie ans Wasser zurück und spähte in die Dunkelheit. Wennes Fackel bewegte sich weiterhin. Und drüben am Ostufer glitzerten zahlreiche Lichter. Wenigstens war Ran in Sicherheit.

Da war es wieder! Das dumpfe Grollen und Rauschen klang in der Dunkelheit noch unheimlicher. Was geschah dort oben? Renis musste erneut dem Drang widerstehen, hinauf ins Tal zu laufen, um es mit eigenen Augen zu sehen. Und um ihre Eltern zu suchen. Aber sie blieb wie angewurzelt stehen und starrte hinauf, obwohl sie rein gar nichts erkennen konnte.

Das nächste Boot kam und gleich darauf ein weiteres. Renis versuchte, in der Dunkelheit zu zählen, wie viele Leute noch hier waren. Doch sie wurde abgelenkt von einem Geräusch. Jemand rief nach ihr! Sie griff nach einer Fackel und rannte den schmalen Weg am Ufer zurück. Ein Stück vor ihr erkannte sie zwei Gestalten. Mutter? War der andere Hiram? Renis lief weiter, rutschte aus, stürzte aber nicht. Endlich fiel der Schein ihrer Fackel auf die beiden Gesichter. Es waren Sina und Enuti, der sie stützte.

»Wo ist Hiram?«, stieß Renis hervor.

»Wir haben ihn nicht gefunden«, sagte Enuti mit heiserer Stimme.

Sina brach zusammen.

Die Morgendämmerung begann bereits, als Renis mit ihrer Mutter und ihrem Onkel in das letzte Boot stieg. Sie hatten es geschafft. Es hatte die ganze Nacht gedauert, aber alle Bewohner des Hochtals waren in Sicherheit. Niemand war zurückgeblieben. Außer Hiram …

Renis hielt sich an dem Brett fest, auf dem sie saß, und starrte auf das dunkle Wasser hinaus. Das Boot schwankte nur leicht, aber ihr war trotzdem übel. Neben ihr lag Sina. Sie war noch nicht wieder zu sich gekommen.

Enuti hatte nicht viel gesagt, während sie Sina zu den anderen getragen hatten. »Ich bin ganz gewiss als Letzter aus dem Berg. Hiram hat die Bergleute hinausgeführt. Danach war er verschwunden.«

Verschwunden. War er entgegen Enutis Überzeugung doch zurück in den Berg gegangen? Das Bild von ihrem Vater, eingeschlossen in den Stollen, ohne Möglichkeit, nach draußen zu gelangen, ließ Renis aufschluchzen.

Göttin, sperre ihn nicht ein, ich flehe dich an.

Sie musste husten. Jemand drückte ihr einen Schlauch in die Hand. Dankbar nahm sie einen Schluck.

Endlich legte das Boot am Ostufer an. Männer und Frauen, Alte und Junge standen dort und sahen zu, wie ihre Bergherrin nach oben zu den Lagern getragen wurde. Renis stapfte mit hängendem Kopf hinterher, ohne genau zu sehen, wohin sie ging. Sie würde sich nicht mehr lange auf den Beinen halten können. Eine Hütte tauchte vor ihr auf, die Tür wurde geöffnet. Drinnen brannte ein kleines Feuer, und da war Ran, die sich nun um Sina kümmerte. Eine andere alte Frau nahm Renis' Hand und zog sie weiter ins Innere zu einem Lager mit Decken. Renis legte sich hin.

Sie fiel in Finsternis. Mal war sie am Grund des Sees, dann wieder im Inneren des Berges. Immer war es kalt und furchterregend, und sie war eingesperrt. Manchmal hörte sie eine Stimme, die sagte, sie solle keine Angst haben, aber meist war da nur ein seltsames Rauschen.

Sie fuhr hoch.

»Trink, Renis, und dann versuch, noch ein wenig zu schlafen«, sagte die alte Frau.

Gehorsam legte sie sich wieder hin. Diesmal waren ihre Träume nur wirr, aber nicht Angst einflößend.

Am nächsten Morgen schien die Sonne.

Spottet sie über uns, fragte sich Sina und warf einen Stein ins Wasser. Seit einiger Zeit saß sie hier und starrte über den See. Von hier war nicht viel zu erkennen, aber sie wusste, was dort drüben geschah. Das ganze Hochtal war in Bewegung. Sie hatte es gestern unter ihren Füßen gespürt, während sie durch das Dorf gelaufen war und nach Hiram geschrien hatte, bis Enuti ihr ins Gesicht geschlagen und sie den ganzen Weg nach unten zum See gezerrt hatte.

Sie war ihm dankbar dafür, und gleichzeitig hasste sie ihn. Wie hatte er aufgeben können, nach ihrem Mann zu suchen? Er wird schon bei Renis sein, hatte Enuti immer wieder gesagt. Doch Sina hatte gewusst, dass das nicht stimmte. Er war noch irgendwo dort oben, vielleicht bewusstlos oder verletzt, und niemand kam ihm zu Hilfe. Sie stöhnte.

Göttin, warum?

Langsam stand sie auf. Ihr ganzer Körper schmerzte. Sie fühlte sich plötzlich alt. Erst jetzt sah sie, dass sie längst nicht mehr alleine war. Lauter müde Gesichter umgaben sie, und alle starrten wie sie über den See.

Einer der Bergmänner trat zu ihr. »Herrin, es ist alles still dort oben. Vielleicht haben wir uns geirrt.«

Sina lächelte traurig. »Nein, wir haben uns nicht geirrt«, rief sie laut, damit alle sie hören konnten. »Der Berg schiebt. Wir müssen abwarten, bis wir sicher sein können, dass es vorbei ist. Es hat noch nicht einmal begonnen.«

»Woher willst du das wissen, Sina?«

Bevor sie antworten konnte, erhob sich ein alter Mann und rief mit dröhnender Stimme: »Weil sie weiß, dass so etwas schon oft geschehen ist, ihr Dummköpfe! Habt ihr nie zugehört, wenn euch die Alten davon erzählt haben?« Drohend blickte er in die Menge.

Niemand wagte, etwas zu sagen.

Sina bemühte sich zu lächeln. »Wir sind alle erschöpft, und genau weiß niemand, was kommen wird. Aber hier kann uns nichts geschehen, das ist das Wichtigste.«

Kaum hatte sie gesprochen, ertönte ein Krachen. Große Staubwolken erhoben sich über dem Hochtal.

»Jetzt hat es begonnen, Sina«, knurrte der alte Mann und setzte sich hin.

Alle starrten gebannt über den See. Dort drüben lag gut sichtbar das Hochtal. Jedes einzelne Gebäude war zu erkennen, vom Eingang des Stollens ganz oben bis zum Turm des Wächters ganz unten. Einen Moment war alles wie immer, doch dann wackelten die Bäume der kleinen Waldstücke oberhalb des Dorfes, als würde jemand an ihren Wurzeln rütteln. Kurz darauf gerieten sie in Bewegung, gruppenweise, und schienen über das Tal zu schwimmen, bevor sie umfielen und verschluckt wurden. Es sah aus, als würden sie unter Wasser gezogen, doch es war kein Wasser, das dort oben floss, sondern der Boden, auf dem sie gestern noch gegangen waren. Eine unfassbare Kraft musste am Werk sein. Immer wieder stoben Staubwolken hoch, und dumpfes Grollen dröhnte über den See zu ihnen herüber. Langsam schob diese Kraft sich durch das Tal. Im strahlenden Sonnenlicht sahen alle, wie sich plötzlich das Dach der Halle neigte. Die Menschen schrien auf. Dann war es verschwunden, von einem Moment auf den anderen. Und mit ihm die ganze Halle.

Sina griff sich an die Kehle. Sie konnte nicht atmen. Renis neben ihr legte ihr den Arm um die Hüfte und drückte sich eng an sie. Vielleicht sollte ich nicht hinsehen, dachte Sina, konnte den Blick aber nicht abwenden von dem Wahnsinn, der auf der anderen Seite des Sees geschah.

Warum hältst du ihn nicht auf, Göttin, warum nicht?

Der Berg rutschte unerbittlich und mit grausamer Langsamkeit in die Tiefe. So lange, bis sich vor den Augen der entsetzten Menschen der Turm des Wächters über die Kante des Steilhangs schob. Wie ein Spielzeug überschlug er sich einige Male, löste sich in einzelne Holzbalken auf, bis seine Reste am Fuß des Hangs liegen blieben, genau an der Stelle, an der Renis erst gestern der jungen Frau geholfen hatte, ihr kleines Kind in das Tuch zu binden.

Dem Turm folgten im Laufe des Tages noch andere Gebäude. Außerdem ein Gemisch aus Geröll, Felsen, abgeknickten Baumstämmen, Holzbalken und Erde.

Wie ein Brei, der im Topf übergeht, dachte Sina. Sie konnte nicht begreifen, was sie dort sah. Auf den Gesichtern der Umstehenden spiegelte sich ihr eigenes Entsetzen. Und alle sahen sehr erschöpft aus.

Irgendwann stand Enuti neben ihr. Erst als es dunkel wurde und nichts mehr zu erkennen war, dachte jemand daran, ein Feuer zu entzünden und sich um Essen zu kümmern.

Von Hiram fehlte weiterhin jede Spur.

»Die Leute vom Nordufer werden die Nachricht im ganzen Land verbreitet haben«, sagte Enuti. »Jetzt müssen wir Pläne machen, Sina. Es ist noch früh im Jahr, aber wir müssen die Zeit gut nutzen.«

Sina schüttelte den Kopf. »Ich mache keine Pläne ohne Hiram.«

Renis und Enuti warfen einander einen Blick zu. Es war schon spät in der Nacht, und das Gespräch drehte sich im Kreis. In der Hütte brannte ein kleines Feuer. Es war kalt und ungemütlich.

Kein Wunder, dachte Renis. Es ist ein Lager, kein Haus. Wir müssen erst eines bauen. »Wir sollten uns schlafen legen«, murmelte sie halbherzig. Sie war erschöpft wie alle anderen, aber wenn der Schlaf so wenig erholsam war wie in der letzten Nacht, konnte sie ebenso gut wach bleiben.

Vielleicht falle ich irgendwann einfach um, das wäre eine Erlösung.

Ein kalter Windstoß fegte in die Hütte. Jemand hatte die Tür aufgestoßen. Wenne duckte sich unter dem niedrigen Eingang durch. Und eine weitere Gestalt hinter ihm.

»Vater!«, schrie Renis und stürzte auf Hiram zu.

Er sah schrecklich aus. Sein Gesicht war verschmiert, seine Kleidung steif vor Nässe und Schmutz, und um den Kopf hatte er ein Tuch gewickelt, das feucht glänzte.

»Bist du verletzt?«, rief Renis aufgebracht.

Sina war ebenfalls aufgesprungen und half ihm auf eine der Decken. »Lass mich die Wunde ansehen«, sagte sie leise. »Was ist geschehen?«

Renis bemerkte, wie ihre Mutter zitterte.

»Ich weiß es nicht genau«, presste Hiram hervor. »Irgendetwas hat mich am Kopf getroffen, auf dem Weg nach unten. Ich bin erst aufgewacht, als es völlig dunkel war. Alles war in Bewegung, die Erde hat sich aufgebäumt … Es war so laut …« Erschöpft verstummte er.

»Quäl dich nicht, du kannst es uns später erzählen«, sagte Sina mit sanfter Stimme und griff nach dem Tuch auf seinem Kopf.

Aber Hiram wehrte sie ab und sah sie mit einem seltsamen Blick an. »Lass«, flüsterte er.

Sina ließ langsam die Hand sinken. Dann nickte sie, schloss die Augen und nahm seine Hand.

»Warum tust du nichts, Mutter?«, stieß Renis hervor. Sie hatte eine Schale mit Wasser gefüllt und hielt sie ihrer Mutter hin, doch Sina beachtete sie nicht.

»Renis, komm her«, flüsterte Hiram und versuchte sich aufzurichten, aber Sina drückte ihn sanft zurück auf die Decke.

»Es ist Zeit für mich, zu gehen.«

Renis hörte, wie Wenne zu schluchzen begann. Wovon sprach ihr Vater? Er war doch hier, hatte es alleine zu ihnen geschafft, obwohl er verletzt war! Sie kniete neben ihm nieder und legte ihre Hand auf seine Brust. »Was meinst du, Vater?«, flüsterte sie tonlos und spürte, wie Tränen in ihre Augen stiegen.

Hiram sah sie liebevoll an.

Sie schloss die Augen. Die Tränen liefen über ihr Gesicht. »Warum straft uns die Göttin so, Vater? Warum straft sie dich?«

»Es ist keine Strafe, Renis«, sagte Hiram mit schwacher Stimme und lächelte.

»Was soll es sonst sein?«, rief Renis verzweifelt und krallte ihre Finger in seinen Umhang.

»Die Göttin war hier und hat uns geholfen, es zu überstehen. Sie hat mich gewarnt. Ist das nicht ein Zeichen ihrer Liebe?«

Renis schrie auf. »Ein Zeichen ihrer Liebe wäre es gewesen, wenn es nicht geschehen wäre!«, schluchzte sie.

»Nein, mein Kind. Nicht einmal unsere Göttin kann alles verhindern.«

Renis starrte ihn an. »Es ist nicht ihr Werk?«, fragte sie leise.

»Ich weiß nicht, wessen Werk es ist. Ich weiß nur, dass unsere Göttin uns geholfen hat.« Er stöhnte auf.

»Vater!«, rief Renis.

»Du musst mir versprechen, die Göttin zu ehren, Renis. Versprich es mir!« Seine Augen strahlten plötzlich eine Kraft aus, die Renis erschreckte.

»Ja natürlich, Vater, ich verspreche es.«

Hiram zitterte einmal heftig, dann war es vorbei.

Sina und Renis wachten schweigend in der Hütte, während Enuti und Wenne die ganze Nacht über Bäume fällten. Es war verrückt, das in der Dunkelheit zu tun, aber beide Männer wollten lieber bis zur Erschöpfung arbeiten und riskieren, dabei von einem Baum erschlagen zu werden, als einen Moment länger still zu sitzen. Laut hallten die Schläge ihrer Äxte durch die Finsternis.

Als der Morgen graute, nahmen ihnen ein paar junge Männer und Frauen die Werkzeuge ab und fingen an, die Stämme zu zerkleinern. Enuti und Wenne sahen ihnen zu, unfähig, zurück zum Lager zu gehen.

Ran kam zu Sina und Renis in die Hütte und setzte sich zu ihnen. Nach und nach traten die Leute ein und verabschiedeten sich von Hiram. Manche brachten etwas zu essen für Sina und Renis, aber die beiden rührten sich nicht.

Irgendwann geschah, worauf Renis gehofft hatte. Sie schwankte und konnte nicht mehr aus eigener Kraft aufstehen. Ein Bergmann trug sie in Rans Hütte.

Während sie schlief, traf ein Boot vom Nordufer ein. Einige Männer kamen ins Lager und boten ihre Hilfe an. Balan empfing sie dankbar. Er berichtete ihnen, was mit Hiram geschehen war, und bat einen von ihnen, mit dem Boot trockenes Holz zu holen. Balan hatte Enutis und Wennes Axthiebe die ganze Nacht über gehört. Sie würden das Holz bald brauchen, aber für Hirams Scheiterhaufen konnten sie es nicht verwenden.

Balan entschied, die Männer vom Nordufer zu fragen, ob sie ihm helfen würden, in einiger Entfernung vom See einen Bauplatz für ein Haus herzurichten. Er ging mit ihnen ein Stück landeinwärts und deutete, ohne lange nachzudenken, auf eine Stelle. Es fiel ihm sonst nichts ein, womit er sie hätte beschäftigen können, solange er nicht wusste, was Sina entschied. Und Sina saß in diesem Moment in einer kleinen Hütte und hielt die Hand ihres toten Mannes.

Balan hockte sich auf einen Stein, legte den Kopf in seine Hände und weinte. Als er sich wieder beruhigt hatte, ging er zurück zum Lager.

15. Kapitel

Es regnete, als Arnu im Lager am Ostufer eintraf. Er spürte noch den Schock über den Anblick, der sich ihm oben im Hochtal geboten hatte. Es hatte lange gedauert, bis er sich einen Weg an den dicht bewaldeten Hängen entlang nach unten gebahnt und das Ufer erreicht hatte. Ohne es zu wissen, hatte er sich von dort auf dem gleichen Weg rund um den See gekämpft, den Hiram vor ein paar Tagen genommen hatte.

Nur wenige Menschen waren zu sehen. Auf den Steinen ganz nahe am Wasser bemerkte er die Überreste eines Scheiterhaufens. Seine Kehle wurde eng, und er spürte, wie seine Knie zu zittern begannen. Wenn Renis etwas passiert war …

Auf der Suche nach einem bekannten Gesicht ging er auf die Hütten zu. Ein dicker älterer Mann saß vor einem der Eingänge. Er war beim Bergfest gewesen. Arnu hatte seinen Namen vergessen. Der Mann sah hoch, als er auf ihn zukam. Er schien Arnu sofort zu erkennen, denn er sprang auf, lief auf ihn zu und packte ihn am Arm. Arnu wollte sich wehren, aber der Mann lächelte ihn schief an. Ohne ein Wort zu sagen, zerrte er ihn zu einer anderen Hütte, öffnete die Tür und stieß ihn hinein.

Drinnen stand Renis. Sie hielt eine Schale in der Hand. Als sie Arnu erkannte, fiel die Schale mit einem dumpfen Knall auf den Holzboden und zerbrach. Renis bewegte sich nicht, und sie sagte auch nichts. Ihr Gesicht war grau, tiefe Schatten lagen unter ihren Augen, und ihre Lippen waren fest aufeinandergepresst. Wie traurig sie aussah!

Arnu ließ sein Bündel fallen, ging auf sie zu und nahm sie sanft in die Arme. Sie stieß ihn nicht weg. Sie stand einfach da, mit hängenden Armen, und ließ sich festhalten. Ihr Körper fühlte sich kalt an. Nach einer Weile wickelte er eine Seite seines Umhangs um sie und zog sie fester an sich. Wenn er sie nur besser wärmen könnte!

Da spürte er, wie sich ihre Arme um seine Hüften legten.

Später, nachdem er Sina, Enuti und Ran begrüßt hatte, die ihn alle willkommen geheißen hatten, führte Renis ihn zum Ufer. Dort erzählte sie anfangs stockend, doch dann immer deutlicher von den Ereignissen, die erst vor wenigen Tagen begonnen hatten, obwohl es sich wie ein ganzes Jahr anfühlte. Arnu konnte nicht fassen, dass es gelungen war, all die Bewohner sicher aus dem Tal zu führen, bevor das Unglück geschehen war.

»Hiram hat die Botschaft der Göttin ernst genommen. Er hat mir heimlich Aufträge gegeben. Ein paar verschwiegene Männer sind mit Essen, Decken, Werkzeugen und auch ein wenig Salz hierhergepaddelt.« Renis lächelte traurig. »Ich hatte mir viele verschiedene Gründe ausgemalt, warum er das wollte. Aber niemals hätte ich mir vorstellen können, was dann geschehen ist. Er hat uns alle gerettet! Nur sich selbst konnte er nicht retten.«

Arnu nickte. »Wenn du an diesem Tag nicht losgeritten wärst …«, begann er.

Renis zuckte mit den Schultern. »Vielleicht hätten wir es trotzdem rechtzeitig bemerkt.«

Er drückte ihre Hand. »Vielleicht aber auch nicht. Und für mich macht es einen Unterschied«, fügte er leise hinzu. Er würde sie nicht fragen, ob sie noch einmal versucht hätte, zu ihm zu reisen. Nach dem Unglück. »Wo ist Hirams Grab?«, fragte er stattdessen leise.

Ein Schatten huschte über ihr Gesicht. Sie deutete auf den See. »Wir haben seine Asche verstreut. So hat er es gewollt, das wussten wir.« Renis sah ihn an. »Ich habe dir alles erzählt, was geschehen ist, seit du fortgegangen bist. Jetzt bist du an der Reihe.«

Er nickte und begann.

Als er fertig war, stand er auf und zog sie hoch. »Kannst du mir verzeihen, obwohl ich so dumm und feige war?«, fragte er.

Ohne ein Wort drückte sie ihm einen Kuss auf die Lippen. Dann lächelte sie, zum ersten Mal. »Ich habe deinen Anhänger nicht mehr.«

»Hast du ihn verloren?«

»Nicht ganz.«

»Ich mache dir einen Neuen.« Er küsste sie und schmiegte sich an sie. »Oder zwei.« Noch ein Kuss. »Oder drei.«

Sie lächelte und löste sich von ihm. »Ja, mach schöne Dinge für uns, Arnu aus dem Süden. Niemand sonst wird dafür Zeit haben in diesem Jahr. Es müssen Häuser gebaut werden für den nächsten Winter.«

»Ich kann helfen«, sagte Arnu und runzelte die Stirn. »Ich kann auch eine Axt halten, weißt du.«

»Das wirst du auch müssen.« Sie sah ihn ernst an. »Wenn du bleiben willst.«

Diesen Moment hatte er sich so oft erträumt in all der Zeit in Tolans Dorf und auf der Reise hierher. Geschah es wieder nur in seinen Gedanken?

Nein, sie stand wirklich vor ihm mit vom Wind geröteten Wangen, auf denen ein paar Haarsträhnen klebten, und sah ihn abwartend an.

Er holte tief Luft. »Ich bleibe, solange du mich haben willst.«

Die Verwüstung war vollkommen. Das Dorf mit all seinen Gebäuden war nicht nur zerstört, es war verschwunden. Es sah aus, als hätte jemand das ganze Tal mit dickem Brei befüllt, ohne ihn glatt zu streichen. Nicht ein einziges Dach war zu sehen. Auch den Eingang zum Stollen gab es nicht mehr. Niemand konnte sagen, wie weit hinein ins Innere das Bergwerk verschüttet worden war. Überall ragten Baumstämme und riesige Felsbrocken aus der Erde. Keiner wagte, sich lange an dieser Stelle aufzuhalten, aus Angst, alles könnte wieder ins Rutschen geraten und sie begraben.

Nur der Friedhof war unberührt geblieben. Dort hatten sich die Leute versammelt. Viele weinten. Die Kinder drückten sich an ihre Eltern und konnten nicht begreifen, was sie sahen. Einige von den Alten waren gar nicht mitgekommen. Ran hatte gesagt, sie wolle ihre Heimat so in Erinnerung behalten, wie sie vor dem Unglück gewesen war. Ihr reichten die Schilderungen von Enuti, Balan und der Gruppe von jungen Männern und Frauen, die sich als Erste ins Hochtal gewagt hatten, um zu sehen, was noch übrig war. Sina hatte ihnen das viele Tage lang nicht erlaubt, weil keiner wusste, ob es wirklich vorbei war. Aber nun waren der Berg und das Hochtal seit einiger Zeit zur Ruhe gekommen.

Jetzt hatten sie sich eingefunden, um Abschied zu nehmen. Für viele von ihnen würde es kein Abschied für immer sein, doch einige wollten nie wieder zurückkehren.

Sina winkte Enuti zu. Er sollte die Leute auf dem Weg zurück ins Lager anführen. Es hatte keinen Sinn, länger zu bleiben. Sie schaute zu Renis und Arnu, die Hand in Hand zwischen den Gräbern standen. Trotz ihrer Trauer musste sie lächeln.

Wie gut, dass ich mich in ihm getäuscht habe, dachte sie und folgte ihren Leuten.

Arnu hielt Renis fest umschlungen und ließ sie weinen. »Wir errichten neue Häuser, Renis, und graben neue Stollen, du wirst sehen«, versuchte er sie zu trösten.

Renis wischte sich die Tränen ab. »Aber wir haben kein Salz mehr! Es kann Jahre dauern, bis wir alles wiederaufgebaut haben! Und bis dahin wollen die Menschen vielleicht nur noch Tolans Salz!« Sie schluchzte laut und blickte über seine Schulter zum Berg hinauf. »Die Göttin hat uns verlassen. Und die Menschen haben die Göttin verlassen.«

»Das stimmt nicht, Renis!« Arnu packte sie an den Schultern. »Jetzt holen sie Tolans Salz, ja. Weil ihnen nichts anderes übrig bleibt. Aber wenn es so weit ist, werden sie wieder den Wert unseres Salzes schätzen, glaub mir!«

Renis lächelte schief. »Du sprichst von unserem Salz, unseren Stollen …«

Arnu drückte ihr einen Kuss auf die Lippen. »Natürlich. Du hast mir erlaubt, hierzubleiben. Hast du das vergessen?«

Sie seufzte und schüttelte den Kopf. »Du irrst dich trotzdem. Dieses Bergwerk wurde vor langer Zeit von unseren Ahnen angelegt. Es hat immer wieder Unfälle gegeben, Bergstürze, Muren, Krankheiten, Kriege – aber nie eine solche Zerstörung. Selbst wenn die Leute unser Salz noch wollen, Arnu … Wir sind zu wenige, um ganz von vorne anzufangen.« Renis löste sich von ihm und blickte auf den Boden. »Nur unsere Ahnen sind noch hier«, sagte sie leise. »Und die können uns nicht helfen.«

Da ertönte ein feiner Klang. Es war nicht das Horn vom Turm, denn das gab es nicht mehr. Es war ein anderes Horn, das weit in der Ferne geblasen wurde.

»Sieh nur, Renis!«, rief Arnu aufgeregt. »Sieh, unten am See!«

Aus dem Schatten des gegenüberliegenden Berges fuhren Boote in den Sonnenschein, der das Wasser zum Leuchten brachte. Zuerst waren es wenige, doch schnell wurden es immer mehr.

Renis keuchte. Das Horn ertönte erneut, und ein zweites folgte ihm, ein paarmal hintereinander.

»Wer sind diese Leute, Renis?«

»Freunde, Arnu, es sind Freunde. Sie kommen nicht nur vom Nordufer. Barbas Frauen sind darunter, vielleicht Barba selbst. Und Flussmänner.« Sie starrte auf den See und verstummte.

Er legte ihr den Arm um die Schultern. »Komm«, sagte er leise, »du wirst dabei sein wollen, wenn Sina sie begrüßt. Wir haben viel zu tun.«

Am Abend versammelten sie sich im Lager am Ostufer um ein Feuer. Barba von der Fraueninsel saß neben Sina auf einem Stein. Auf der anderen Seite hatte ein Flussmann neben Enuti Platz genommen. Renis kannte seinen Namen nicht, aber sie wusste, es war nicht Dinat. Auch ein junger Neffe von Wenne saß im Kreis. Eiri hatte den weiten Weg aus dem Westen auf sich genommen, um bei seinem Onkel zu sein. Wenne strahlte über das ganze Gesicht. Alle anderen blickten ernst und warteten.

Ran, für die Arnu einen Stuhl aus einem der Lagerhäuser geholt hatte, räusperte sich und sah ihre Tochter an.

»Ich bin froh, dass ihr gekommen seid«, sagte Sina. Seit Hirams Tod klang ihre Stimme brüchig.

Renis' Kehle zog sich zusammen.

Auch Barba sah sorgenvoll drein. »Natürlich sind wir gekommen, Sina. Das Unglück betrifft uns alle.«

»Es ist alles zusammengebrochen. Alles!«, stöhnte Sina.

»Das stimmt nicht, Mutter«, sagte Renis sanft.

Alle Blicke wandten sich ihr zu.

Renis holte tief Luft. »Wir sind nicht allein. Wir haben einander. Und die Göttin hat uns nicht verlassen. Vater hatte recht. Sie hat uns gewarnt.« Bei der Erwähnung ihres Vaters merkte Renis, wie ihre Stimme zitterte. Arnu legte ihr sanft seine Hand auf den Rücken. Seine Nähe tröstete sie. »Wir bauen alles wieder auf«, sagte sie mit fester Stimme.

Sina nickte. »Aber es wird viele Jahre dauern.«

»Es wurde auch früher schon getan«, sagte Ran. »Das Wissen, wie man im Berg von Neuem beginnt, ist nicht verloren gegangen.« Ihre Stimme war klar. Trotzdem sah sie klein und zerbrechlich aus, wie sie eingehüllt in eine Decke auf ihrem Stuhl kauerte.

Woher nahm sie in ihrem Alter die Kraft, an einen Neubeginn zu glauben? Renis wäre am liebsten aufgesprungen, um sie zu umarmen. Aber dann kann ich die Tränen nicht mehr zurückhalten, dachte sie.

»Das Wissen ist noch da, Mimma«, murmelte Enuti, ohne aufzusehen. »Doch ob wir die Kraft noch haben?«

Jetzt hob der Flussmann die Hand.

»Sprich einfach«, sagte Sina freundlich, als sie es bemerkte. »Niemand muss um Erlaubnis bitten.«

Er nickte. »Wir wissen nicht, ob wir es schaffen. Aber wir müssen es versuchen, egal, wie lange es dauert. Denn davon hängt alles ab.«

»Du hast recht«, sagte Barba. »Ich habe Dinat zu seinen Leuten an den Großen Fluss geschickt. Er wird noch mehr Menschen herbringen, die uns helfen. Bis sie ankommen, müssen wir uns Gedanken machen, womit wir beginnen wollen.«

»Wir brauchen Häuser«, sagte Arnu. »Wir müssen an den nächsten Winter denken. Getreide und Fleisch, Käse … Ich nehme an, die Leute am Fluss und in den Ebenen werden nicht zulassen, dass wir hungern, während wir aufbauen.«

»Darauf könnt ihr euch verlassen«, sagte der Flussmann mit Nachdruck.

Arnu nickte.

Er beginnt bereits, alles zu planen, dachte Renis dankbar. Obwohl er unser Land noch nicht gut kennt, weiß er, was zu tun ist.

»Wir werden uns gemeinsam um die Fahrten kümmern, so wie bisher auch«, sagte Barba. »Auch wenn lange Zeit nur Vorräte in den Booten sein werden, kein Salz.«

»Salz …«, murmelte Sina. »Was sollen wir ohne Salz machen?«

Barba griff nach Sinas Hand. »Wir haben noch Salz, Sina! Du darfst nicht verzweifeln!«

»Aber es ist zu wenig, Barba!«, rief Sina. »Wir können nicht Wennes Leute und den Norden und die südlichen Täler versorgen, und schon gar nicht Conas Frauen!«

Barba zuckte mit den Schultern. »Das stimmt. Die Göttin hat es so beschlossen. Conas Frauen müssen mit dem auskommen, was sie in diesem Jahr mitgenommen haben. Es wird viele Jahre reichen, wenn sie es nur für die Riten verwenden.«

Sina sah angewidert drein. »Sie sollen unreines Meersalz essen?«

»Davon stirbt man nicht«, bemerkte Ran trocken.

Renis Mund verzog sich unwillkürlich zu einem Lächeln. Ich habe seit dem Tag des Unglücks nicht mehr gelacht, dachte sie. Es tut gut, zu spüren, dass ich es noch kann.

»Wenn ich es richtig verstanden habe, holen die Leute im Westen ihr Salz ohnehin bald von Tolan, nicht wahr, Wenne?«, fragte Arnu.

Wenne nickte, sagte aber nichts.

»Vielleicht muss der Norden auch eine Weile zu Tolan gehen …« Arnu verstummte.

Tolans Name war seit Langem nicht mehr ausgesprochen worden.

In Renis stieg plötzlich Wut hoch. »Tolan!« Sie hatte das Gefühl, sich übergeben zu müssen. »Sein Frevel hat dieses Unglück über das Hochtal gebracht!«

Rund um das Feuer nickten einige Köpfe, aber niemand sagte etwas.

Erst nach einiger Zeit ergriff Sina das Wort. Sie sprach sehr leise. »Manchmal würde ich das gerne glauben, Renis. Ich habe sehr viel nachgedacht in den letzten Tagen.« Sina fuhr sich mit der Hand über die Augen. »Vielleicht ist es Tolans Schuld. Aber vielleicht hat die Göttin auch etwas gefügt, das wir nicht verstehen können. Weil das Unglück unseren Blick trübt.« Ihre Stimme versagte.

Der Tod meines Vaters ist noch zu nahe, dachte Renis.

»Du meinst, die Göttin sorgt auf diese seltsame Weise für Salz?«, fragte Barba.

»Ich verstehe nicht«, sagte Wenne und runzelte die Stirn. »Was meint ihr?«

»Sie meinen Tolans Bergwerk, Onkel«, antwortete Wennes Neffe Eiri. »Es mag ein Frevel gewesen sein. Aber nun kann er all die Länder versorgen, die bisher ihr Salz von hier geholt haben.«

»Er soll also belohnt werden für das, was er getan hat?«, stieß Renis bitter hervor.

Ran richtete sich auf und sah Renis eindringlich an. »Lass dich nicht vom Zorn auf Tolan überwältigen, Renis! Wir wissen nicht, ob sein Leben eine Belohnung wird oder was die Göttin mit ihm vorhat. Er hat seinen Weg gewählt. Was er am Kleinen Salzberg tut, wird die Aufmerksamkeit von Bohut und seinen Verbündeten von uns fernhalten. Vielleicht ist das ein Geschenk. Eines, für das wir der Göttin danken sollten.«

»Du hast recht, Großmutter«, sagte Renis leise. Ein Teil von ihr würde Tolan niemals verzeihen können. Wie sollte sie jemals sicher sein, ob es nicht doch seine Taten waren, die zu Hirams Tod geführt hatten? Aber sie durfte sich dadurch nicht davon abbringen lassen, diese Gemeinschaft zu erhalten und das Bergwerk wiederaufzubauen. Mit Sina, Ran, Enuti und allen Bewohnern des Hochtals, Wenne und seinem Neffen, Barba und den Flussmännern. Und mit Arnu.

Ich bin nicht allein, dachte Renis. Auch Hiram ist hier, auf seine Weise.

Sina erhob sich. »Ja, Mimma, du hast recht. Die Göttin hat uns durch Tolans Tat Zeit verschafft. Um in Ruhe wiederaufzubauen, was zerstört wurde. Um irgendwann wieder ihr Salz holen zu können. Für all die Menschen, die es immer noch wollen.« Ihre Stimme klang fester. Es war die Stimme der Bergherrin. »Renis, meine Tochter. Denkst du, es ist Zeit, der Göttin unseren Dank zu sagen?« Ein feines Lächeln umspielte Sinas Lippen.

Renis nickte und stand auf.

»Kommt, ihr alle«, sagte Sina. »Folgt mir zum Ufer. Dort sind wir unserer Göttin am nächsten. Wir wollen ihr danken, weil wir am Leben sind. Weil wir wissen, was wir tun müssen. Weil wir nicht alleine sind. Weil wir darauf vertrauen, es zu schaffen. Egal, wie lange es dauert.«

Epilog

Seit fünf Jahren, seit der Geburt seines Sohnes, war der Holzfäller nicht mehr hier gewesen.

Wie rasch die Zeit vergangen ist, dachte er, während er die von Steinen umfasste Feuerstelle reinigte und das mitgebrachte Holz aufstapelte.

Neben ihm stand der Junge und sah ihm zu. Er war groß für sein Alter und wirkte dünn. Aber er war gesund und stark. Es war ihnen gut gegangen in den letzten Jahren, dem Holzfäller und seiner Familie. Zwei weitere Kinder hatte seine Frau geboren, beides Mädchen. Um für sie das Opfer zu bringen, war er zu einem anderen Ort gegangen. Erst jetzt war die Zeit gekommen, zu diesem Heiligtum zurückzukehren. Sein Sohn musste das erste eigene Opfer vollziehen, um sich seinem Gott in Erinnerung zu rufen.

Der Holzfäller trat zurück und bedeutete seinem Sohn, sich hinzuknien, um das Feuer zu entfachen. Der Junge war geschickt, und bald brannte das Holz. Wie sein Vater es ihn gelehrt hatte, sang er ein kurzes Gebet, holte dann ein altes Spielzeug und drei Äpfel hervor, schloss die Augen und warf alles ins Feuer. Anschließend streckte er die Hand nach seinem Vater aus, damit der ihn wegführen konnte.

Der Holzfäller war stolz auf seinen Sohn. Er hatte alles richtig gemacht. Gemeinsam verließen sie die Lichtung und traten auf den Pfad, der sie durch den Wald den weiten Weg nach Hause führen würde.

Bald erreichten sie die Stelle, von der aus sie den ganzen See überblicken konnten. Der Holzfäller deutete hinüber auf das Tal, das über dem See hing und von dem er schon so oft erzählt hatte. In den letzten Jahren war selten ein Abend vergangen, an dem der Junge nicht vor dem Einschlafen eine Geschichte gefordert hatte. Meistens hatte der Holzfäller ihm vom Salz erzählt, vom Berg, aus dem es geholt worden war, und von den Menschen, die dort lebten. Er hatte ihm von der Bergherrin berichtet, von Hiram, der beim Unglück gestorben war, von dessen Tochter Renis und ihrem Mann Arnu und den vielen Menschen, die dort oben Tag für Tag wiederaufbauten, was im Jahr seiner Geburt zerstört worden war. Jetzt endlich konnte er seinem Sohn diesen Ort zeigen, wenn auch nur aus der Ferne.

»Wann kommt das Salz wieder, Vater?«, fragte der Junge.

»Bald, Sohn, bald.«

Archäologisch-historische Anmerkungen

Hallstatt ist um 600 vor Christus ein Ort, über den heute verhältnismäßig viel bekannt ist. Das älteste Salzbergwerk der Welt, seit vielen Jahren archäologisch von zahlreichen Kolleginnen und Kollegen erforscht, ist einer der beiden Gründe dafür. Der andere ist das Gräberfeld, das von Johann Georg Ramsauer 1846 entdeckt und von vielen Personen im Laufe der Zeit untersucht wurde. Es datiert in die Hallstattzeit und hat dieser Epoche ihren Namen gegeben.

Fundorte, die einer bestimmten Epoche ihren Namen geben, sind vor allem für die heutige Archäologie und manchmal für den Tourismus bedeutsam, waren es aber nicht in der entsprechenden Epoche. Anders im Falle Hallstatts: Die Region mit ihrem reichen Salzvorkommen war in der älteren Eisenzeit, aber auch davor und danach von großer Bedeutung für die Menschen.

Die archäologischen Forschungen erlauben es, das Bild einer hoch spezialisierten Gesellschaft zu zeichnen, die über Jahrtausende hinweg und auf hohem technischen Niveau Salz gefördert hat. Das Gräberfeld mit all seinen gut datierbaren, aber schwer zu interpretierenden Grabbeigaben deckt nur eine bestimmte zeitliche Spanne ab – große Teile der Hallstattzeit und den Beginn der folgenden Latènezeit. Beide Stufen gehören zur Eisenzeit, doch bereits für die Bronzezeit ist der Salzabbau gesichert belegt und Salznutzung für die Jungsteinzeit aufgrund des Fundaufkommens zumindest höchstwahrscheinlich. Hallstatt war also nicht nur in der Hallstattzeit ein wesentlicher Ort für das lebenswichtige Salz, sondern auch davor und in allen Perioden danach.

Der Roman ist ein Versuch, darzustellen, wie es gewesen sein könnte. Sozialstrukturen und religiöse Glaubensvorstellungen sind in einer Zeit, in der es keine Schriftquellen gab, so gut wie nicht rekonstruierbar. Gräber bieten sich für Interpretationen scheinbar gut an, können aber auch in die Irre führen. Ist jemand mit vielen Dingen im Grab zwangsläufig reich und bedeutsam gewesen? Sogar angesehen? Muss jemand, dessen Asche ohne großen Ritus im Hallstätter See verstreut wurde, im Leben arm und missachtet gewesen sein? Oder könnte es genau umgekehrt gewesen sein?

Es ist Sache der archäologischen Forschung, diese Fragen immer wieder aufs Neue zu diskutieren. In einem Roman darf – muss – man sich für eine Variante entscheiden, die jedoch – das ist meine Mindestanforderung – den archäologisch fassbaren Informationen nicht widersprechen darf. Ob die Darstellung einer prähistorischen Gemeinschaft, die auf dem Berg lebte und Salz aus diesem förderte, in einem Roman wahrhaftiger ist als in wissenschaftlichen oder anderen Arbeiten, sei dahingestellt.

Letztlich ist die Frage nicht zu beantworten und eine Sache des persönlichen Geschmacks.

Wie möchte man sich die eisenzeitlichen Vorfahren vorstellen? Als unter einem strengen patriarchalen Bergherren-Regime schuftende Bergleute? Mir war jedenfalls nach einer Alternative, auch weil (arbeitende) Frauen im prähistorischen Bergwerk anthropologisch belegt sind. Arnu kennt aus seiner Heimat andere Sitten, auch diese sind dort belegt.

Aus dem bisher zur Quellenlage Gesagten ergibt sich naturgemäß, dass jedes einzelne spirituelle Element dieser Geschichte zwar nicht frei erfunden ist – derlei Riten und Überzeugungen sind in anderen Zeiten und Gegenden bekannt –, aber ihre Verbindung mit der späten Hallstattzeit in Oberösterreich basiert nicht auf wissenschaftlichen Ergebnissen. Komplexe religiöse Vorstellungen könnten nur durch eine schriftliche (oder durchgängige mündliche) Überlieferung einigermaßen genau die Zeiten überdauern. Wie exakt ließe sich das Christentum rekonstruieren, wenn nur Kreuze, Kirchengrundrisse und beigabenlose Gräber vorhanden wären, aber keinerlei schriftliche Überlieferung?

Noch einmal zurück zum Bergwerk, diesem jahrtausendealten Meisterwerk an Planung und bergmännischer Technik. Bei allen Errungenschaften und dem erfolgreichen Abbau von Salz über enorme Zeiträume hinweg weist dieser Ort doch eine bemerkenswerte konservative Ader auf. Auch wenn Tolan hinsichtlich des Werkzeugs auf Eisen aus ist, fanden sich keine Eisenpickel, obwohl die Hallstattzeit die (ältere) Eisenzeit ist. Messer, Feilen, Schwerter, Dolche und Speerspitzen aus dem Hallstätter Gräberfeld, die in diese Zeit datieren, liegen in großer Zahl in den Museen – und sind aus Eisen. Pickel jedoch waren aus Bronze. Es ist nicht ganz klar, warum das so ist. Vielleicht war es der Wunsch einer Göttin, der befolgt wurde.

Gerade weil wir so wenig über die hallstattzeitliche Gesellschaft wissen, sind die wenigen Bildquellen von großer Bedeutung. Mit der Situlenkunst steht eine Quellengattung zur Verfügung, die wie ein kleines Fenster in die Vergangenheit wirkt. Auch hier ist die Interpretation schwierig, aber die Forschung ist sich weitgehend einig, dass auf vielen dieser Blecheimer rituelle Festveranstaltungen zu sehen sind. Das sogenannte »Situlenfest« ist Gegenstand jahrzehntelanger wissenschaftlicher Analyse. Ob jemals eines in Hallstatt stattgefunden hat, wird nie beantwortet werden können.

Obwohl der Großteil der Geschichte in Hallstatt spielt, kommen einige der Figuren im Roman auch an andere Orte, die ebenso wie das Hochtal real existieren.

Die Fraueninsel liegt im heutigen Traunkirchen. Der wunderschöne Ort am südlichen Ende des Traunsees weist nicht nur eindeutige hallstattzeitliche Spuren auf, sondern auch ein gewisses Flair, das es sehr einfach macht, sich dort eine spirituelle Gemeinschaft selbstbestimmter Frauen vorzustellen – als Vorgängerinstitution des heute noch sichtbaren christlichen Klosters. Selbiges Kloster hat möglicherweise vorhandene prähistorische Strukturen überbaut, weswegen diese Form der Kultkontinuität an diesem Ort wissenschaftlich gesehen nicht nachgewiesen ist. Der Gedanke, Traunkirchen könnte in der Verteilung des Salzes eine Rolle gespielt haben, wird jedoch innerhalb der archäologischen Forschung seit langer Zeit für sehr realistisch gehalten.

Mit der Darstellung des Kleinen Salzberges – des Dürrnbergs bei Hallein – habe ich diesem schönen (Fund-)Ort keinen großen Gefallen getan, wofür ich mich ausdrücklich bei der dort tätigen Kollegenschaft entschuldigen möchte. Die Siedlung am Dürrnberg zur Zeit, in der diese Geschichte spielt, als schmutziges, kleines Dorf darzustellen, mag als inhaltlich etwas zu weit gehend angesehen werden. Doch zeichnen sich der beginnende – und archäologisch nachgewiesene – Aufschwung und die spätere große Bedeutung bereits ab.

Mit dem Großen Fluss ist natürlich die Donau gemeint. An ihm liegt in der Nähe der Stadt Perg der Fundort Mitterkirchen samt seinem reich ausgestatteten Gräberfeld. Die Menschen, die dort bestattet wurden, lebten einige Jahrhunderte vor Renis und ihrer Familie, in der älteren Hallstattzeit (»Stufe Ha C« genannt). Aber auch zu dieser Zeit wurde schon Salzabbau in Hallstatt betrieben, und Mitterkirchen wird häufig im Zusammenhang mit der Salzverteilung entlang der Donau und weiter nach Norden, beispielsweise nach Böhmen, betrachtet. Auch wenn in Mitterkirchen, in dem es übrigens ein wunderschönes Freilichtmuseum gibt, keine Gräber aus der Zeit, in der der Roman spielt (um 600 vor Christus), gefunden wurden, müssen damals Menschen dort gelebt haben. Sie spielen in meiner Geschichte keine große Rolle, aber ich stelle mir vor, dass sie gut bekannt waren mit den Damen von der Fraueninsel und den Menschen vom Salzberg, die sie über den Fluss Traun erreichen konnten.

Nachweisliche Kontakte gab es auch nach Böhmen, wo Bohut und seine Söhne leben, nach Bayern (Wennes Heimat) und Baden-Württemberg sowie in den Süden. Die teilweise karstigen Landschaften Sloweniens haben eine ganz eigene Art von Hallstattkultur hervorgebracht, die dennoch genügend Ähnlichkeiten zur österreichischen Variante aufweist, um enge Kontakte vorauszusetzen. Dass sie im Fall dieser Geschichte eine starke religiöse Konnotation aufweisen – Cona und ihre Novizinnen reisen jedes Jahr zum Salzberg – ist natürlich reine Erfindung, aber auch nicht unwahrscheinlicher als die historisch belegte Tatsache, dass eine der großen Sorgen der mittelalterlichen Grönländer beim Ausbleiben des jährlichen Schiffes aus Dänemark war, keine Taufen, Hochzeiten und Trauerfeiern abhalten zu können, weil sie keinen Weizen hatten, um Hostien zu backen. Das aber wollten sie dringend tun, weil sie einer Religion angehörten, deren Zentrum Tausende von Kilometern südlich mitten in Italien lag. Ohne Schriftquellen hätte man dies niemals rekonstruieren können. Im Vergleich dazu und ganz grundsätzlich halte ich slowenische Priesterinnen als Hüterinnen einer auch um Salz kreisenden Ideologie, die einmal im Jahr nach Hallstatt pilgern müssen, um ein heiliges Fest zu feiern, für sehr gut möglich.

Apropos Italien: Arnus Heimat liegt in Etrurien. Bei Volterra gibt es Salzvorkommen. Auch wenn dort kein prähistorisches Bergwerk belegt ist, habe ich Arnus Vater erlaubt, eines zu besitzen. Ein kleines. Das archäologisch schwer nachzuweisen ist.

Datierungen sind in der Archäologie ein wichtiges Thema. Es ist wesentlich, wissenschaftlich beurteilen zu können, wann etwas geschehen ist. Der bergmännische Abbau am Dürrnberg beginnt »um 600«. Insofern musste der Roman ungefähr um diese Zeit spielen. Eine Zerstörung in Hallstatt zu diesem (ohnehin nur vage definierten) Zeitpunkt ist nicht belegt. Allerdings gab es Schuttströme, die Hochtal und Bergwerk in Hallstatt verwüsteten, im Laufe der Urgeschichte immer wieder. Solche Ereignisse sind sowohl für die Bronzezeit als auch für die Eisenzeit archäologisch und geowissenschaftlich erwiesen. Der wesentliche Unterschied zwischen einem Schuttstrom und einer Mure ist die Geschwindigkeit: Ersterem kann man, wenn man Glück hat und die Nerven behält, davonlaufen.

Diese wiederkehrenden zerstörerischen Ereignisse sind der Grund dafür, weshalb es in Hallstatt zwar das älteste Bergwerk der Welt und eines der schönsten Gräberfelder der Hallstattzeit zu erforschen gibt, aber so gut wie keine Siedlungsreste. Somit mag man sich die Abläufe der Romangeschichte irgendwann im (frühen) 6. vorchristlichen Jahrhundert denken. (Für die Romanautorin gelten die strengen wissenschaftlichen Vorgaben hinsichtlich chronologischer Einordnung nicht im gleichen Ausmaß wie für die Archäologin.) Dies ist auch die Zeit, in der die

Umwälzungen beginnen, welche von Deutschland ausgehend zur Ausbreitung der sogenannten Latènekultur (jüngere Eisenzeit) führten.

Der Roman sei all jenen gewidmet, die sich um die Erforschung und Erhaltung dieses so besonderen Ortes bemüht haben und immer noch bemühen.